Mauro Covacich

Fiona

Einaudi

Fiona

I'm looking and I'm dreaming for the first time
I'm inside and I'm outside at the same time
And everything is real
Do I like the way I feel?

When the world crashes in into my living room
Television man made me what I am
People like to put the television down
But we are just good friends
I'm a television man

TALKING HEADS

Tra nove minuti proverò di nuovo a baciare Fiona. Meno nove. Usciamo dal retro. La telecamera dei garage ci tiene nell'inquadratura per pochi passi. Il portiere, dietro il vetro scuro, si gira a guardarci. Lo fa ogni mattina. Non resiste alla tentazione di vederci dal vivo, poi torna con gli occhi sul monitor dal quale siamo appena spariti. Le vetrine di Marri Sport sono il nostro primo specchio. Il sole disegna un'aureola beffarda sulla testa di Fiona. Anche oggi il cielo è un pezzo di cartone celeste verniciato con l'aerografo. Tutto alle nostre spalle, dall'insegna del bar Cristallo alle macchine sulla via, ha il nitore impossibile delle immagini digitali. Adesso dovrei dire qualcosa. Ecco il papà e la sua Fiona che vanno all'asilo. Ecco il papà che accompagna Fiona con la felpa rossa nuova. Dovrei almeno puntare il dito sui capelli crespi di mia figlia e dire Fiona, puntarlo sul mio petto e dire papà. Parlatele sempre, prima o poi lo farà anche lei, assicura la psicologa. Ma Fiona mette le mani sul vetro in cerca degli skateboard e io resto zitto accanto a lei.

Meno otto. Un aereo staccatosi dalla pista di Linate strappa il cielo dolcemente, mostrandoci la sua pancia da orca volante. Riprendiamo a camminare tenendoci per mano. Negli ultimi giorni me lo permette. Ieri, quando mi sono chinato verso la sua guancia sinistra, non mi ha graffiato, non mi ha morso, si è solo scansata. Tra poco riproverò. Passiamo la Graphotecnica a saracinesche ancora abbassate. I led delle fotocellule e quello della telecamera sono accesi.

Altri piú sofisticati sistemi di sicurezza ci prendono in consegna all'inizio della filiale UniCredit per scortarci fino alla cabina del bancomat. Fiona alza gli occhi verso il ronzio della telecamera a controllo remoto. Il gruppo ottico smette di cambiare angolazione e identifica per l'ennesima volta, in questo autunno trasparente fino ai brividi, una bambina haitiana di tre anni e mezzo diretta all'asilo. Fiona non sopporta di essere osservata, neanche da uno stupido animaletto ronzante. E io non posso non pensare alla teoria di negozi, esercizi commerciali, istituti di credito che posseggono frammenti della vita di mia figlia, e della mia, registrati su nastri vhs che nessuno mai guarderà.

Meno sette. Il nostro film continua anche da Vodafone, da Jean-Louis David, da Sorbetteria Up, dove i gialli e gli arancioni del menu plastificato hanno un'attrazione magnetica sui residui tropicali della mente di Fiona, che puntualmente mi tira verso il muro per andarli a toccare. Cosa ricorda dell'istituto Holy Cross di Jacmel? Come ha vissuto laggiú? Intendo, come ha vissuto davvero, certificati a parte. Cosa pensa di me? Cosa pensa di sua madre? Me lo domando mentre attraversiamo la strada – meno sei – e la manina di Fiona è già un po' sudata e inerte nella mia. Un tizio scioglie lo scooter dal palo del divieto di sosta e dice: – Ciao pupa, – liberandoci contro una bolla di caffè e prima sigaretta.

– Buongiorno, – dico io, sforzandomi di sorridere al posto di mia figlia, che intanto mi tira verso un altro pannello colorato – il pony guizzante di Kodak Express – come se non sapessi che dobbiamo toccarlo, come se non sognassi ogni notte, nella successione esatta di un gioco dell'oca, i momenti topici del nostro percorso. Oh, il nostro amico pony! Di' ciao al nostro amico pony. Come dici ciao al nostro amico pony? So cosa dovrei dire. Ma riesco solo a contemplare Fiona, intenta a toccare il naso da pagliaccio della sagoma cartonata.

– Nghanaao harrshnghanaao, – dice Fiona.

– Sí, – dico io, e le sorrido. Prima abbiamo provato col francese, poi abbiamo cercato dappertutto un dizionario di creolo, adesso aspettiamo che la profezia della psicologa si avveri.

Meno cinque. Tocco anch'io il cartone di questo corriere con la faccia devastata dalla solerzia, la visiera sulla nuca, due arcaici rullini impugnati come fossero una fiaccola. Rompo coi polpastrelli le perline d'umidità che il sole non ha ancora asciugato. Il termometro della farmacia sull'altro lato della strada avverte, con un intervallo di tre secondi, +18°C, 8:22, 15 OTT. Sí, mancano ancora quattro minuti alla folla di bacini scambiati sulla cancellata della scuola materna. Meno male che esistono i numeri. Oggi riprovo, non devo avere paura. Nella seconda vetrina di Hobby Foto io e mia figlia veniamo proprio *trasmessi*, non piú solo ripresi da un circuito interno per i minischermi della sicurezza, ma proprio *offerti in chiaro* sui 15 pollici di un pc portatile Toshiba piazzato tra le macchine fotografiche. Ogni mattina Fiona viene colta nell'attimo in cui si riconosce parte di un mondo che lei segue al pomeriggio, seduta sul divano insieme alla tata, un mondo di pupazzi animati dove per pochi istanti – adesso – entriamo anche noi due, sgranati, saturi, un po' schiacciati, ma decisamente identici a Fiona e papà, a giudicare dall'immancabile sbattimento di ciglioni di mia figlia. Siamo Mucca e Pollo. Siamo Johnny Bravo. Siamo Timon e Pumbaa. Siamo Ed Edd & Eddy, mentre gli abitanti di Milano 2 camminano in fretta alle nostre spalle, telefonano senza mani, raccolgono merde di cane in kleenex abbaglianti, quasi vivi.

Meno quattro. La panetteria – Panetteria Spadoni, fornai dal 1925, tutto scritto in gotico – è l'unica oasi non videomonitorata. La porta a vetri è aperta per assecondare i profumi ipnotici del pane appena sfornato e il viavai continuo di mamme e bambini. Il bancone è messo in modo che lo si possa ammirare anche dalla vetrina. Al mais, al sesamo, alla cipolla, alle noci. Zoccoletti, tartarughe, filoncini, ciabattine. Brioche alla Nutella, allo zabaglione, alla crema chantilly, alla marmellata di arance. Fiona dà giusto un'occhiata – il pane lo sopporta a malapena ammollato nell'acqua – poi si volta a osservare il bambino accartocciato nella carrozzina che stiamo superando. Da qui in poi il marciapiede è militarizzato dal flusso di dentisti, avvocati, pubblicitari, art director, softwaristi, tutti con prole, tutti contribuenti piú o meno soddisfatti dell'asilo Crescere Giocando – *servizi per l'infanzia*, sottotitolano i rendiconti su carta intestata – stagliato con la sua palazzina retrò e il suo prato da Teletubbies sullo sfondo postatomico di un complesso commerciale teoricamente in costruzione.

Meno tre. Sull'altro lato, evitiamo per un pelo la sosta improvvisa di una tizia piegata sul principio di soffocamento di un biondino, che mi pare di ricordare amichetto di Fiona, ma che, cosí sfigurato dagli sbocchi di cioccolato al latte, potrebbe essere qualsiasi cosa. Fiona si gira a osservarlo, né lui né la madre però incrociano il suo sguardo. Nessuno ha occhi per nessuno. Ogni coppia genitore-figlio è un cilindro chiuso, implode dentro il proprio spazio vitale. Lo fa slittare avanti a piccoli passi, badando a non invadere quello degli altri. Solo io e Fiona guardiamo fuori, apriamo finestre sulle frange dei nostri compagni di strada. È il momento di riattraversare. In mezzo alle strisce pedonali c'è il pensionato in pettorina catarifrangente che dirige il traffico con movimenti rotatori a tutto braccio, gettandoci addosso, qui sulla sponda del marciapiede, scaglie di luce riflessa.

Potrei chinarmi e baciarla ora, metterle un bacino dietro la curva del collo, rubarglielo vigliaccamente, come faccio quando dorme. Però non so, non mi sembra giusto prenderla di sorpresa. Devo concederle il tempo di difendersi, se vuole. Sento il formicolio dell'adrenalina spargersi tra le radici dei capelli, gli occhi spingere in fuori. Temo che Fiona abbia percepito il cedimento del mio ginocchio al primo passo giú dal marciapiede. Dietro la paletta del pensionato si è formata una coda di cinque Smart.

E proprio adesso – meno due –, nel momento in cui ci aggiungiamo all'arcipelago di adulti e marmocchi intenti a scambiarsi bacini, nel momento in cui la tempesta affettiva è tale, dentro e fuori la cancellata, da coprire il mio possibile fallimento, in questo esatto momento entra nel nostro campo visivo una novità assoluta. Una tizia, anzi no, non una tizia, una donna, coi capelli dello stesso identico rosso delle foglie cadute dai platani lí attorno, si alza dalla panchina posta a non piú di trenta metri dalla ringhiera dell'asilo e guarda verso di noi. Fiona è indifferente, sta aspettando solo che la sguinzagli nel giardino dove seminerà il terrore fino alle quattro del pomeriggio. Tira verso le maestre, vuole entrare, non ha occhi per gli estranei. Ma io sí. La donna non guarda verso di noi, *guarda noi*. Cerca lo sguardo di mia figlia e poi incrocia il mio. È un'apparizione sprigionatasi dal tappeto di foglie, una dea dei platani tiratasi in piedi di scatto dalla panchina, ma ora immobile, con entrambe le mani aggrappate alla tracolla della borsetta e due caviglie bianchissime puntate in quel misero francobollo di terra. Chi sta guardando davvero? Per chi si è alzata? Mi volto indietro. Niente. Guardo in giro in cerca di un fotografo, di una troupe televisiva. No, quella non è una modella, o se lo è, non è qui per lavoro. Eppure non ha bambini con sé, né l'ho mai vista portarne. Chi sta aspettando? Cosa l'ha messa alle otto e mezza su quella panchina? Ovviamente non è venuta per te, mi sto dicendo quasi ad alta voce, mentre ormai ho sforato di un bel po' i nove minuti e sento che la mano di Fiona prova a sgusciare con modi via via piú esasperati dalla mia. La donna si sta mordendo il labbro inferiore senza smettere di fissarmi. È come se volesse venirci incontro. Assurdo, lo so, però ogni mio gesto – io che sistemo la felpa nuova sulle braccine di Fiona, io che rispondo al saluto esagerato della maestra Tatiana, io che mi accuccio per avere piú vicino possibile l'odore di mia figlia, io che annuso a una spanna il pezzetto di pelle che avrei voluto baciare – tutto insomma, viene adulterato dall'irradiarsi di questa illusione.

Fiona si stacca e fila con la sua testa a forma di alveare e il corpo di ragnetto dentro la splendida gabbia dei *servizi per l'infanzia*. Siamo gli unici a non esserci salutati. La osservo ancora un istante, mentre raggiunge quasi per inerzia gli altri bambini sulla collinetta dei Teletubbies. Poi do un'occhiata al polso – 8,29, dodici minuti contro i nove soliti, mi affretterò al ritorno – e guardo la responsabile dei tre minuti extra, la dea dei platani. Si è seduta di nuovo. Adesso potrebbe essere lí per chiunque, per qualsiasi ragione. Anzi, è di sicuro cosí. Il cervello è corso chissà dove, ma io non ci metto niente a farlo tornare indietro. Non appena le sarò passato davanti, la donna svaporerà nell'ombra degli alberi. Ci separano pochi metri e un campo di forze invalicabile. Intanto però percepisco un residuo di energia pulsare cocciuto sotto lo sterno. Sto per rivolgerle la parola pur senza avere la minima idea di cosa dire. Scusi, posso esserle d'aiuto? Scusi, cerca qualcuno? Scusi, qualcosa non va? Ma non parlo, mi tengo tutto in bocca, perché lei si è piegata di colpo a studiare un graffito sulla panchina, offrendomi solo la lieve curva del naso sotto una cascata di capelli incandescenti. Sul labbro inferiore un taglietto le sta sanguinando. Trilla il mio cellulare.

– Sí, – rispondo, oltrepassandola e continuando a camminare.

– Ehi Top Banana, li hai visti i giornali? – mi chiede Michela Soraci, alias Diesel, sapendo bene che io i giornali li vedrò soltanto fra un'ora, nella rassegna stampa che mi sta preparando lei.

– No, come siamo messi?

Solo adesso, al telefono, mi accorgo del rumore della strada. È come se fosse esploso per colpa mia.

– Alla grandissima!

– Bene, arrivo.

Quindici secondi di comunicazione. Ovviamente, quando mi giro a controllare, la donna è svaporata.

– Ufficio adozioni, pronto.

– Pronto, Gianna, è lei?

– Professore, credevo di essere stata chiara. Non voglio che telefoni piú, non voglio piú sentirla. Non avevamo sistemato tutto? Io rischio il posto, lo sa questo, vero? Forse anche la galera.

– È importante.

– Oh sí, è importante. Quando chiama lei è sempre importante. Avevamo messo tutto a posto. Perché adesso torna a tormentarmi?

– Si è mossa, è andata a Milano.

– Oddio, come è andata Milano?

– Mi ha telefonato. «Sono a Milano, l'ho trovata», mi ha detto. Solo questo.

– Oddio.

– Gianna, chi gliel'ha detto dov'era?

– Come chi gliel'ha detto? Io gliel'ho detto. Sarà piú di un anno fa. Io gliel'ho detto. Era tranquilla, serena. Voleva solo sapere.

– Sarebbe un segreto protetto dalla legge, o sbaglio?

– Certo che è protetto dalla legge, ma con tutti i casini che abbiamo combinato! Me lo ha chiesto solo per sapere. Cristo, era piú di un anno fa. Ma perché non è ancora finita questa maledetta storia?! Perché non mi lasciate in pace?!

– La smetta di gridare, questa storia riguarda anche lei. Chi mi ha chiesto di richiamare gli haitiani? Chi mi ha chiesto di ricollocarla?

– Ah certo, professore, per lei la bambina poteva anche finire i suoi giorni in quell'istituto di suore naziste.

– Gianna, la smetta, mi ascolti...

– No, mi ascolti lei, glielo dico per l'ultima volta, non mi chiami piú, si dimentichi di me. Io ho chiuso.

– Lei non ha chiuso un bel niente. Non gliel'ho detto io di Milano, no?

– Non ho avuto il coraggio di dirle di no. Era serena, stava bene.

– Be', adesso non sta piú bene.

– Oddio, che combinerà? Cosa si è messa in testa?

– Non lo so. È per questo che l'ho chiamata. Io da qui non posso fare niente.

– Oh certo, il professore se ne sta a Berkeley a muovere i fili e i burattini sgambettano dove lui desidera. Quella non è mia amica. Quella è *sua* amica. Moglie di un *suo* amico. Gente che mi ha quasi rovinato la vita. Perché non parla con il marito, eh?

– Gianna, lei sa bene perché. Questa cosa dobbiamo risolverla noi. Io e lei. Io non posso muovermi da qui. Trieste non è dietro l'angolo. Lei può vederla, parlarci, sentire cos'ha in mente, provare a farla ragionare.

– Può parlarci anche lei se è per questo.

– A me non dice niente. Mi ha telefonato solo per farmi sapere che si era mossa, che era arrivata alla bambina. Informazioni a uso terroristico.

– Oddio, che casino. Qua ci mandano tutti in galera. Come ho fatto a essere cosí stupida? Non dovevo dirglielo. Cristo, non dovevo dirglielo. Dopo tutto quello che è successo.

– Si calmi, Gianna. Presto o tardi ci sarebbe arrivata da sola, glielo assicuro. Adesso dobbiamo pensare a fermarla, prima che...

– Prima che scoppi tutto.

– Prima che il dolore si allarghi, prima che si sparga altrove. Ovviamente i genitori non sanno niente, giusto?

– Madonna santa. Certo che no. Nessuno sa niente.

– Ecco, appunto, chi sono i genitori della bambina?

Lunedí, 4ª giornata di Habitat

L'addetto alla sicurezza aspetta che ritiri il tesserino dal lettore magnetico per sorridermi colmo di approvazione. Un vecchio programmista di cui non ricordo il nome aspetta che gli passi accanto per sganciarsi dal crocchio al distributore del caffè e stringermi la mano con scrolloni che mi producono onde fin dentro il bacino. Una tizia dell'amministrazione che non mi aveva mai neanche salutato aspetta con la mano sulla fotocellula per poter prendere l'ascensore insieme a me.

– Avete fatto un casting perfetto. Questa è un'edizione grandiosa, complimenti. Il paraplegico poi è un vero pezzo di bravura, – mi dice, come se sapesse di cosa parla.

Fino all'ufficio, stessa solfa: gente appostata ovunque, con le scuse meno plausibili, per farmi ok con il pollice; agguati di nuovi, nuovissimi amici, costretti dall'occasione alla penitenza delle felicitazioni.

Sulla porta del nostro ufficio c'è l'ingrandimento a colori di un hamburger che sfrigola sulla griglia, il fumetto dice QUI CREATIVI. Sotto c'è la fotocopia in formato A3 dei sette versi della prima sura del Corano. Piú sotto ancora, sempre in arabo, ma in questo caso tradotto in didascalia, un maiale fotografato durante un esperimento di vivisezione urla DIO CI HA GIÀ SOGNATI TUTTI TROPPE VOLTE. Fin qui niente di nuovo. Vicino alla porta però, puntinato spavaldamente sullo spatolato della recente ristrutturazione, oggi è comparso il logo del programma, con l'occhio orwelliano della sigla, il titolo in caratteri arial black

ombreggiati e tutto il resto. Una vera e propria intimida-
zione per le targhette in plexiglas degli altri uffici. Dev'essere stata Diesel, è l'unica a non dissimulare il proprio senso di appartenenza.

Sul poster l'occhio gibboso della telecamera è molto piú
nitido che sullo schermo. Si nota anche la segmentazione
del diaframma, completamente allargato dentro l'obbiet-
tivo. Chissà perché, cosí virato in azzurro il bulbo dà l'impressione di una maggior motilità, sembra quello di una
mosca. Fisso la scritta del programma. HABITAT. Mi avvicino al muro finché riesco a contenerla con lo sguardo. HA-
BITAT. Sento l'odore dell'intonaco. HABITAT. Prima che il
bruciore agli occhi me li faccia lacrimare, entro.

– Diesel, hai attaccato tu quella roba? – chiedo, salu-
tando cosí i miei quattro ragazzi già al lavoro e proseguendo direttamente verso la mia stanzetta.

– Abbiamo vinto la guerra, che c'è di male? – mi grida
dietro lei, con i suoi acuti da trentenne adolescente, mentre
accendo il computer, digito le password, mi tolgo la giacca e
annuso, come ogni giorno, se la pulitrice ha passato il disinfettante sulla tastiera. Sí, al cedro. La sniffata mi disintegra
almeno un migliaio di neuroni. La scrivania ha un aspetto
cosí immacolato da intimidire perfino i post-it piú urgenti.
Nessuno si azzarda a lasciarmi bigliettini: i promemoria me
li spediscono via e-mail, ognuno dal proprio computer.

– Ci sta osservando anche la stampa internazionale. Siamo gli unici al mondo ad aver rilanciato il format con simili risultati, – mi dice Carmine Setta, alias Cane Morto,
non appena ricompaio nello stanzone centrale.

– Bene, – dico, prendendo posto alla riunione.

Sul tavolo ci sono i tabulati dell'Auditel, tre copie ri-
legate della rassegna stampa, la scaletta con i turni della
settimana e il cartellone plastificato 30 x 50 con le regole
di Habitat e l'identikit dei dieci concorrenti.

Diesel e Cane Morto riprendono a discutere da dove si
erano interrotti. Sono entrambi inginocchiati sulle sedie,

con i gomiti appoggiati sul tavolo. Sotto i dreadlock di lui
è già scesa un'abbondante nevicata di forfora. Di poco sco-
stati dal tavolo, Giuliano Ghersetti, detto Telepass, e Rosa
Cepak, detta Rosita, seguono i movimenti nella casa di Habitat sui due 28 pollici in dotazione all'ufficio, segnandosi
note e riferimenti per i ventiquattro minuti di montato della puntata in chiaro di domani e passandosi continuamente il regista al telefono. Sugli schermi hanno, né piú né meno di un qualsiasi spettatore abbonato al bouquet Superpremium, la visione sinottica di una scena principale e tre
scene senza audio, poste nei riquadri inferiori ma sempre
sostituibili alla principale con le freccette del telecomando.
Telepass è concentrato sulla corale profusione di forze degli abitanti della casa nell'estrarre Renzo dalla sedia a rotelle e immergerlo nell'acqua riscaldata della piscina. Tre
uomini e una donna, l'abbronzatura che scintilla sulle braccia, le facce contorte nello sforzo. Renzo sorride imbaraz-
zato, è l'unico a non essere tatuato. Le sue gambe penzolano grigie, spolpate dall'atrofia. Rosita invece si sta annotando il dialogo tra Lola e Fabrizia, impegnate a rassettare
la cucina. «Hai ragione, 'ste prugne non fanno proprio
niente. Oggi ordiniamo un po' di microclismi di glicerina,
che dici?» La testa di Rosita s'inclina come i cani quando
tirano l'orecchio. Da qui scorgo lo zigomo da slava, la punta di lingua tra i denti. Mi pare di riconoscere i giri di penna con cui la frase finisce sul suo taccuino.

Penso alla parola glicerina, mi è impossibile evitare il
bagliore del suo composto esplosivo. Nitro... nitro... cerco
la formula completa. *Nitrazione di un alcol poliatomico di
formula bruta* (CH_2OH). Eccola. *Liquida alla temperatura or-
dinaria, oleosa, leggermente colorata in giallo, potente vaso-
costrittore, usata in medicina a lievissime dosi*, ripasso mentalmente il manuale, devo resistere ancora qualche ora...
si altera alla luce e all'umidità, congela a $+7^{\circ}C$... poi potrò
tornare a studiare... *è utilizzata in unione al cotone collodio
di cui è solvente*. Mi concentro sul cartellone plastificato.

Rileggo le regole di Habitat come se non le avessi scritte
io, come se non fossero l'adattamento di un format multi-
nazionale che dura da cinque anni.

– Ehi Top Banana, ci sei? – mi dice Cane Morto.

– Sí, non ti preoccupare, vi sto seguendo, – dico io. E
intanto continuo a leggere[1].

– Top Banana, abbiamo bisogno del tuo aiuto, – mi dice Diesel. – Ci sarebbe il caso Renzo.

– Vi ascolto, – dico io, rispondendo soprattutto a Cane Morto che mi guarda da sotto i dreadlock da pastore
bergamasco con tutto il pudore di cui è capace. Mi guarda già distogliendo lo sguardo, come se avessi la faccia
ustionata dall'acido cloridrico.

Acido cloridrico, ecco cosa devo ricordarmi di comprare
entro venerdí.

– Se ti degni di dare un'occhiata ai dati Auditel, ti accorgi
subito della questione. Tutti i picchi sono per Renzo. Renzo che spiega la tecnica con cui si sposta dalla sedia a rotelle alla tazza del water. Renzo che ride coi ragazzi che gli hanno lasciato il terzo piano del letto a castello. Renzo che iro-
nizza con Bettina sulle sue capacità amatorie, – dice Diesel.

– Sí, guarda, Renzo e Bettina, picchi altissimi. Alle
18,53 il 36% di share! – dice Cane Morto.

---

[1] 5 ragazze e 5 ragazzi accettano di essere rinchiusi per 100 giorni in un appartamento allestito con 75 microfoni e 62 telecamere.

Ogni secondo venerdí, tramite televoto, un concorrente viene eliminato dai telespettatori.

Nell'appartamento non sono consentiti telefoni, né giornali, né tv, né preservativi.

I concorrenti possono comunicare solo tra loro (sono concesse comunicazioni con
gli autori di Habitat legate all'approvvigionamento dei beni materiali e ad even-
tuali necessità di assistenza medica o psicologica).

La stanza denominata confessionale è l'unica attraverso la quale i concorrenti possono, entrando separatamente, rendere note le loro richieste agli autori di Habitat.

Nel confessionale, ogni secondo venerdí, i concorrenti nominano i due compagni
che vorrebbero eliminare dalla casa. I nomi piú votati sono sottoposti al televoto
da cui si determina l'eliminato del venerdí seguente.

Nella quattordicesima e ultima settimana gli spettatori designano il vincitore tra i
tre concorrenti rimasti.

Il vincitore riceve un premio di trecentomila euro.

– Ci rendiamo conto, porca puttana. Il 36% in quel minuto ha guardato noi! – dice Diesel, e poi urla: – Io vi amo, gente! – facendo girare per un istante anche Telepass e Rosita.

– Molto bene, – dico. – Renzo e Bettina.

– Sí, la nostra idea è quella di pestare su di loro, – dice Cane Morto. – Abbiamo già altro materiale buono per stasera. E per domani, credo. Vero? – Al che Telepass si gira ad annuire con la penna in bocca. Sul suo schermo Renzo è già entrato in acqua. Bettina è seduta sul bordo vasca, tutta piegata a schizzarlo. Gli altri tre ragazzi confabulano ancora in piedi, accanto alla sedia a rotelle. Hanno assunto l'atteggiamento dei personaggi secondari di un film porno o di una tela del Caravaggio.

– C'è solo un problema, continuano a sfondarci il culo con la storia dello sciacallaggio e dell'offesa ai portatori di handicap. Oggi c'è un altro pezzo sul «manifesto», – dice Diesel, riavviando a mio uso e consumo la discussione di prima con Cane Morto. Io cerco di non pensare all'acido cloridrico, al manuale che mi aspetta di là, chiuso a chiave nel cassetto, cerco di restare concentrato, di non farmi risucchiare dagli allettamenti di una notte di studio. Mi appiglio di nuovo al cartellone plastificato 30 x 50 come per guadagnare la superficie. Leggo i profili dei concorrenti[1].

– Dovremmo convocarla nel confessionale, qualcuno di noi dovrebbe parlarle, spiegarle cosa ci guadagna, – dice Cane Morto.

---

[1] FABRIZIA, 23 anni, leccese, del Toro. Mora riccia, 1,65. Frequenta un corso di grafologia. È single. Hobby: lettura. Libro preferito: *Il ritratto di Dorian Gray*. Film preferito: *Pretty Woman*. Attore preferito: Brad Pitt. Difetti: cocciuta e disordinata. Pregi: estroversa.

RICCARDO, 25 anni, pescarese, dei Gemelli. Castano, 1,79. Organizzatore di convention. È single. Hobby: parapendio. Libro preferito: *Avere o essere?* Film preferito: *Point Break*. Attore preferito: Tom Cruise. Difetti: intollerante. Pregi: costante e coerente.

ETTORE, 26 anni, ragusano, dell'Ariete. Moro, 1,68. Pizzaiolo. È sposato con Luisa e padre di Brooke (15 mesi). Hobby: puzzle. Film preferito: *Stargate*. Attore preferito: Sylvester Stallone. Difetti: poco puntuale. Pregi: socievole e divertente.

– Io non me la sento, io rispetto la sensibilità femminile, – dice Diesel.

– Oh ragazzi, state ascoltando? Diesel rispetta la sensibilità femminile, – dice Cane Morto. Rosita e Telepass si staccano dagli schermi per sghignazzare in coro.

È come se li seguissi dal fondo di un coma insulinico. Percepisco le loro voci, lassú in alto, nitide e lontanissime. Risalire, devo risalire. Continuo con i profili, li passo uno a uno[1], fino a Renzo.

Poi lo cerco sulla tv, oltre la spalla di Telepass. È a tutto schermo ora. Si è messo a nuotare. Bracciate femminili, schizzinose. La testa che gira a destra e a sinistra, tutta fuori per non bere. Le gambe che strisciano oblique come pesci morti non ancora slamati. Il regista allarga su Bettina e i tre ragazzi che osservano in silenzio. Adesso mi accorgo che il silenzio ha invaso anche la nostra stanza. Diesel e Cane Morto mi stanno guardando senza dire

[1] LOLA, 27 anni, genovese, dei Gemelli. Mora, 1,58. Aspirante artista. È fidanzata da otto anni con Michele. Hobby: ritrarre i pescatori. Libro preferito: *La casa degli spiriti*. Film preferito: *Titanic*. Attrice preferita: Meryl Streep. Difetti: irascibile e disordinata. Pregi: solare.

PAOLA, 28 anni, trevigiana (Preganziol), dei Gemelli. Bionda (rasata), 1,70. Estetista. È single. Hobby: attaccare ritagli e foto sul diario. Film preferito: *Soldato Jane*. Attrice preferita: Demi Moore. Difetti: lunatica e testarda. Pregi: sincera.

CLAUDIO, 29 anni, cremonese, dello Scorpione. Castano, 1,90. Cuoco. È fidanzato da due anni con Daniela. Hobby: alleva conigli. Film preferito: *Matrix*. Difetti: testardo e impulsivo. Pregi: curioso.

FEDERICO, 27 anni, salernitano, dell'Acquario. Moro, occhi azzurri, 1,72. Studente di giurisprudenza. È single. Hobby: musica (Mtv). Libro preferito: *Il gabbiano Jonathan Livingston*. Film preferito: *Brave Heart*. Difetti: disordinato. Pregi: generoso.

BETTINA, napoletana, 22 anni, della Bilancia. Bionda (lunghi lisci), 1,70. Studentessa di economia aziendale. È single. Hobby: prepararsi le fragole con la panna. Libro preferito: *Siddharta*. Film preferito: *Basic Instinct*. Attrice preferita: Sharon Stone. Difetti: disordinata. Pregi: sensibile.

LUDOVICA, torinese, 35 anni, del Leone. Bionda, 1,75. Guida turistica. È single. Hobby: shopping. Film preferito: *Taxi Driver*. Attore preferito: Robert De Niro. Difetti: prepotente. Pregi: espansiva.

RENZO, 31 anni, nato a Stoccarda, vive a Verona, del Cancro. Castano, 1,85. Paraplegico dall'età di 16 anni (incidente moto). Maturità scientifica. È single. Hobby: chat. Libro preferito: *Ventimila leghe sotto i mari*. Film preferito: *Blade Runner*. Attrice preferita: Cameron Diaz. Difetti: lunatico. Pregi: spiritoso.

niente. Anche Telepass e Rosita si sono voltati. È come se mi avessero fatto una domanda – a occhio, la domanda piú importante della riunione – e questa fosse l'attesa della risposta. Da quanto tempo aspettano? Che cosa mi hanno chiesto?

– Cosí, sott'acqua, sembra quasi bello, – dice Rosita, immaginando di potersi sintonizzare sulla mia attenzione commentando ciò che guardo io.

– Ehi Top Banana, noi siamo tutti d'accordo, te lo ripeto, vorremmo che ci andassi tu. Ci vai o no? – mi dice Diesel, poi stringe gli occhi, si stuzzica il piercing sul labbro. Con le dita. Con la lingua. Fa ogni cosa necessaria a proteggersi da ciò che dirò.

Mi allento la cravatta. Sono l'unico a portare la cravatta, qui dentro. L'unico sulla soglia dei quaranta. L'unico con l'appartamento offerto dal network. L'unico sposato. L'unico con una figlia – una figlia di tre anni e mezzo che non dà né accetta bacini, una figlia haitiana che in questo momento starà mordendo qualcuno nell'asilo piú costoso della Lombardia.

Cosa dirò?

Il piercing di Diesel è opaco, sembra un seme d'uva espulso dalla pelle del mento.

– No, – dico. – Ci vai tu.

– Evvai, Top Banana, grande, – dice Cane Morto.

– Okay, deciso, – dice Diesel, sedando sul nascere un crollo nervoso. – A parlare con Bettina ci vado io.

L'immagine è a bassa definizione, classico sfarfallio da 12 fotogrammi al secondo. In fila alla cassa 15 ci sono sei persone, due delle quali in divisa militare. Il secondo è un uomo di colore, in mimetica. La corsia del vasellame, antistante la cassa 15, è deserta. Il cartello dice: «corsia 15, vasi confetture», sotto la scritta TUTTO SCONTO PORDENONE. Il linoleum emana un riverbero cangiante sullo schermo – *Stop*.

Avanti veloce... Marionette che spostano carrelli, insaccano merci, ritirano resti... un uomo appare in fondo alla corsia del vasellame – *Stop*.

Play. Anche lui indossa una mimetica. Spinge un carrello vuoto, si avvicina allo scaffale della Nutella, fa qualcosa – allinea i barattoli? ne ruba uno? – non si capisce. Poi va sul lato opposto, riempie il carrello di pomodori pelati, non meno di trenta, e si dirige alla cassa 15. Aspetta il suo turno senza alzare la testa dal bollettino pubblicitario del supermercato – *Stop*.

Avanti veloce... ancora marionette che pagano ed escono dall'inquadratura con le borse di nylon nel carrello... tocca all'uomo dei pelati – *Stop*.

Play. Non mette neanche la merce sul nastro. Dice un numero, forse trenta. Tutti dello stesso prodotto. La cassiera si sporge a dare un'occhiata al cumulo di pelati. Non fa una piega. Ne passa uno sul lettore. Li conta alla buona, si fida. È un soldato. Prende i soldi, gli dà il resto – nel grigiore dell'immagine gli spiccioli sfarfallano con la stessa iridescenza da miraggio emessa dal linoleum – lo ringrazia. Il soldato esce dall'inquadratura. Ha la visiera sugli occhi. La mimetica non è americana. Nessun particolare rigonfiamento nei tasconi, niente almeno che ricordi i volumi di un barattolo di Nutella – *Stop*.

Indietro veloce… marionette che rientrano nell'inquadratura, risucchiano merci dal nastro, riacquistano minuti di vita già spesa… pelati che schizzano come salmoni fuori dal carrello e volano al loro posto… il soldato che fa il gambero verso la Nutella, toglie la mano dallo scaffale, la rimette in tasca – *Stop*.

Play. *Fermo immagine*. *Slow motion*. Ecco, adesso si vede meglio, il soldato non ha rubato un barattolo. No, ne ha aggiunto uno.

Mercoledí, 6ª giornata di Habitat

La pelle gialla di Lena esce dai buchi della T-shirt e dilaga scompostamente in mezzo al letto. Lena non si addormenta, Lena sviene. Il suo piccolo gracile corpo giace sul materasso come se qualcuno lo avesse scagliato dall'alto. È un burattino giallo con la bocca spalancata e una maglietta extralarge al posto del pigiama – la camicia da notte non è nemmeno contemplata. Anche oggi è rimasta tutto il giorno sui suoi imperatori bizantini. Da anni ormai l'unica luce cui si espone è quella del computer. Sul comodino ci sono gli elaborati degli studenti su cui ha perso i sensi. Quando sono venuto in camera, un'ora fa, era già cosí, schiantata al suolo del sonno profondo. Sono le 2,24. Anch'io ho studiato molto stasera. Portatile sul tavolo, manuale sulle ginocchia, sono rimasto in soggiorno a far compagnia a Fiona, che ha guardato per tre volte una cassetta di Mucca e Pollo.

– Non la toccherai mica con quelle mani? Senti che puzza. Ma cos'è? Acido muriatico? – mi ha chiesto Lena appena sono entrato in casa.

In effetti, il tempo di portare la bottiglia in cantina, e l'acido cloridrico mi aveva già impregnato il palmo della mano. Lena mi ha parlato dall'interno della sua nuvola di Ms, ma al fumo di sigaretta in casa nostra nessuno ci fa piú caso. Né Fiona, né la tata, né io, né tantomeno Lena, che senza Ms, sono sicuro, morirebbe all'istante. Ogni centimetro di tenda, ogni fibra di tappeto, ogni nostro capello odora di mamma. Il fumo di Lena è la piaga del luogo, una presenza quasi rassicurante, niente a che vedere con l'improvvisa puzza della mia mano. Adagio la testa sulla pancia vuota di mia moglie. Anche oggi non ha mangiato niente. Immagino di guardarci dentro. Vedo bocconcini di soia bollita galleggianti in una specie di mucillagine liquido-gassosa fatta di caffè e sigarette. Ausculto l'utero secco, le pareti ghiaiose alle quali nessun ovulo potrebbe aggrapparsi. Lena ha partorito Fiona dalla testa. L'ha concepita da sola, mentalmente, e poi l'ha pretesa. Per lei baciarla non è proprio necessario. Loro due si capiscono meglio, stanno piú tempo insieme, hanno gli stessi occhi neri, le stesse gambette di ragno. Prima, mentre Lena correggeva gli elaborati, Fiona era accovacciata ai piedi del letto a mangiarle le unghie.

– Lo dice anche la psicologa, bisogna lasciarla fare, – mi ha sussurrato, quando sono comparso sulla soglia attirato dagli stoc stoc dell'alluce.

Adesso Fiona si mangia le sue, di unghie. È nell'angolo delle scope, accanto alle scaffalature componibili che avevamo ancora nell'appartamento vecchio. Alcuni scaffali hanno gli spigoli arrugginiti. Fiona ci passa sopra le dita bagnate e poi lecca. Unghie e limatura di ferro sono i suoi cibi preferiti. Accetta controvoglia i pugnetti di riso e ragú che la tata le ficca in bocca. Accetta i lavaggi, il lettino, tutto ciò che la tata le impone. Dopodiché, sparita la tata, si libera delle coperte, abbandona la cameretta e si rifugia nel ripostiglio a mangiarsi le unghie dei piedi. Prima sono riuscito a convincerla con un'altra razione di cartoni, ma adesso so per certo che non è piú sul divano. Sento che gratta la ruggine dello scaffale. Lasciatela fare, dice la psicologa. Devo cercare di restare sveglio finché non si addormenta. Quando la prendo in braccio per portarla a letto, Fiona è come un grosso gatto, dà sempre l'impressione di essere vigile, pronta a scattare, anche se ronfa. Il che mi regala l'illusione che i bacini sul collo non siano proprio un furto. Magari anche lei mi lascia fare, mi di-

co. Alle volte il sonno mi tira un'imboscata e Fiona passa
la notte distesa tra le scope.

Sposto la testa finché tocco col naso l'anca tagliente di
Lena. Stando appoggiato cosí, è come se non guardassi la
tv, ma la spiassi nascosto dietro una cresta di roccia. Ovviamente da una posizione meno ravvicinata non ci sarebbe nessuna cresta di roccia – Lena non sarebbe una dor-
sale carsica, bensí un vietcong sventrato in trincea. Esplo-
ro il sesso di questo piccolo essere arresosi all'oggettività
dell'eterno riposo e, quasi di riflesso, le gambe di Lena mi
risospingono sul pube. Il volume della tv è bassissimo, di
fatto impercettibile. Nel riquadro superiore Riccardo si
sta depilando il petto sotto gli occhi di Fabrizia. Nei riquadri inferiori – stanza maschile, stanza femminile, soggiorno – tutto già spento, irradiato dagli infrarossi. Non
ho bisogno di sentire cosa si dicono Riccardo e Fabrizia:
il servizio Habitat Tel mi manda sms di aggiornamento
praticamente in tempo reale. Cerco di non pensare alle in-
finite guarnigioni di operatori impegnate nella diffusione
di Habitat, di non pensare alla moltitudine che in questo
momento mi sta indagando, messaggiando, sondaggiando,
captando, estraendo, elaborando, come se fossi un comune spettatore. Il mondo di Habitat è molto piú grande della casetta che gli abbiamo costruito dietro i cedri della Residenza Orione. Alle volte vengo assalito dall'idea che la
fetta di umanità che contribuisce al programma sia superiore alla fetta che lo segue. Vedo proprio il grafico a torta venirmi addosso, sproporzionato nel modo piú assurdo.

Fiona non fa piú rumore, dev'essersi addormentata. Ha
avuto una giornata abbastanza tranquilla.

– È stata proprio brava, non ha morso nessuno, – ha
detto Kenka, mentre mi lavavo le mani per poter toccare
mia figlia.

Kenka la va a prelevare dall'asilo alle quattro. Poi, pioggia permettendo, la porta al laghetto dei cigni, a un passo
dai miei studi, per non disturbare Lena. In casa, quando

si stufa di parlare e giocare da sola, sottopone Fiona a sedute prolungate di cartoni. Ogni tanto Lena si prende una pausa e si siede qualche minuto insieme a loro. Rientrando capita che le sorprenda cosí, tutte e tre in silenzio, intente a scorgere frammenti di Mucca e Pollo tra i flutti medusoidi delle Ms. Due ragnetti e una tata serba sedati da una mistura di mondo finto addizionata di tabacco.

Il pube di Lena emana il solito odore di posacenere. Mucose impregnate di fumo, lo saprà Lena? Ci avrà mai pensato? Ma Lena dorme come morta e non è certo lei a tenermi la testa qui in mezzo. Mi sposto indietro, dove la pelle è solo morbido cuoio alla nicotina, sopportabile, quasi gradevole. Osservo Riccardo strapparsi la seconda striscia di ceretta, l'espressione da bonzo incendiato, gli urletti entusiasti di Fabrizia. Il cellulare s'illumina.

Sms: ORE 2,33, NEL BAGNO DI HABITAT RICCARDO E FABRIZIA SI STANNO DEPILANDO!

Per un attimo ho la sensazione che loro, dentro quello specchio, stiano guardando me acquattato sul pube di mia moglie. Ridono guardando entrambi dritto in camera, come se stessero proprio ridendo di questi due quarantenni pieni di peli, sorpresi nel cuore della loro svogliata intimità. Mi alzo, stendo un lembo di coperta sulla salma del vietcong, prima che quei due ragazzini stronzi ne facciano scempio con le loro cerette, e vado a baciare Fiona.

Sms: ORE 2,34, NEL BAGNO DI HABITAT FABRIZIA A RICCARDO: COSÍ LISCIO SEI UN VERO DANDY!

Lascio il cellulare sul comodino.

Vieni tesoro, andiamo a nanna. Adesso il papà mette Fiona nel suo lettino. So cosa dovrei dire. Sussurrarlo piano perché penetri nel sonno e la protegga. Ma io sono troppo concentrato sulla morbida consistenza del corpo di mia figlia, troppo intimidito dalla sua quiete ferina, troppo solo di fronte alla flagranza incombente del mio tentativo, troppo per poter sussurrare alcunché. Con gli occhi socchiusi vado incontro al tepore che sale dal collo. Questo è

il minuto che aspetto da quando mi sveglio. Fiona mi ronfa sulle costole. Sa di sapone neutro e limatura di ferro –
di Ms solo un poco nell'alveare dei capelli. Le do tanti mi-
nuscoli baci sulla valle incantata che si stende tra l'orecchio e il primo bottone del pigiamino. Mi sfamo. E anche
stavolta Fiona resta immobile. No, non mi lascia fare, sta
semplicemente dormendo. La depongo sul lettino come se
la restituissi alla notte. Lascio scostate le tende perché la prima cosa che vedrà domattina sia la fila di aceri rossi, la giun-
gla curata dai supergiardinieri non proprio haitiani di Milano 2.

Rientro in camera giusto in tempo per vedere il cellulare illuminato.

Sms: ORE 2,45, BETTINA SI È INTRUFOLATA NELLA STAN-
ZA MASCHILE DI HABITAT!

Bettina? Afferro il telecomando, lavorando di freccette faccio slittare nel terzo riquadro inferiore la tresca in-
cipiente di Fabrizia e Riccardo e promuovo in primo piano la stanza dei ragazzi. In quanti siamo, in questo esatto
istante, seduti sul letto a guardare i letti di Habitat? Quanti dei clienti del bouquet Superpremium sono soddisfatti
dell'offerta Habitat 24 su 24? Quale effetto avrà, ciò che
sto vedendo, sui banner pubblicitari che scorrono nella
parte bassa dello schermo? Lena si rannicchia in posizione fetale. Penso al maiale arabo sulla porta dell'ufficio: DIO
CI HA GIÀ SOGNATI TUTTI TROPPE VOLTE. La T-shirt le si è
arrotolata dietro la schiena. Io e Lena siamo qui fuori, penso. Sta succedendo *qui fuori*. Intanto dentro la tv – *lí dentro*, penso – una sagoma in sottoveste solca la lanugine
fluorescente degli infrarossi. Non può che essere Bettina.
Si muove in punta di piedi, senza oscillazioni. Gatto Sil-
vestro in sottoveste. Osserva Renzo, forse gli dice qualcosa, sta bene attenta a non spostargli la sedia a rotelle dal
bordo del letto. Sale la scaletta, al secondo, al terzo piano, una mano alza le coperte e subito l'abbraccia. Lena
emette un verso dal regno dei morti che cattura di nuovo

la mia attenzione. C'è piú carne sul corpo di una mummia che su quello di mia moglie. Ma mia moglie è viva. Mia moglie dorme sul nostro letto, *qui fuori*. Mentre le accarezzo la spalla come ha appena fatto il ragazzo in tv, il cellulare s'illumina.

Sms: ORE 2,48, ATTENZIONE AMICI DI HABITAT, BETTINA È ENTRATA NEL LETTO DI FEDERICO!

Bettina e Federico. C'è qualcosa che non va.

Giovedí, 7ª giornata di Habitat

Il nitrato di potassio è KNO_3. *Il nitrato di ammonio è* NH_3NO_3. Ripasso il manuale mentre vengo ingoiato dalle porte foderate di feltro, dietro i cedri della Residenza Orione. Quando entro Rosita mi fa shhh col dito, l'interfono è aperto. Davanti al vetro del confessionale c'è Bettina che si attorciglia una lunga ciocca di capelli, con una gamba appoggiata sul bracciolo e il kimono dischiuso sulla coscia, come se ad ascoltarla di qua ci fosse un uomo.

– Stai bene, insomma. Non senti rimorso, – le dice Rosita.

– No, non sento rimorso, perché dovrei? A me piace Federico... come amico eh... guarda che non abbiamo fatto niente, ci siamo solo baciati un po'.

– Be', baciarsi è già fare qualcosa, ti pare? Renzo c'è rimasto male.

– L'ha detto a te? A me non l'ha detto.

– Sí, l'ha detto a noi. Tu lo sai, Renzo è un ragazzo eccezionale. È molto sensibile.

– Sí, è vero, è molto sensibile. E io gli voglio un sacco di bene.

– E però, se gli vuoi bene, non dovresti trattarlo cosí. Ricordati che domani ci sono le nomination, – le dice Rosita, sapendo di aver trovato la faglia giusta.

Bettina ha accusato il colpo. Sta chiaramente valutando le sue prospettive di vita. Rosita mi mostra con soddisfazione il suo zigomo da slava. Indossa un impermeabile di lattice trasparente. «Valla a vedere, sembra seduta den-

tro un preservativo», mi ha detto Diesel per invogliarmi
a scendere nell'acquario. Penso a Diesel e Rosita. Che indice di ascolto raggiungerei se mettessi loro due dentro un
ring?

– Ma insomma, che volete da me? È già la seconda volta che mi parlate di nomination. Io voglio bene a tutti e
due. Che c'entra la nomination? – dice Bettina.

Cammino lungo la parete a specchio scansando cameraman, tecnici del suono, ragazzi con penne e cartelline
che nemmeno conosco, il regista, che saluto con gli occhi,
e altri addetti che passano la loro vita qui sotto, regi-
strando la vita dei concorrenti.

*Il nitrato di potassio veniva venduto pressato in pastiglie,
come palliativo per il mal di gola. Oggi lo si trova ancora in
farmacia, ma bisogna chiedere il Pertiroid, un medicinale per
la tiroide.* Mi avvicino al vetro del confessionale con le
istruzioni del manuale a fior di labbra.

– Be', adesso provo a spiegartelo, – dice Rosita, prendendo un respiro, come per dosare il volume di fuoco. – Se
tu vuoi bene a Renzo è meglio.

Guardo i pesci di Habitat esercitarsi per la prova della
settimana, la canzone *We Are The World*. Da come si sgo-
la, Renzo sta imitando Bruce Springsteen. Il testo è stato
scritto sullo specchio del soggiorno per ottenere un'inquadratura ottimale. Vederli dal vivo mi produce sempre
una specie di bolo freddo in fondo alla lingua. Un'escre-
scenza. Deglutire non serve a niente.

Per ottenere KNO_3 *basta triturare le pastiglie di Pertiroid e di-
lavare gli eccipienti con alcol metilico.* Solo che occorre la ri-
cetta medica, preciso mentalmente, come se stessi già scartando questa strada. Per l'acido cloridrico è bastato comprare l'acido muriatico, ma non è sempre cosí facile.

– Vuoi dire che Renzo ha il maggior gradimento del
pubblico? È questo che dici? E io che gradimento ho?

– Non posso rispondere a queste domande, lo sai. Però
ragiona, Renzo è sensibile, ha un animo dolce, è bello den-

tro, – dice Rosita, dall'interno del suo preservativo gigante.

– Sí, bello dentro, ma è handicappato. Lo volete capire questo o no? Vi siete accorti che si muove su una sedia a rotelle o no? – dice Bettina, di colpo piena di macchie rosse sul collo.

– Bettina, ragiona, se tu sei carina con lui nessuno può buttarti fuori di qui, capace che arrivi fino in fondo, ma soprattutto diventi la ragazza dell'anno.

– In che senso? – chiede Bettina, che ha capito tutto.

– Nel senso che se ti metti con Federico sei solo una bella bionda che si mette con un bel moro-occhi-azzurri. Duri quel che duri. Fuori ti offrono qualche ospitata nei contenitori della domenica pomeriggio e poi è tanto se ti prendono per le televendite degli shampoo, – dice Rosita, sussurrando come se tutti noi, qui dietro, davvero non dovessimo sentire. Se Diesel è resistente, Rosita è letale.

– Be'? E che mi frega a me?

– Aspetta, Bettina, ragiona. Tu cosa sai fare? Voglio dire, qua non ci sente nessuno, non sai cantare, non sai ballare, non sai recitare.

– Ooh, guarda che mi avete scelta voi eh! Ho superato un casting di trentacinquemila persone, io.

– Ma infatti, perché sei molto carina e sensibile e ti piacciono le fragole con la panna e tutte quelle cose lí. Proprio per questo ti sto dicendo di non sprecare un'occasione simile. Pensa al futuro. Ti sto parlando della ragazza dell'anno. La reginetta dei talk-show. La bella col cuore. Un contratto col network, qualche piccola parte nelle fiction, magari chissà, anche un calendario di Fabrizio Ferri, – dice Rosita. – Poi scusa, una volta fuori mica vi dovete sposare.

I ragazzi si sono presi una pausa. A giudicare dai led dell'equalizzatore, la base di *We Are The World* continua a diffondersi nell'acquario, fuori però si sente solo l'interfono di Bettina e Rosita. «We are the world, we are the children», l'ideona di Telepass. Riccardo e Fabrizia si baciano sul divano nella posizione del samaritano. Ettore e Claudio stanno facendo una gara di scoregge tra le risate generali. Spero che di sopra, in ufficio, Cane Morto stia annotando i riferimenti giusti per il montato di stasera.

Grattando muri vecchi, assicura il manuale. *La fioritura bianca che compare tra le falde dell'intonaco in fase di distacco dai muri umidi delle case abbandonate è nitrato di potassio. È sufficiente purificarlo dissolvendolo in acqua distillata e ripetere piú volte ebollizione e filtraggio.* Ripeto le parole magiche: umidità, abbandono. So benissimo dove trovarle. Ricaccio indietro la gioia, prima che Rosita si volti.

– E Federico? – chiede Bettina.

– Be', Federico... perché? Ti piace tanto?

– No, cosí, chiedevo.

– Ecco brava, lascia perdere Federico. Che, guarda, secondo noi non dura.

– Ah be'... allora... – e dopo un respiro, – okay.

– Ecco brava, okay, questo sí che è parlare. Adesso vai, vatti a esercitare. Tu sei Cindy Lauper, giusto?

– Sí.

– Cindy Lauper e Bruce Springsteen, un duetto da favola. Okay?

– Okay, – dice Bettina, ed esce dal confessionale con gli occhi bassi sulle infradito.

Rosita si volta verso di me aggiustandosi la manica del preservativo e lasciando uscire dal polso la salamandra tatuata a Formentera. Ha vinto dove Diesel è stata sconfitta. È raggiante.

– Grande, – le dico, pensando umidità, abbandono, e quasi strozzandomi per non completare la formula a voce alta.

Umidità, abbandono, weekend, Pordenone.

Venerdí, 8ª giornata di Habitat

Nel sogno Fiona parla. «Dài, papà, non avere paura, entriamo», grida, già per metà risucchiata nel Toshiba di Hobby Foto. Mollo la presa dalla maniglia del negozio e la sua manina mi trascina subito nel vortice infinito che sboccia al centro del computer. Sarebbe come in *Poltergeist*, non fosse che finiamo nel soggiorno di Habitat. Ogni cosa è pulita e profumata. Nessuna traccia dei concorrenti. Forse è notte ma non si capisce, tutti i faretti della casa sono accesi. «Vieni papà, andiamo», mi dice Fiona, tirandomi verso la stanza delle ragazze. Dentro, beatamente addormentata sotto una luce accecante, c'è la dea dei platani. Nuda, le areole dei capezzoli quasi senza pigmento, il triangolo del pelo scolpito a forma di diamante, le lentiggini come infiniti ugelli aperti su un interno vuoto che emana luce e calore. Mi avvicino per toccarla sui capelli e quasi mi scotto. «Non puoi mangiarla adesso, – mi dice Fiona, – devi aspettare che si svegli». Nel sogno Fiona conosce meglio di chiunque altro questa donna dai capelli incandescenti. Usciamo dalla stanza e ci sediamo sul divano aspirato di fresco nell'attesa che io possa mangiare la dea. Fiona sfoglia un numero della rivista «Taglia e cuci». Notando che sbircio, mi sorride e mi si stringe sotto il braccio. Nella pagina aperta, attraverso alcuni disegni preparatori, s'illustra la fattura di un giubbetto portagranate.

Sabato, 9ª giornata di Habitat

Non sopporto i fuori programma. Dovevano avvertir-
mi che veniva lo zio di Trieste. Il weekend ha una sua elegante regolarità. Il pranzo con lo zio poteva rovinare tutto. Per fortuna la faccenda non è durata molto e ora l'Audi mi sta riportando, filante come su dei cuscinetti d'aria,
là dove deve.

La casetta dei genitori di Lena è a un centinaio di
metri dalla caserma dei bersaglieri. Il muro col filo spi-
nato e la scritta ZONA MILITARE interrompe la strada,
che non a caso si chiama Viale chiuso. Non ho mai avuto il coraggio di chiedere al generale se si è trattato di
una scelta consapevole, se ha deciso di abitare lí per poter sentire l'adunata, le marce, il silenzio, anche in pen-
sione, come gli succede adesso. Il generale ci aspettava
in giardino. Aveva appena passato l'aspirapolvere sul
camminamento in cotto che attraversa il prato, un'o-
perazione compiuta ogni sabato mattina, subito dopo il
tagliaerba.

– Eccoli qua! Ciao, come state? – ci ha chiesto sul cancello, quando Lena stava ancora slacciando Fiona dal sedile e davanti a lui c'ero solo io.

– Bene, molto bene, grazie. E tu? – gli ho risposto, lasciandomi stringere la mano come ama fare lui, con tutta
la forza che ha in corpo.

– Ciao papà, – ha detto Lena, togliendosi la sigaretta
dalla bocca e abbassandosi per baciare il generale sulla
guancia. Il generale è alto dieci centimetri meno di sua fi-

glia. Ogni weekend il doppiopetto grigio pende un po' di piú sulle sue clavicole da passero.

– E la nostra piccola? Come sta la nostra piccola? – ha chiesto lui, mentre Fiona era già sparita a stanare non so cosa sotto gli oleandri del nonno.

– Non la vedi? È in splendida forma, – ha risposto Lena, proseguendo verso l'ingresso.

– Ah, Lena, c'è una sorpresa.

Ci siamo girati entrambi di scatto. Neanche a mia moglie piacciono le sorprese.

– La mamma ha invitato lo zio di Trieste.

L'Audi scivola sicura verso Aviano, quasi fosse telecomandata. Un trattore procede sul bordo strada aspettando il sentiero giusto per calarsi nei campi. Sono le quattro di sabato pomeriggio, ma mezzi agricoli del genere sono dotati di riflettori per lavorare anche al buio. Il tizio là sopra ci darà dentro fino all'ora di cena. Come me. Il parcheggio della rivendita di mobili per liquidazione fallimentare è già gremito. La gente entra ed esce dai capannoni con l'aria di chi è stato spinto da una forza occulta. Il sole, basso tra le nubi, li tiene uniti sotto la stessa pellicola opaca. Anche i tetti delle macchine sono ugualmente privi di luce, smorti come il sole che muore nel mio specchietto retrovisore. A destra, altri parcheggi, altri capannoni. E il megastore Ovvio, la piú grande concentrazione di carne umana della campagna pordenonese.

– Sicché hai la passione per la pesca? – mi ha chiesto lo zio di Trieste, dopo l'inevitabile preambolo sugli anni trascorsi senza vederci, su come eravamo cambiati Lena e io da quando ci aveva accompagnati, ancora ai tempi dell'università, a prendere il treno per Milano, e tutto quel genere di ricordi che spingono mia moglie a interessarsi improvvisamente dei moccoli di Fiona. – Allora questo l'hai pescato tu? – ha continuato, indicando l'enorme persico con patate che la mamma di Lena aveva appena sfornato.

– Eh no! Questo l'ho comprato io al mercato, – ha risposto subito lei al fratello. – Però alle volte Sandro ci porta davvero delle splendide trote.

– Sempre meno, ultimamente, – ha aggiunto Beatrice, la sorella di Lena.

Dai campi sale un'Ape con un'antenna parabolica sul pianale posteriore. Arriva sul ciglio proprio nel momento in cui la incrocio. Sarà un cliente del bouquet Superpremium? Sarà soddisfatto dell'offerta Habitat 24 su 24? Penso a com'era Beatrice quindici anni fa, prima di far carriera all'Electrolux, prima del tiro con l'arco, del freeclimbing, delle vacanze solitarie nel deserto del Sinai.

– Eh Sandro? Com'è che sei cosí in calo? – ha insistito lei.

– Be', finché gli date cose da aggiustare, – ha replicato Lena, lasciando che Fiona riprendesse a cospargere di muco le gambe del tavolo. Dev'essere il primo raffreddore della sua vita. Lo ha preso al parco. Adesso la stagione è cambiata, ma la tata si ostina a portarla al laghetto dei cigni, è ossessionata dal compito di garantire quiete al lavoro di mia moglie.

– Ah sí, a proposito, il depilatore funziona benissimo, grazie, – mi ha detto Beatrice.

– Ah sí, a proposito, Sandro, c'è il frullatore che fa scherzi. Ti dispiacerebbe darci un'occhiata? – si è aggiunta quasi in falsetto la mamma di Lena, sperando di risultare spiritosa. – No, dico sul serio, posso dartelo?

– Ma sí, certo, mamma. Sandro non vedeva l'ora, – ha detto Lena.

Le Prealpi salgono improvvise davanti al parabrezza. Sembra che qualcuno abbia piegato la pianura con una tenaglia. Le pareti di roccia sono lí a cinque chilometri. Con un crepuscolo cosí cianotico, gelano il sangue. Dagli Appennini fino ad Aviano, tutto piatto, passato nella pressa. Da Aviano, un colpo di tenaglia e la terra si solleva, si piega di novanta gradi. I duemila metri del Monte Cavallo mi tolgono anche l'ultimo angolino di cielo. L'insegna disneyana della pizzeria-bowling PizzaPazz mi dice Hi, mi dice Welcome, mi dice Occhio, qua ci siamo noi.

– Insomma peschi, aggiusti frullatori, quante cose fai? – ha incalzato lo zio di Trieste. Perché la mamma di Lena non ci aveva avvertiti? Perché quel pezzente di suo fratello non aveva portato un regalino alla bambina? Perché Fiona non ha mai fame? Perché non vuole baci? Cosa pensa di me? Cosa pensa di Lena?

– Erano le passioni di suo padre, – ha detto Lena, che mi ha conosciuto quando mio padre era morto già da tre anni e sette mesi.

– Cristo, lasciatelo parlare, – è intervenuto il generale.

– Sí, è colpa di mio padre. Ho imparato tutto da lui, – sono riuscito a dire.

– Credici, zio, Sandro ha delle mani miracolose. Vero Lena? – ha detto Beatrice.

– Se lo dici tu, – Lena giochicchiava con le patate. Il suo era un finto pranzo in attesa della prima sigaretta pomeridiana.

– È solo un modo come un altro per trascorrere in pace il weekend, – ho detto io.

– Eh già, con quel lavoro, avrai proprio bisogno di un po' di relax, – ha detto lo zio di Trieste.

– Ah be', dove va lui non lo disturba nessuno, – si è precipitata a dire la mamma di Lena, che ha verso il mio lavoro un imbarazzo se possibile ancora maggiore del generale, e che sarebbe disposta a ballare il flamenco sul tavolo pur di fugare il rischio di una conversazione su Habitat.

Penso a mia madre. Ieri abbiamo guardato insieme la maxipuntata del venerdí. Penso ai suoi capelli fini, alle briciole di lacca sul divano, a come mi accarezza la testa. Per sei sette secondi il fischio supersonico di un caccia s'impossessa della mia macchina, la comprime, la dilata. Un F-16, senza dubbio. Verrebbe da credere che stia atterrando qui, su quest'incrocio. Penso alla telefonata puntuale di Diesel: «Hai visto? Tutto a posto». Lo scorso venerdí Federico è stato nominato, ieri è stato eliminato. Tutto a posto. Mi sporgo sul volante in cerca del caccia. È in punta alla sua scia, lontanissimo, dov'è già notte.

– Perché? Dove vai? – mi ha chiesto lo zio di Trieste.

– Vorrai dire dove si rifugia, – ha aggiunto la mamma di Lena, con la forchetta sospesa, il mignolo sollevato, i rebbi verso l'alto, da grande consumatrice di riviste.

– Cristo, lasciatelo parlare, – è intervenuto il generale.

– Ho una baracca, un piccolo deposito vicino ad Aviano, – ho detto.

– Vicino ad Aviano? Alla base americana? – mi ha chiesto lo zio di Trieste.

– Sí, a un paio di chilometri.

– E come ci sei finito lí?

– Prima che mio padre morisse ci abitavamo. Adesso mia madre vive qui a Pordenone. Abbiamo venduto e lei si è presa un appartamento in centro. I nuovi proprietari hanno buttato giú tutto. Dovevano sposarsi. Poi si sono mollati. Lí non ci hanno fatto piú niente. Ci sono i resti marci della demolizione. E il deposito.

Credevo potesse bastare. Lena aveva dato una patatina a Fiona. Fiona la stava impanando nella moquette. La nonna osservava senza osare una parola.

– Il deposito? Cioè?

– Il posto dove suo padre teneva le canne, la roba per la pesca, – ha risposto Lena al posto mio, – dove faceva le riparazioni.

– Era praticamente il suo secondo lavoro, – ho detto per venire in soccorso a mia moglie. – I proprietari lo hanno tenuto in piedi. Probabilmente volevano sfruttarlo come gabbiotto per gli operai, sí insomma, per il cantiere della nuova casa. Dicevano che mi avrebbero chiamato a portare via la roba, ma non l'hanno mai fatto. Le chiavi ce le ho ancora io, – era come se tentassi di sedurre lo zio, come se gli stessi proponendo una seratina al mare.

– Ah sí? E che ci fai?

– Te l'ha detto, zio. Aggiusta il mio depilatore, il frullatore della mamma, sta lontano un paio d'ore dalla moglie, – ha detto Beatrice, ma Lena non ha raccolto.

– E come fai a stare senza tv? Tu non puoi stare senza, giusto? Devi vederla costantemente, no?

– Be', Carlo, adesso non la sta guardando. E poi che c'entra la tv? Stiamo parlando di case, Cristo, – è sbottato il generale, prima che sua moglie si mettesse a ballare il flamenco sul tavolo.

– Ho degli ottimi collaboratori, mi tengono sempre informato, – ho detto. – E comunque, se volessi, c'è la corrente elettrica. Ma almeno due giorni alla settimana, no grazie, – cercando nel modo piú meschino l'approvazione di mia suocera.

– E come fai ad avere la corrente elettrica? Sí, voglio dire, non hanno staccato tutto?

– Oh certo, ma Sandro ha le mani d'oro, ricordi? Succhia l'energia a noi cittadini modello, ecco come fa, – ha detto Beatrice, godendosi le facce pietrificate dei genitori. Da una parte Habitat, dall'altra l'abusivismo. D'altronde era anche colpa loro se il pranzo stava diventando un campo minato, non lo avevo certo invitato io lo zio di Trieste.

– Intere favelas vivono in questo modo, – ha detto Lena.

– Oddio, sentitela, ha parlato Lula. Per quanti sforzi tu faccia, professoressa, non mi sembrano tanto dei niños de rua.

– Bea, datti una calmata, ti abbiamo appena aggiustato il depilatore, – ha detto Lena, con uno sguardo che solo un pazzo non avrebbe preso in considerazione.

– Be' sí, in effetti, tutti noi qui traiamo beneficio dal crimine di Sandro. Grazie Sandro, continua cosí, – ha detto Beatrice, sollevando il bicchiere di vino.

– Smettetela, ragazze. Avete ottant'anni in due e litigate ogni volta come bambine, – ha detto mia suocera, che doveva essere stata scossa soprattutto dalla parola crimine, avendo speso tutta la vita, come il marito, in difesa delle leggi della nazione. Come poteva accettare, lei, medico del lavoro, ex ispettrice ministeriale di cui tutti a Pordenone ricordano le incursioni nei colorifici degli anni Settanta, di avere un genero criminale?

– Ottant'anni in due, grazie mamma, molto fine, – ha detto Beatrice.

– Scusa, ma come fai? – mi ha chiesto lo zio di Trieste.

– Ancora? Basta, Carlo. Che ti frega come fa. Che sarà mai, per una manciata di watt, – ha detto mio suocero, che è un generale, ma di Salerno.

– Mi sono attaccato al traliccio, – ho detto. – Non è difficile.

Su entrambi i lati della strada scorre la base americana. A sinistra, le lucine blu della pista. A destra, la sagoma nera di un carrarmato. Sulle vie interne, altri mezzi corazzati si muovono lentamente, trasmettono la solita vecchiezza minerale – avanzatissima tecnologia di annientamento a forma di rupi, di macigni, di monoliti. Il cielo è cosí nitido all'orizzonte e la terra cosí priva di alberi che mi sembra di poter vedere fino a Milano. Nelle garitte ci sono elmetti verdi. Alla sbarra d'ingresso, gli elmetti bianchi della MP. In fila al controllo dei tesserini, un fuoristrada con le gomme giganti da motorshow e una supercarenata giapponese con i cerchioni in lega, i cristalli neri e le pinne. AFI, dicono le targhe. Air Force Italy. Sommo i numeri dell'ultima: 15. Cerco altri dettagli, qualsiasi cosa mi aiuti a non pensare.

– Allora, ci vediamo domani a pranzo, – ci ha detto la mamma di Lena, aggiungendo subito: – Saremo solo noi, – prima che lo zio di Trieste uscisse in giardino

– Speriamo che non passino altri diciott'anni, – ci ha detto lo zio di Trieste mentre stringeva la mia mano e abbracciava Lena.

– Ciao, – ci ha detto Beatrice.

Nessuno ci ha detto quand'è che potremo accarezzarla? Quand'è che siederà a tavola con noi? Quand'è che smetterà di mordere? Quand'è che ci farà un sorriso? Nessuno ci ha chiesto se ci sono novità, se ci sono progressi. Nessuno s'è neanche azzardato a nominarla. Né a chiederci come dormiamo. Se dormiamo. Tutto questo pudore, tutta questa comprensione. Ogni volta guardo Lena convinto che il suo cranio sia sul punto di sbriciolarsi. Anche prima, mi pareva proprio di sentirlo scricchiolare.

– Nghanaao harrshnghanaao, – ha detto Fiona, tornando fuori dagli oleandri con un passero morto tra le mani, in tutto simile al generale.

– No, niente vudú, Fiona. Butta quell'uccello, – ha detto Lena. E poi: – Non è stata lei, – come se qualcuno non ne fosse del tutto convinto.

Mentre entro da Armando Electronics, esce un negro con l'adesivo «I love Aviano» appiccicato sul giubbotto. Armando mi regala il suo miglior sorriso. Spinge gli occhiali oltre i punti neri, si asciuga il sudore dalle mani sfregandole sul camice bianco. Da un angolo alto del laboratorio, un vecchio 18 pollici attaccato a un supporto inclinato sta trasmettendo la puntata in chiaro di Habitat. Nel banco, sotto la cassa, il monitor del circuito interno mostra il marciapiede, deserto.

– Cosa mi hai portato di bello questa settimana?

– Un frullatore.

– Ah, un frullatore, vediamo, – dice Armando e tira fuori dal nylon i pezzi del frullatore di mia suocera, montandoli via via.

Intanto Renzo sta consolando Bettina per l'eliminazione di Federico.

– Non si accende, – dico.

Intanto l'immagine sfarfallante di una vecchia sta passando sul monitor.

– Okay, lasciamelo.

– Ce la fai per sabato prossimo? – chiedo, mentre la

vecchia è uscita di scena e Renzo sta continuando a soffiare nei capelli di Bettina.

– Sí, credo di sí.

– Bene, – dico.

Intanto Bettina offre la sua maschera di lacrime agli occhi di Renzo, dicendo qualcosa sull'amicizia che non riesco a sentire.

– Come va col depilatore?

– Tutto a posto.

– Perfetto allora. Torna sabato.

Due minuti dopo, le bacche dei lecci tra i quali mio padre stendeva l'amaca scoppiettano come imbottitura da impacco sotto i pneumatici dell'Audi. Estraggo dal bagagliaio la dose settimanale di acido cloridrico. Incastro la tanica insieme alle altre, accanto al bancone delle morse, sotto la rastrelliera con le canne da pesca. Accendo la stufa. Aspettando che prenda bene e asciughi l'umidità dell'interno, torno fuori armato di spatolina da stucco e un barattolo vuoto.

Sms: ORE 16,24, BETTINA A RENZO: TI VOGLIO BENE, POSSO ESSERE TUA AMICA?

Stacco grosse cialde d'intonaco nei punti in cui si era già sollevato e poi gratto, contando fino a cinquecento, con intervalli di un minuto tra una serie e l'altra. La fioritura bianca cade a grumi nel barattolo. Sale bagnato, penso. Vado avanti per mezz'ora. Durante i riposi, aspiro l'odore dei ruderi di famiglia, delle stoppie fradice, della legna che brucia. Immagino di non essere io. Immagino di non essere vivo. Immagino di non essere mai nato. Per quando rientro, farà un bel calduccio. Metterò a sobbollire la polvere in acqua distillata. Una volta filtrata, la farò essiccare. Poi la verserò nel bidone di nitrato di potassio che ho estratto fino adesso. Molto prima che tutto questo avvenga, però, avrò già cominciato.

•

– Ufficio adozioni, pronto.

– Gianna, sono io.

– Professore, lei non ha idea.

– Che significa? Le ha parlato? Vi siete viste?

– Lei non ha idea del casino in cui ci siamo messi.

– Gianna, si spieghi. Vi siete viste?

– Oh sí, ci siamo viste. Al telefono ha fatto finta di niente. Sembrava quasi le facesse piacere sentirmi. Mi ha dato un appuntamento in centro. Certo, dovevo sospettare qualcosa.

– Perché, cos'è successo?

– Ah, sulle prime niente. Ci siamo sedute, abbiamo ordinato, io le ho detto che non era cambiata di una virgola, che sembrava in splendida forma, e lei mi ha detto: «Anche tu non stai male».

– E poi?

– E poi ha abbassato la testa. Dio, tutti quei capelli, tutto quel rosso, ci si è nascosta dentro finché non sono arrivati i caffè.

– Gianna, voglio sapere cosa vi siete dette.

– Cosa ci siamo dette? Prima che potessi dire a, ha tirato su la testa e mi ha piantato gli occhi in faccia: «La prossima volta che ti vedo ti ammazzo».

– …

– E non è finita. Ha detto: «Questo vale anche per Alberto. Diglielo pure. Io l'ho chiamato solo perché sapesse. Lui non deve intromettersi. Voi non dovete complot-

tare contro di me perché io vi ammazzo tutti e due. Mi
avete già fatto male abbastanza». Al che io le ho risposto:
«Abbiamo solo aiutato la bambina». Lei mi ha guardato
di nuovo in quel modo. Stavo sudando dappertutto. «Lo
abbiamo fatto anche per te». «Per me?!» mi ha urlato in
faccia lei, e poi si è messa a ridere come una matta. Tutto
il bar ci guardava.

– Vada avanti, Gianna.

– «La bambina sta bene», le ho detto. «Lo so, io la vedo la bambina», mi ha risposto lei. Allora le ho detto che
non doveva andare a Milano, che poteva essere molto dan-
noso per la piccola ed era senz'altro molto pericoloso per
lei, che c'erano in agguato guai immensi con la giustizia.
Per lei. E anche per noi. Insomma, non è che fossi particolarmente convincente con quegli occhi da matta punta-
ti addosso, comunque sono andata avanti per un po'.

– E lei?

– E lei mi ha lasciato riempire l'aria di parole, finché
non si è alzata di scatto: «Gianna, non so dirtelo meglio
di cosí: non provate a fermarmi, sono disposta a tutto».

– E se n'è andata cosí?

– Sí, professore, se n'è andata cosí. Adesso deve fare
qualcosa lei. Deve venire. Adesso, subito!

– Eh, subito, è una parola.

– …

– Potrei… un aggancio ce l'ho.

– Ah sí?

– Sí, ce l'ho.

– …

– La mamma.

Domenica, 17ª giornata di Habitat

– Ho preso un po' di trote. Te le metto in ghiacciaia, cosí ce le fai la prossima volta, – dico a mia madre, andando dritto in cucina.

Di fatto non sto neanche mentendo. Stamattina ho preso quattro belle trote dall'ambulante che passa ogni domenica in piazza, ad Aviano, e le ho tenute da me fino a stasera. Che poi le abbia strofinate sul maglione e sulla tapezzeria della macchina è un'altra questione.

Mia madre però non risponde.

Torno in soggiorno. Sta guardando Domeniquà, il contenitore domenicale del mio network. Ha gli occhi arrossati, lucidi, gli occhiali tutti storti e tre graffi sulla guancia destra.

– Mamma, cos'è successo?

– Ma niente, cosa vuoi che sia successo?

– Ti ha graffiata?

– Stava scorticando il ficus. L'ho fermata. Allora ha scorticato me.

L'accarezzo sull'altra guancia col dorso delle dita.

Fiona è appiccicata alla vetrata panoramica. Passa molto tempo a guardare cosí. Dev'essere l'angolazione che la colpisce. A Pordenone basta essere al sesto piano per vedere il mondo dal cielo. Non so cosa guardi Fiona – se la serpentina illuminata dei portici, o la cipolla rococò del campanile, o l'orologio rosso di FriulAdria, o i tetti, semplicemente i tetti, lucidi di pioggia, quasi laccati nel buio della sera – non è facile capirlo di profilo. Vedo la calotta trasparente della cornea, i ciglioni immobili, la punta del naso quasi a contatto col vetro. Alle sue spalle, Bugs Bunny, Lala, Nunu, Pinky Winky, un mio vecchio orsacchiotto, la pianola con i versi degli animali, macerie di Lego e ogni altro genere di giocattolo giacciono inerti sul tappeto di gommapiuma con le lettere e i numeri.

Cos'hai fatto alla nonna, eh? Non si fanno queste cose. Vergogna, povera nonna, brutta bambina cattiva, fila in castigo. Queste sono frasi. Oppure: va bene, vieni qua che ti perdono. Chiedi scusa alla nonna. Vai a darle un bacino. Ecco, anche queste sono frasi.

– Aspetta che ti pulisco il naso, – dico a mia figlia, avvicinandomi titubante con un kleenex in mano. Ma lei si scansa, senza staccare gli occhi dallo skyline pigmeo di Pordenone.

A metà strada tra mia madre e mia figlia c'è il ficus. Dai rami sbrecciati gocciola del liquido gommoso, piú bianco del latte. Accanto al divano ci sono tutte le riviste dove sono comparsi servizi su Habitat. Mia madre ritaglia quelli dove mi intervistano, o mi citano soltanto. Noto che ha ancora strette in pugno un mucchio di foglie. Ha lo stesso sguardo di Fiona, non sta vedendo ciò che guarda.

– Dov'è Lena? – chiedo, sedendomi accanto a lei. Il conduttore di Domeniquà sta intervistando Federico. Prima del blocco pubblicitario urla: «Restate con noi, ruberemo altri segreti al grande eliminato di Habitat!»

– Dove vuoi che sia?

– All'Altra metà?

– All'Altra metà, sí. Al commercio equo e solidale. A salvare il terzo mondo.

– Mamma, non essere acida.

– Sandro, è questa bambina che dovete salvare, non il terzo mondo. Marilena non può andarsene dalle sue amiche alternative nell'unico giorno in cui potrebbe stare un po' con sua figlia.

Mia madre è la sola a chiamare Lena col nome intero,

procurando sempre un sottile effetto destabilizzante in chi l'ascolta.

– Lena sta dieci ore al giorno tra riunioni di facoltà e imperatori bizantini. Ha bisogno di sviarsi, lo sai. E comunque sta con Fiona molto piú tempo di quello che credi.

– Be', allora parliamo di te. Come pensi che le entrerai nel cuore? Andando a pesca? Standotene tutto il finesettimana chiuso nella baracca di papà? – mi dice lei, sforzandosi di non far tremare la voce, restando con gli occhi sul video, dove Federico sta spiegando il significato spirituale del suo nuovo taglio di capelli post-Habitat.

– Mamma…

– Sandro, guarda, sono le sette. Lei è ancora lí a vendere caffè del Nicaragua e tu sei appena rientrato.

– Tra un paio d'ore torniamo a Milano e non sarà piú un problema tuo.

– Ecco, almeno un po' di macchina la fate insieme, – dice lei, ma poi mi prende subito per il braccio. – Aspetta, dove vai, resta qua. Non litighiamo, dài.

– Mamma, lo sai che non ti devi impicciare…

– Lo so, lo so. Ma la bambina sta male.

– Fiona sta benissimo, ha solo un po' di raffreddore.

– Sí sí, raffreddore. Non si fida di nessuno. Ha bisogno di fidarsi di qualcuno. Ha bisogno che qualcuno le scaldi il cuore, – dice mia madre, parlando come il conduttore di Domeniquà, senza peraltro allontanarsi di un millimetro dalla verità oggettiva. Mi pare proprio di vedere il nocciolo bluastro del cuore di Fiona, sotto il velo opaco del ghiaccio. Vedo il suo corpo di ragnetto esploso, e me che finalmente posso entrarci, pieno di coperte e piumini.

Intanto è partito un sondaggio su Federico. Stava meglio prima o con la nuova pettinatura?

– Perché lo avete fatto uscire? – dice lei, cercando di non lasciarmi troppo davanti al cuore ibernato di mia figlia.

– Il *televoto* lo ha fatto uscire.

– Sí sí, il televoto, – dice mia madre, che va fiera di conoscere le funzioni mie e dei miei ragazzi. Intanto Federico si china prontamente sul primissimo piano della steadycam per sbattere i suoi fanali azzurri. – Peccato, aveva dei begli occhi

– Sí, li aveva belli, – dico, apprezzando la coniugazione al passato della vita di Federico, – ma non ci serviva.

Fiona transita senza degnarci di un'occhiata e va in cucina. Mi accorgo solo adesso che indossa il vestitino di velluto che le ha fatto mia madre, quello col ricamo sul collo, del quale durante una litigata Lena mi ha detto: «Ci spegnerei volentieri le cicche sopra».

– Vado a prepararle il riso, meglio approfittare, – dice, alzandosi dal divano con lo stampo del cuscino sulla nuca.

– Si fiderà. La psicologa dice che si fiderà.

Mia madre torna indietro di un passo e mi accarezza la testa.

– Vai a farti una doccia, che puzzi di pesce.

Martedí, 33ª giornata di Habitat

La dea dei platani è seduta sulla sua panchina. Quinta volta, annoto mentalmente. La vedo alle spalle della psicologa e della maestra Tatiana, nell'unica finestra sgombra di disegni dell'asilo Crescere Giocando. Sono in ritardo di almeno quattro minuti.

– Fiona sta facendo grandi progressi, mi creda, – dice la psicologa, cercando di capire se ho difficoltà a metterla a fuoco o sto invece guardando deliberatamente sopra la sua spalla. È una cinquantenne coi capelli a spazzola, le gengive basse e gli incisivi superiori incapsulati. Quasi tutto il suo corpo è inglobato in una specie di poncho peruviano. Sta accovacciata sull'ampio davanzale come la studentessa che è stata, mentre la maestra Tatiana sistema la plastilina nei rispettivi comparti colorati sul banchetto lí accanto. Dev'essermi chiaro che il nostro è un colloquio informale. Grandi comunicatrici.

– La bambina ha un ottimo rapporto con i colori caldi e le forme poligonali, – continua la psicologa, mentre cerco di assorbire la luce che la dea dei platani getta contro il vetro. – Ha un ottimo rapporto con i minerali e i vegetali.

La maestra Tatiana si trattiene dal guardare la psicologa. Tiene giú la testa, come se smistare concrezioni di plastilina richiedesse tutta la sua concentrazione. Si trattiene anche dal chiedermi, in presenza della dottoressa, curiosità su Habitat.

– Fiona ha un bellissimo rapporto con la natura. Può

chiederlo alla maestra. Ama la terra e ama gli alberi, – dice la psicologa.

– Oh sí, Fiona ama i nostri platani, – dice la maestra Tatiana, rivolta non a me bensí alla dottoressa, che approva la sua prontezza e intanto prende tempo, prima delle altre forme viventi.

Io annuisco, riappropriandomi subito dell'epifania apparsa sul vetro. Ormai è chiaro che non viene qui per me. È la quinta volta che ci vede arrivare, separarci, proseguire, senza avere mai tentato un contatto, restando sempre lí, seminascosta nella radura da cui sorge, coi capelli delle foglie di un mese fa, le nocche bianche sulla tracolla della borsetta. Non abbiamo mai neanche accennato un saluto. Né io né lei. Eppure, anche adesso, ho l'impressione che stia guardando me. È seduta in punta allo schienale della panchina, con i gomiti appoggiati sulle ginocchia e la faccia rivolta verso la finestra. Il vetro è in ombra. Lei invece ha il sole negli occhi. Nessuno starebbe in quella posizione se non per guardare dentro. Ma lei non sta semplicemente guardando dentro. Cerco di scacciare l'idea che la traiettoria del suo sguardo finisca dove credo, perché ciò significherebbe che mi sta fissando esattamente come la sto fissando io, ciò significherebbe che gli occhi della dea dei platani sono penetrati nella finestra *proprio* per parlarmi, per parlare *proprio* a me. E cosa mi stanno dicendo? Di notte la dea dei platani viene a farsi mangiare. Mi preme la testa tra le tette farinose, mi accarezza i capelli come solo mia madre sa. Spinge coi fianchi, con le mani, finché non sprofondo. Lascia che mi rintani là dentro, che mi sazi. Poi mi lava tutto con la lingua a forma di orchidea. In sogno, quella donna è il mio vangelo di carne, la mia cosa buona e giusta, del suo amore mi fido ciecamente. Non m'importa se è tardi, adesso uscirò e le proporrò un caffè.

Intanto il discorso della psicologa si è spinto avanti, in una direzione un po' piú tecnica.

– Gli ultimi test relazionali hanno confermato le sue difficoltà nelle dinamiche intersoggettive. Fiona non si accredita come alpha wolf, ma neppure accetta la subordinazione agli alpha wolf, il che le impedisce di essere assorbita nella gerarchia sociale, – dice la psicologa.

– Capisco, – dico io, senza chiederle se i riferimenti all'etologia dei lupi sono dovuti alla specifica propensione mordace di mia figlia o sono termini d'uso comune anche in ambito di argomenti umani, o simil-umani, come quelli dell'infanzia.

– Detto questo, le ripeto, sua figlia non è differently abled, – la dottoressa sa chi sono i genitori dell'asilo Crescere Giocando, sa che hanno un dizionario d'inglese a casa e uno in ufficio, sa che preferiscono non sentire mai, in nessun caso, la parola handicappato. Penso a Fiona che lotta coi lupi alfa, mi pare di sentire i suoi versi nella classe accanto. La dea dei platani è ancora rivolta verso la finestra. Ogni volta che torno sul vetro, la trovo già lí che mi aspetta. Costi quel che costi, io del caffè glielo dico. – Non è hearing impaired, – continua la dottoressa. Non è hearing impaired, perfetto. – Il fatto che non reagisca a molte stimolazioni sonore è dovuto a un fenomeno detto di abituazione. Se si porta un cucciolo di cane a passeggio per il centro, la prima volta muore di paura, ma in breve tempo, riconoscendo i rumori del traffico come innocui e privi d'interesse, si abitua a escluderli dalla sua attenzione, capisce? – Mi sarebbe sempre piaciuto avere un cane. Penso al marciapiede davanti a Hobby Foto, alle merde fumanti, ai bianchissimi fazzolettini di carta dei padroni. Penso ai versi di mia figlia. – Ecco, il problema è che Fiona ha compiuto un processo di abituazione verso le nostre voci, – conclude la dottoressa.

È autistica? Questa è una domanda. Parlerà? Anche questa è una domanda. Posso offrirle un caffè? Un'altra domanda.

– Sono cose che capitano non solo ai bambini adottati.

Diversi casi mixed race, tanto per dire. Interferenze linguistiche. Troppi suoni, troppe lingue, capisce? – Fiona è nera come solo un'haitiana di centesima generazione può esserlo, niente mixed race. Io parlo italiano, Lena anche, la nostra tata serba lo parla meglio di noi, niente interferenze linguistiche.

– Sí, capisco, – rispondo. La maestra Tatiana mi guarda da sopra gli occhiali come se avessi appena starnutito rumorosamente. Si sta togliendo la plastilina dalle unghie con una forcina per capelli. Tatiana, lei lo sa, è autistica? Parlerà?

– Non vi dovete scoraggiare. L'importante è che Fiona trascorra un ottimo quality time, – tempo di qualità? Tempo non spazializzato? Durata bergsoniana? Elucubro a vanvera mantenendo la faccia di pietra. Il Crescere Giocando si avvale solo di consulenti che abbiano conseguito il PhD in università americane. Come il peggiore dei sortilegi, il quality time fa alzare dalla panchina la dea dei platani. Noto la spinta dell'ultima gamba, la caviglia, ancora senza calze, mi pare. Il resto è già tutto inghiottito nel niente dietro la finestra.

– Devo andare, – dico, – sono in ritardo, – e guardo l'orologio perché sono in ritardo davvero, anche se questo non c'entra. Aspetti!, vorrei urlare. Ehi, lei, aspetti! Vorrei urlarlo oltre il muro. Ma come puoi dare del lei al tuo vangelo di carne? Sono le 8,45.

– Certo, certo, capisco. Ah, voi animali televisivi, sempre di fretta, – mi dice la psicologa, mentre la maestra Tatiana si trattiene dal rubarmi, cosí su due piedi, una battuta su Habitat. – Forza, mi raccomando, – dice ancora la dottoressa in poncho, stringendomi la mano.

Esco sforzandomi di non correre. Nella classe accanto scorgo l'alveare dei capelli di Fiona bloccato tra le mani di uno stronzetto, un alpha wolf immagino. Intervengo? Inseguo la dea dei platani? Per un decimo di secondo sento proprio le due forze dilaniarmi come traini di cavalli lanciati in opposte direzioni. Mentre decido di difendere Fiona, e mi pare di vedere l'altro braccio strapparsi e scivolare dietro i cavalli verso il portone dell'asilo, vengo anticipato da una maestra di cui non so il nome. Una magnifica maestra cicciottella che con un semplice colpo di polso salva entrambi i bambini da testate e sangue.

Fuori ovviamente non c'è piú nessuno. Quinta volta, penso, come per dare un conforto numerico alla delusione. La psicologa mi saluta dalla finestra. La riconosco appena, spersa nelle alterazioni deformanti del vetro. Cosa guardava la dea dei platani? Cosa poteva vedere? Dottoressa, mi dica, Fiona è autistica? La sentirò mai parlare? Vorrei tornare dentro a chiederglielo, adesso.

Riaccendo il cellulare, che trilla immediatamente.

– Tutto bene? Ci stavamo preoccupando, – mi dice Diesel, che nasconde malissimo l'irritazione dentro un tono preoccupato.

– Sí, bene, bene. Che cos'è il quality time?

– È il tempo da trascorrere con i propri cari. Quello in cui tu sei campione mondiale, – mi dice la mia inesauribile luogotenente. – Muoviti, Top Banana. L'arte ti reclama.

Ha sistemato il barattolo di pelati sullo scaffale – *Stop*.

Avanti veloce... la marionetta spinge il carrello verso la cassa 7, il pannello CONCA D'ORO ROVEREDO sfreccia fuori dal monitor – *Stop*.

Play. L'immagine sfarfalla, ma è sufficientemente nitida. Davanti a lui, in coda, ci sono altre due persone.

La prima è una donna con due litri di olio d'oliva, uno di latte a lunga conservazione parzialmente scremato (1,8%), una confezione di parmigiano reggiano, una di gorgonzola, una di brie, due mozzarelle in offerta, una confezione da sei di acqua minerale naturale, una di sale grosso iodato, una di sei uova medie, una di spinaci surgelati, una di patatine fritte per forno surgelate, una di minestrone di legumi surgelato, una di filetti di platessa surgelati, due pizze margherita surgelate, una confezione di pasta frolla per crostate, due di biscotti (una di frollini, l'altra di ripieni alla vaniglia), due di tiramisú, una di muesli, una da tre di tonno all'olio d'oliva, tre cartocci del banco salumeria, due confezioni di roastbeef, tre di pasta (una di spaghetti n. 5, una di pennette rigate, una di fusilli), una di riso vialone nano, una di arance spagnole, una di mele golden, una di pere Kaiser, una di banane, una di radicchio rosso di Treviso, una di misto rucola-insalatina-radicchio, un barattolo di marmellata di arance, uno di cetriolini sottaceti, uno di capricciosa per insalata di riso, un ricambio della ramazza per i pavimenti, una di pellicola trasparente, una di salviettine colorate, una da tre videocassette 180, una di detersivo per lavastoviglie, una di assorbenti femminili con le alette, una di carta igienica triplo velo, una di filo interdentale cerato, un flacone di bagnoschiuma energizzante, un libretto di disegni da colorare, tre confezioni di chewing-gum in confetti e due bottiglie di cabernet – *Stop*.

Avanti veloce... la marionetta imbusta la merce, paga col bancomat, mette le borse nel carrello e sfreccia fuori dal monitor – *Stop*.

Play. Il secondo è un uomo con una confezione di burro di arachidi, una di mostarda mantovana, una di muffin alla cannella, tre di merendine ripiene alla nocciola, cinque da sei bottiglie di birra messicana, una confezione di fajitas di pollo surgelate, una di tacos, una di salsa di soia, una di riso cantonese surgelato, sette di cheeseburger surgelati, una di barrette energetiche, due bottiglie di integratori isotonici al maracuja, una cassa di lattine di Pepsi – *Stop*.

Avanti veloce... la marionetta imbusta la merce, paga in contanti, mette le borse nel carrello, la cassetta di Pepsi sulla spalla, e sfreccia fuori dal monitor – *Stop*.

Play. Tocca a lui. È in mimetica, come al solito. Mette sul nastro trenta flaconi di shampoo. Di tre diverse marche, tutte in confezione opaca con apertura a strappo. Quando si gira per uscire abbassa ancora di piú la visiera sugli occhi.

Martedí, 33ª giornata di Habitat

L'avessi raggiunta, non avrei certo avuto il coraggio di parlarle. Ogni volta che mi si riaccende nel cervello la scena verosimile dell'incontro – lei che si volta di scatto, i muscoli del collo tesi, gli occhi... dio, gli occhi – ci verso sopra l'equilibrata sapienza del manuale. *L'acido picrico si ottiene facendo reagire l'acido acetilsalicilico con acido solforico e nitrato di potassio. L'acido acetilsalicilico si ottiene dissolvendo in alcol l'aspirina.* Farmacia, annoto mentalmente.

Di là sento le voci dei ragazzi al lavoro. Che voce avrà la dea dei platani? Eccoci di nuovo sul marciapiede dell'asilo. Anzi no, lei ha già attraversato e io l'ho quasi raggiunta. Scusi? Nessuno osa fermare una donna per strada a Milano. Penso alla stronzata del caffè, non ce l'avrei mai fatta. Però ormai ci sono. Scusi? E lei che si gira con l'adrenalina negli occhi, quel contrarsi e dilatarsi di pupille, perfettamente visibile a mezzo metro. Che voce ha? Che voce può avere? *Il nitrato di urea si ottiene miscelando urina concentrata con acido nitrico e polvere di alluminio. L'acido nitrico è in commercio come acqua forte. La polvere di alluminio è in commercio come porporina.* Negozi per artisti, annoto mentalmente.

– Top Banana, vorremmo che visionassi il montato di stasera, secondo noi è sconvolgente, – dice Diesel dalla soglia, sorprendendomi in assoluta catatonia, la scrivania una pista di bowling, il mouse lontano un miglio dalla mano.

– Arrivo tra un minuto, – dico, per lasciarle intendere che sono alle prese con un concetto rarefatto ma molto importante. Diesel gira sui tacchi e scompare nella stanza centrale. I tacchi di Diesel da dietro sembrano larghi, invece di profilo sono sottilissimi. Due listelli alti otto centimetri, da cui salgono, fino a metà polpaccio, nastri di cuoio intrecciati a mo' di coturni. Da lí cresce lo sbuffo alla zuava di una tuta militare piena di tasche e cerniere. Poco piú su c'è la testa di Diesel. La tuta è verde. Le scarpe sono rosse laccate, con la punta da guinness dei primati, come direbbe lei. Mi sforzo di ricordare se in sogno la dea dei platani ha l'alluce valgo. No, non ce l'ha.

Nella stanza i ragazzi sono ai loro posti, stanno già tutti mostrandomi le nuche quando Telepass fa partire la registrazione. Nella cucina di Habitat è in atto qualcosa di simile a un'analisi di gruppo. Lola, Paola, Fabrizia e Riccardo si stanno raccontando a turno i genitori, quasi tutta gentaglia, a sentir loro. Sulle prime penso che ci starebbe bene anche Renzo – non so che share possa ottenere un intero blocco senza Renzo – ma poi vengo totalmente fagocitato dal monologo di Riccardo.

«No, non sto scherzando. Io ho desiderato la morte di mio padre», dice torturandosi una pellicina delle unghie. Le ragazze ammutoliscono. «Sul serio. Quando si è ammalato ero felice. Un cancro era proprio quello che ci voleva», dice con gli occhi sempre sulle mani. Le ragazze restano in silenzio, non sanno come reagire, non sanno come ci si aspetta che reagiscano. Piuttosto che mostrarsi indecisa anche Lola abbassa la testa. «Per molto tempo mi sono sentito un verme. Non so perché lo dico a voi. Io ho assistito alla morte di mio padre. Gli ero accanto mentre il cancro lo soffocava, – la voce di Riccardo comincia a tremare. L'unghia si è coperta di sangue. – Lo guardavo gonfiarsi sul letto per prendere gli ultimi respiri e gioivo», la voce gli si rompe del tutto. Fabrizia gli mette una mano sul braccio. «Vi sembro un mostro, lo so. Anche a me pare di esserlo e mi vergogno. Ma non sono capace di dimenticare le cose che mio padre ci ha fatto, le cose che ha fatto a mia madre». Riccardo ormai piange a dirotto. Ha contagiato anche Fabrizia e Paola. Lola tiene giú la testa. «Certe sere tornava a casa ubriaco fradicio e le montava addosso, il bastardo. Con la porta della camera aperta. Davanti a me!» urla Riccardo, con quel cigolio straziante di ogni adulto che piange. E io sento crescermi dallo stomaco una vampata di panico, mi sono appena accorto che ho le guance inondate di lacrime, le prime mi sono già scese in bocca. Mi asciugo furtivamente col dorso della mano e noto che anche Telepass sta facendo la stessa cosa. Giuro, Telepass *piange*. E Rosita? Incredibile, Rosita ha tutto il trucco sciolto lungo il naso. Di Diesel e Cane Morto vedo solo le nuche ma, Cristo, si sente che stanno proprio singhiozzando. Insomma, dentro e fuori la casa, siamo tutti distrutti dal pianto. Guardo la schiena di Diesel percorsa da scossoni violentissimi. I miei ragazzi, penso. Nel panico, nella sorpresa, c'è anche il piacere sottile di una nuova comunanza, il virus rivitalizzato dello spirito di corpo. «Io ero piccolo e mia madre si lasciava montare in silenzio per non farmi capire che le faceva male», dice Riccardo, mentre Fabrizia lo stringe, gli accarezza la spalla. Lola e Paola non lo vedono neanche piú, tanta è l'acqua che hanno negli occhi. «Ma io capivo tutto, Cristo se capivo. Scusatemi». Riccardo crolla sul tavolo, con la testa tra le braccia. Le ragazze gli si fanno attorno, mentre si va a nero.

– Ecco, qui andiamo a nero, – dice Diesel, girandosi verso di me.

– Madonna, ogni volta che lo rivedo resto sconvolta, bravissimo, – dice Rosita.

– Hai visto la mano tutta insanguinata? Grande eh? – dice Telepass, asciugandosi la faccia.

– Ah sí, grandissimo, – dice Cane Morto. – La sa fare benissimo.

– Come, la sa fare benissimo? – dico io, chiedendomi se qualcuno mi ha visto, se ho gli occhi arrossati. – Stai dicendo che ha mentito?

– No, che discorsi, – risponde Cane Morto, – non ha mentito, ci ha solo lavorato un po' su.

– Sí, l'abbiamo preparata ieri sera. È un'idea di Telepass, – dice Diesel, – ma non pensavamo che la facesse cosí bene. Non trovi che sia sconvolgente?

– Sí sí, certo, – dico io, cercando di deglutire in fretta tutta la saliva che mi si rigenera di continuo in fondo alla lingua. Sto sudando freddo. – Anche le ragazze sapevano?

– No, assolutamente, – dice Telepass. – La cosa è nata in confessionale. Ha cominciato a tirar fuori tutto. Guarda, un'infanzia veramente da schifo. Insomma, lui me l'ha raccontata e io gli ho suggerito chi tirare in ballo.

– Digli, digli di Tom Cruise, – dice Cane Morto, pulendosi il naso, incapace di trattenere l'entusiasmo.

– Ah sí, mi ha detto che quando ci pensa lui s'immagina di essere Tom Cruise in *Magnolia*, hai presente?

– Sí, certo, – dico io, che non ho mai visto *Magnolia*.

– Ecco, ha detto che avrebbe provato a farla cosí, come il mitico. Gli è venuta bene, no?

– Cazzo, l'ha fatta benissimo, – dice Cane Morto, ancora senza sapersi controllare. – Era uguale, sputato a Tom Cruise. Hai visto come teneva la camera? Ooh, ha retto fino alla fine.

– Sí, grande. Forse ancora meglio del film, – dice Rosita.

– Negli altri due blocchi cos'abbiamo? – chiedo, perché Rosita ha messo in Pause sul nero, ma soprattutto perché spero ancora di poterli confondere sul mio stato emotivo. Loro sono stravolti come dopo una nuotata nel mare piú limpido e salato che ci sia. Quattro talentosi figli del Dams stravolti e appagati.

– Nei secondi otto minuti ci sono Ettore e Claudio che sommergono di scoregge Renzo, poi escono dalla camera e dicono a Bettina che lui la chiama. Cosí lei entra e pensa che sia stato lui. Geniali, cazzo, geniali! – dice Telepass battendosi una mano sulla coscia.

– Okay, – dico. – Terzo blocco?

– Nel terzo blocco abbiamo Lola e Fabrizia che parlano con nostalgia di Federico, – dice Cane Morto.

– E di Ludovica, – dice Rosita, i cui zigomi, contornati dalle colate di rimmel, sembrano ancora piú grandi.

Vedo Federico e Ludovica già ben avviati nelle loro carriere di inauguratori di discoteche. Mi pare di ricordare che sia Lola che Fabrizia avevano votato per eliminarli, ma non apro bocca. Ho il terrore che dal fondo del palato la saliva mi si trasformi in un vero e proprio rigurgito.

– Non so se hai dato un'occhiata su habitat.jumpy.it, l'esimia pittrice Lola è ultima in classifica, – dice Cane Morto.

– Stadio terminale, – dice Rosita, come per chiarire il concetto.

– Ah, bene, okay, – riesco a dire dopo un po'.

Al che Diesel, in una specie di sospiro postorgasmico, aggiunge: – Ragazzi, che puntata. Vedo la curva degli ascolti fare il giro della morte, wow.

Erano anni che non la vedevo cosí. Appena ho oltre-
passato la corte interna della Residenza Idra ho creduto che qualcuno stesse dando una festa a casa mia. Subito oltre la fila degli aceri giapponesi ho visto la finestra, l'unica finestra aperta di tutto il caseggiato. Le due
alogene erano al massimo e spingevano una fosca bolla
di luce ben dentro il buio del cielo. I Talking Heads can-
tavano a un volume decisamente superiore ai limiti previsti dai regolamenti condominiali delle residenze. Era
come se qualcuno lassú stesse occupando un liceo, o comunque stesse ricordandosi di quella splendida epoca
della sua vita. Io e Lena all'università non ascoltavamo
i Duran Duran, appartenevamo alla minoranza pura, eravamo per i Talking Heads. I Duran Duran sarebbero stati buoni per Top Banana, ma Top Banana non esisteva
ancora.

Sono entrato dal retro, come al solito. Il portiere ha alzato il braccio dietro il vetro scuro. Seguiva il telegiornale sulla piccola tv posta accanto ai monitor del circuito interno. Prima di salire, ho depositato in cantina la porporina, l'acqua forte e le cento scatole di aspirina costatemi
un'odissea di otto farmacie in tre giorni.

– Signore, benvenuto alla Residenza Sagittario. L'happy
hour si conclude alle 21 ma noi faremo le matte fino a tardi, – mi ha detto Lena aprendomi la porta. Poi se n'è tornata sculettando verso il centro della stanza. Sculettando,
beccando qua e là, con la sua voce rasposa, i versi di *Psycho*

Killer e, soprattutto, *non* fumando. Niente Ms in mano, niente Ms in bocca, niente Ms accese nei cinque posacenere del soggiorno.

Kenka e Fiona erano sedute sul divano, entrambe in cappotto, e guardavano come guardavo mia moglie.

– Sí, noi ragazze abbiamo deciso di cambiare un po' l'aria, – ha detto ancora Lena. – Su, dài, non stare lí impalato, vieni a ballare, – e mi ha preso dentro i suoi sculettamenti da ex ventenne pro Talking Heads.

– Posso sapere che succede? – ho chiesto, reagendo con l'immobilità agli ondeggiamenti subiti dal mio braccio.

– Be', io vado, – ha detto la tata serba.

Fiona si godeva lo spettacolo, per la prima volta era lei a osservare noi.

– Sí, ciao Kenka, grazie, – ha detto Lena.

– Allora? – ho insistito.

– Mi ha telefonato Alberto Lentini! – ha detto Lena, come se avesse detto mi ha telefonato Nelson Mandela. Il problema è che io non avevo la benché minima idea di chi fosse Alberto Lentini.

– Okay okay, aspetta, – mi ha detto, e si è fermata anche lei. Aveva il segno degli occhiali sul naso, due chicchi rossi sulla pelle sottilissima del setto. – Alberto Lentini è uno dei dieci antichisti piú importanti al mondo. È un cosmologo. Studia gli stoici, Aristotele, i Padri della Chiesa. Ma non solo. È un pezzo grosso di Berkeley, capisci? E ha chiamato me!

– Ti ha chiamato qui? – in realtà la domanda doveva essere sui bizantini. Che c'entra Aristotele con i tuoi imperatori? Ma era tutta la giornata che ignoravo cose. Stavo ricominciando a deglutire e a sudare freddo.

– Ma no, mi ha cercata all'università. «Professoressa, ci sarebbe un professore dall'America». La segretaria pensava a uno scherzo.

– E che ti ha detto?

– «Ho apprezzato molto il tuo lavoro su Giovanni Can-

tacuzeno. Posso darti del tu, no?» Ma ti rendi conto?
Lentini!

– Be', brava, sono proprio contento!

– Aspetta, non è ancora finita. Cazzo, Lentini, ti rendi conto?

E io cerco di rendermi conto, ma non so proprio cosa possa essere ancora accaduto per far aprire una finestra a Lena. Fiona ci sta osservando urlare in mezzo alla musica. Ha il cappotto sbottonato, potrebbe prendere freddo.

– Viene a Milano. Cosí ha detto se ci vediamo. Ti rendi conto?

– Fantastico. Aspetta che chiudo la finestra. Non vorrei che Fiona...

– Cazzo, ti sto parlando! Lentini viene a Milano e vuole vedere me!

– Bellissimo. È davvero una bella cosa! – Chiudo la finestra. Tento di abbottonare il cappotto alla piccola, ma appena metto le mani sul suo petto di scoiattolo mi spara gli occhi nel cervello e scappa via.

– Vedi, l'hai fatta spaventare. Porca puttana, con me ha giocato tutto il pomeriggio!

Non dico niente. Spengo lo stereo. Ormai sono un bagno di sudore.

– Scusami, – dice Lena, accendendosi la prima sigaretta. – Vieni, dài. Kenka ci ha già scongelato la paella.

L'happy hour è finito in leggero anticipo. Seguendola in cucina, scorgo una gambetta di Fiona nello spicchio di luce che esce dal ripostiglio. Ci vediamo stanotte, penso. In quel momento Lena dice:

– L'ho invitato a cena da noi.

L'urina stava bollendo sulla stufa dal primo pomeriggio. L'odore mi aveva impregnato le narici e non mi dava piú noia. Avevo i polpastrelli gonfi e arrossati per aver scartato aspirine fino a mezz'ora prima. Le pastiglie giacevano dissolte sul fondo del barattolo dell'alcol. L'acqua forte aspettava il suo momento nella bacinella sul bancone delle morse. Ogni componente era pronto per il nuovo esperimento che, secondo i miei calcoli, avrei potuto inaugurare di lí a qualche minuto e protrarre fino all'ora di cena. Tutto perfetto, non fosse arrivata la telefonata di Diesel.

L'aria proveniente dalla finestra non era sufficiente a rendere respirabile la miscela di gas che si addensava nella baracca, sicché di tanto in tanto, quando iniziava il bruciore al naso, uscivo a ossigenarmi un po'. I ruderi marci della casa dei miei, ovvero le inutili proprietà della giovane coppia già fallita che li ha acquistati, interrompevano l'oscurità dei campi coi loro spigoli ottusi, le loro enigmatiche schiene di cinghiale. Sui moncherini di acciaio che sporgono qua e là a pochi centimetri dal suolo, piccole bande di cornacchie si alternavano in continuazione nella speranza che gettassi del cibo, aggiungendo cosí le loro macchie nere sul nero piú tenue del cielo. «È strano come all'aperto non sia mai buio abbastanza, non sia mai cosí buio da non potersi permettere un'ombra ulteriore», mi ha detto Lena, l'unica volta che sono riuscito a portarla nella baracca, quando eravamo ancora fidanzati. Sí,

Lena, hai ragione, ma ci sono cose ancora piú strane. Ci sei tu, che ingiallisci davanti al computer, tu che hai partorito dalla testa una bambina haitiana e le dài da mangiare le tue unghie dei piedi. C'è lei, che esclude le nostre voci come fanno i cuccioli di cane con i rumori del traffico, lei che si addormenta nel ripostiglio con una patina di ghiaccio intorno al cuore. C'è una modella forse irlandese, chi lo sa, che viene a sedersi davanti all'asilo Crescere Giocando senza nessun video da girare, nessun servizio da scattare. Ma prima non pensavo a queste cose. Avevo la testa sgombra, con i passaggi dell'esperimento riflessi sulle pareti del cranio come i lucidi di un diagramma di processo. Riempivo i polmoni di umidità finché non cominciavo a tossire, poi tornavo dentro a controllare l'urina. Solo la porporina mi toglieva un po' di concentrazione. Vederla lí, ben livellata sulla stagnola, mi metteva a disagio. Era come se di ritorno da un sogno mi fossi portato dietro i capelli della dea dei platani. Capelli essiccati, disidratati e infine polverizzati nel viaggio dalla cabina onirica a quella reale. Una specie di traslazione della materia, riuscita solo a metà. Avevo provato a trascinarla con me, di qua. Mi era rimasta la polvere dei suoi capelli. Di lí a poco l'avrei mescolata all'acqua forte e all'urina, avrei composto nitrato di urea in quantità piú che sufficiente per l'esperimento delle prossime settimane. *Come massa detonante, il nitrato di urea può essere un ottimo sostituto della polvere nera*, assicura il manuale. Quando ho pensato che avrei versato sui capelli della dea la mia urina concentrata, sono dovuto uscire a masturbarmi. A quel punto è arrivata la telefonata di Diesel.

Avevo lavorato bene per tutto il weekend. Anche le complicazioni del frullatore di mia suocera dopo tanto si erano risolte.

– Devo far venire i ricambi dalla Germania, ti costerà piú che comprarne uno nuovo, – mi aveva detto Armando, il sabato dopo che glielo avevo portato.

– Non m'importa, aggiustalo, – gli avevo risposto io. E ieri finalmente, sul banco luccicante di Armando Electronics il Braun di mia suocera mi aspettava tra le mani sudate del riparatore di fiducia che dovrei essere io.

– Te l'avevo detto che veniva tanto, – mi ha detto Armando.

– Nessun problema, – gli ho risposto io, perché davvero non m'importava. La giornata era andata alla grande e la tv del negozio stava trasmettendo delle ottime, dolcissime carezze di Renzo a Bettina, carezze da 30 forse anche 35% di share, e tutto sembrava filare a gonfie vele e io già mi pregustavo la gioia sincera di mia suocera al pranzo di oggi e il resto di una domenica che invece prima della fine si sarebbe bruscamente compromessa.

Il trillo del cellulare mi ha sorpreso quando avevo già afferrato la dea dei platani per le cosce e la sostenevo con la sola forza delle braccia, addossandola con la schiena a uno dei lecci di mio padre. Non era come farlo in sogno, ma era comunque bellissimo. Mi pareva proprio di sentire la massa reattiva del suo corpo diventare reale, piegarmi leggermente le ginocchia. Sulle prime ho pensato che, chiunque fosse a chiamare, avrebbe rinunciato, ma col ripetersi e ripetersi dei trilli ho cominciato a percepire qualcosa di ineludibile in quell'accanimento, qualcosa che non permetteva differite e che alla fine avrebbe vinto. Eppure non mi decidevo a interrompere. Poi il telefono ha smesso. Poi ha ripreso. Poi ha smesso di nuovo. Poi ha ripreso di nuovo. Finché la mia mano sinistra ha mimato una stretta piú forte alla natica e la corteccia del leccio mi ha restituito la testa della dea riversa nell'estasi – la bocca ferita, i molari superiori otturati, il bianco degli occhi – e la mia mano destra mi ha finito tra le foglie dei rampicanti come se stessi davvero venendo insieme a una donna dai capelli rossi aggrappata con le gambe ai miei fianchi. Quando sono corso a rispondere già sapevo che la voce nascosta in quel trillo annunciava una piccola sciagura.

Domenica, 38ª giornata di Habitat

Lena non è furibonda perché stiamo tornando indietro prima del tempo. Non ce l'ha con me perché l'ho strappata dalle amiche dell'Altra metà, da quel paio di ore settimanali di relax che si concede al commercio equo e solidale. No, Lena è furibonda perché sono andato a messa con i suoi e soprattutto ci ho portato Fiona.

– Che senso ha? Me lo dici eh, che senso ha? Sei la persona piú priva di sentimento religioso che io conosca. Non credi in niente, in nessuno. Per quale cazzo di ragione dovevi farmi questo? – mi dice, mentre procediamo a 140 all'ora in mezzo ai capannoni degli ex mezzadri diventati mobilieri, agli alti lampioni viola della sicurezza, ai depositi con le bocche numerate per lo scarico dei tir, alle piazzole dei parcheggi riservati e alle altre livide certezze dell'autostrada ancora miracolosamente sottratta alla nebbia.

– Top Banana, devi venire subito, adesso. C'è un'emergenza, – mi ha detto Diesel al telefono.

Lena è seduta dietro, accanto alla bambina, ma sul mio stesso lato. La sua voce proviene dall'angolo morto dello specchietto, non è facile difendersi. Fiona invece la vedo bene. Ha rovistato nel sacchetto di provviste che mia madre ci ha consegnato, come ogni domenica, per quel corso di sopravvivenza che lei crede sia la vita a Milano, e adesso sta sbrodolandosi con una scaloppina al limone. Tutte le volte che vostra figlia mostra un minimo interesse per il cibo, non importa in quale modo o in quale momento, voi lasciatela fare, dice la psicologa.

Nel tono di Diesel non c'era niente che permettesse una replica. Non era neanche imperioso. Era una superficie inclinata e senza appigli che esprimeva uno stato di necessità. Dovevo andare subito, punto.

– Allora, me lo dici o no? Qual era il senso? – insiste Lena, soffiando fuori il fumo dell'Ms. Sul finestrino di destra transita il tetto a sega di una vecchia fabbrica in disuso.

– Avevo voglia di portarcela. Mi sembrava una cosa carina, tutto qui.

– Tutto qui? Hai aspettato che uscissi per tornare a sorpresa alle dieci del mattino, vestire tua figlia come una deficiente e andare in chiesa con mia madre, mio padre e quella stronza di mia sorella e dici tutto qui?

– Nghanaao harrshnghanaao, – dice Fiona, col sugo che cola sul vestitino di mia madre.

– Sí, tesoro, mangia la carne, brava, – le risponde Lena. – Allora?

– Allora cosa? Volevo farle vedere Gesú. All'asilo gli altri bambini dicono le preghierine, disegnano madonne, crocifissi. Volevo farglieli vedere dal vero. Tra poco verrà Natale, sarà bombardata da buoi e asinelli.

Lena rimane in silenzio. In realtà non so neanch'io perché sono andato a messa. Sentivo il desiderio di uomini e donne inginocchiati nella verità, volevo odore d'incenso, enunciati cristallini – *Signore, suscita in noi l'amore per te e ravviva la nostra fede, perché si sviluppi il germe del bene e con il tuo aiuto maturi in tutta la sua pienezza* – e sapevo che là avrei potuto trovarli. Fiona ha sgranocchiato il banco durante tutta la funzione, ma nessuno ci ha fatto caso, tranne il generale, che ha spostato continuamente la mano per paura di essere morso.

– Ti diverti eh, tu, a fare il primo della classe. Vai a messa, aggiusti l'irroratore a mio padre, il frullatore a mia madre. Ma non sai cosa pensano davvero del dottor mani d'oro, – mi dice Lena, sapendo che invece lo so benissimo e che, per ferirmi di piú, non occorre articolare i loro pensieri sul mio lavoro, anzi.

Mani d'oro è un'espressione che usa anche mia madre. Gliel'ho sentita nella telefonata con mia suocera, mentre declinava l'ennesimo invito al pranzo domenicale. «Ah sí? Alla fine è riuscito a riparartelo? Eh, Sandro ha le mani d'oro di suo padre». Solo che lei si siede con me a guardare Habitat. E mi chiede, mi chiama Sandro, mi accarezza sulla testa.

Ci sono ancora duecento chilometri tra me e la riunione d'emergenza convocata da Diesel. Devi venire subito, adesso. Le ho risposto solo okay. Il nuovo asfalto antipioggia scorre sotto la macchina con quel ronron assopente da tapis roulant. Fuori, tra un'impresa e l'altra, compare il fango della Pianura padana, anch'esso illuminato a giorno. Poi un polo commerciale, come una specie di base lunare agglutinata intorno al multisala della Warner – bowling, biliardo, sala giochi, diner, pub, outlet di abbigliamento sportivo, tutto il necessario per incollare un giorno festivo intorno a novanta minuti di cinema – poi un altro pezzo di fango, poi un'altra architettura azteca, uno show-room di arredobagno ancora pieno di gente, poi un'esposizione di carrelli elevatori coi bracci spinti nella massima estensione, all'arrembaggio del cielo, poi una vecchia casa con fienile, spersa in profondità, quasi dietro le quinte, nella fuga senza alberi di un sentiero sterrato. E avanti cosí. Un piano-sequenza davvero poco televisivo, ingoiato dal pozzo senza fondo del nostro silenzio.

– E di Beatrice, eh, cosa pensi di fare?

– Che significa, cosa penso di fare?

– Il dottor mani d'oro fa lo gnorri, – Fiona si è stufata di mangiare e adesso spalma un pezzo di scaloppina sulla pelle dell'Audi. Audi di proprietà del network, per inciso. Dottor mani d'oro è una novità. Lena sta scavando a due mani nel rancore. So che non ha ancora smesso. – Prima il depilatore, poi cosa sarà? Il vibratore naturalmente. Non gliel'hai ancora aggiustato il vibratore?

– Lena… – vorrei dire Lena, c'è la bambina. È una cosa che mi piacerebbe molto. Usare le carte degli altri genitori. La carta tabú, la carta time out, la carta c'è la bambina. Ma Fiona non sente la parola vibratore. Fiona ascolta ma non sente. Esclude tutto ciò che di buono o di cattivo esce dalle nostre bocche come i cani escludono i rumori della strada.

– Lena cosa? Di' che te la vorresti scopare! – mi grida nell'orecchio lei. Io al posto di Beatrice vedo la dea dei platani. Vedo quell'opera di Paul McCarthy intitolata *The Garden*, dove un uomo coi pantaloni a mezz'asta si scopa un albero. Solo che quello non è un'opera d'arte, quello sono io due ore fa, davanti alla baracca di mio padre.

– La conosco da quasi vent'anni. Fossi stato il suo tipo me ne sarei accorto, te l'assicuro.

– E allora per quale cazzo di ragione oggi sei andato con lei a fare il chierichetto? Lo sai che mi spaccano il cazzo ogni volta che possono con questa cosa della religione. E tu cosa fai? Tu, proprio tu, travesti la bambina da las meninas e la trascini in chiesa. Almeno hai pregato, eh?

– Lena…

– No, dimmi, hai pregato? Lo hai ringraziato?

– Lena…

– Be', che c'è? Ci ha assortiti bene, no? Eccoci qua, la racchia secchiona, il boss dello spaccio televisivo mani d'oro, la loro splendida negretta minorata. Grazie buon Dio.

Dopo una trentina di secondi il silenzio si sgretola sotto il pianto torrenziale di Lena. Fiona si gira a guardarla. Gli squittii disperati della mamma attirano la sua attenzione, a quelli non si è ancora abituata.

– Scusami Fiona, – dice Lena, – scusami tanto, – e accarezza col dorso delle dita la guancia di Fiona, senza paura, con una naturalezza che non smetterò mai di invidiarle. – Traumatizzata, non minorata, – dice squittendo, – tu sei traumatizzata, ecco cosa sei. Tu sei la piú bella bambina del mondo.

E io, che stamattina in chiesa non ho ringraziato nessuno ma ho cercato ristoro, requie, anestesia, io che non ho scambiato segni di pace né col generale né con sua figlia, io che ho solo bisogno che le parole del prete diventino cose e che *il germe del bene* maturi davvero *in tutta la sua pienezza* dentro di me, io mani d'oro, io Top Banana, raggiungo la gamba di Lena dietro il sedile e la stringo piano.

Lunedí, 39ª giornata di Habitat

Siamo tutti piuttosto stanchi. Sono le tre di notte. Anche il gel ristrutturante sul ciuffo di Rosita ha perso un po' del suo turgore. Telepass sta riavvolgendo il nastro. Riguardiamo per l'ultima volta.

Una schiena femminile entra nell'inquadratura spingendo all'indietro la sedia a rotelle di Renzo. Lui sta osservando la ragazza con un misto di curiosità e agitazione. In basso a destra l'orologio segna 16:38:12. Diesel mi ha chiamato dieci minuti dopo.

– Potremmo mostrarla fin qua, lasciare la suspense, – dice Cane Morto.

– Dimentichi i novecentomila del satellite, quelli si sono già gustati tutto lo spettacolo, – dice Diesel. – Vai avanti.

La ragazza parcheggia la sedia accanto al letto, in posizione ottimale per la telecamera bassa. Adesso si vede bene che è Fabrizia. Il sorriso è lievemente contratto, ma lei si muove con grande determinazione. È come se avesse meditato a lungo prima di agire. Non sembra preoccupata dalla possibilità che qualcuno – Riccardo, tanto per dire – entri in camera e li sorprenda. Preoccupazione, questa, visibile a occhio nudo su ogni centimetro quadrato della faccia di Renzo.

– Ma ci rendiamo conto che, mentre succedeva *questo*, di là stavano facendo il gioco dei mimi? – dice Telepass, all'ennesima visione ancora incredulo.

Fabrizia sta per accendere la luce, poi ci ripensa. Quella naturale è ancora sufficiente. Oggi a Milano c'era il sole, annoto mentalmente. Le sue mani lavorano sul cordino, poi abbassano i pantaloni della tuta di Renzo. Lui l'aiuta sollevandosi un po' con le braccia. Nessuno dei due apre bocca. Solo lei, nello sforzo di spogliarlo, fa sporgere una punta di linguetta.

– Dio Cristo, ma come può? – sospira Rosita, da sotto il suo ciuffo new wave.

Entrambi contemplano per un momento le gambe grigie, le cosce spolpate, gli slip con le stelline. Il piatto è pronto. La testa riccioluta si abbassa. Le mutande di Renzo vengono oscurate da una cascata di capelli neri.

– Potremmo fermarci qua. Fin qua è ancora erotismo, possiamo ancora difenderci, – dice Cane Morto, appellandosi alla convenzione internazionale per la quale, finché non compare un lembo d'uccello, non è pornografia.

Renzo si osserva tra le gambe come se qualcuno lo stesse divorando vivo e lui non sentisse dolore. L'agitazione è quasi scomparsa. È rimasta solo la sorpresa. «Oddio», continua a ripetere, «oddio santo». Una sorpresa via via ammorbidita dai primi segnali di piacere. Fabrizia cambia mano, si sposta i capelli dalla faccia, ed ecco che il passaggio di generi si compie. Il confine viene varcato nel nostro piú glaciale silenzio. L'erotismo è già una terra lontana. La bocca di Fabrizia scorre intorno a un'oggettiva, inconfondibile erezione umana. Il bracciolo della sedia a rotelle non ostruisce che in minima parte la visione del su e giú di quella che nove milioni di telespettatori pensavano fosse la ragazza di Riccardo. Manca la fine corsa, ma tutto il lavoro in punta c'è, eccome se c'è.

– Dio Cristo, – sospira Rosita.

Diesel mette in Pause, di nuovo.

– No, non possiamo, – sospira Cane Morto.

– Ooh, ideona, – dice Telepass, – questa è body art! La spacciamo per una performance! Signori, colpo di scena, nella casa di Habitat c'era una body artist di fama mondiale e nessuno lo sapeva. Eh, che ne dite?

Nel brainstorming vale tutto, nessuno deve inibire la fantasia di nessuno. Istintivamente mi volto a guardare l'hamburger che sfrigola col fumetto QUI CREATIVI sulla porta aperta dell'ufficio.

– Guarda che era Lola l'artista, – dice Cane Morto, che non ha mai amato il brainstorming. E io vedo Lola, che adesso forse sarebbe potuta esserci utile, fluttuare ormai lontana da Habitat nell'etere delle tv locali, acclamata testimonial d'eccezione alle ex tempore o alle mostre dei pittori senza mani.

– Dobbiamo chiamare il capostruttura, – dico.

– Top Banana, te lo ripeto, il capostruttura ha detto che ci arrangiamo. «Carta bianca, – ha detto. – Se poi scoppia il casino, vi scomunico» –. Diesel non riesce piú a controllare il tremolio alle mani.

– No, sentite, non possiamo rinunciare. Ragioniamo, questa è un'occasione d'oro. Nessuno ha mai trasmesso una cosa simile.

– Appunto, – dice Rosita. – Un pene eretto, in chiaro, alle 18,30 –. Un pene, un pene eretto, lo chiama Rosita, sotto il suo ciuffo pieno di gel ristrutturante al midollo di placenta.

– Ma quante sono le opere d'arte contemporanea che ti mostrano un pene eretto? – dice Telepass, che asseconda la terminologia di Rosita pur di non arretrare.

– Sí, ma qui abbiamo un po' piú che un organo sessuale, – dice Diesel, – qui abbiamo un rapporto orale in piena regola –. Organo sessuale, rapporto orale. Sono diventati tutti inquirenti della Scientifica. Di qui a un minuto mi aspetto che qualcuno dica liquido seminale. Sullo schermo Fabrizia è bloccata dal fermo immagine con la bocca a forma di o, leggermente discosta, e gli occhi rivolti in alto a osservare la faccia beota di Renzo. 16:41:02 segna l'orologio in basso a destra.

– Senti, Diesel, sentite, – dice Telepass. – Lo scorso mese c'era Helmut Newton al museo di Rivoli, okay? Alcu-

ne foto erano rapporti orali in primo piano. Bellissime opere d'arte. Li ho visti io i genitori che ci portavano i bambini. Cristo, credetemi, dobbiamo spacciarla per arte.

– Sí, arte, buonanotte, – dice Rosita. – Qui siamo alle
18,30, in chiaro, fascia protetta. Questa non è arte, questo è sesso esplicito.

– Embè? Non è Habitat questo? Non è lo show della
realtà? – dice Telepass. – 5 ragazze e 5 ragazzi rinchiusi
in un appartamento con 75 microfoni e 62 telecamere, non
è cosí? Ragiona, Rosita, è la nostra forza. Tutto è esplicito nella casa di Habitat. Realtà esplicita ridotta in tre blocchi da otto minuti per puntata. Il sesso esplicito fa parte
della realtà esplicita. Pensa al nostro pubblico. Toglierli
questo sarebbe un grave sbaglio. Sarebbe tradire la gente
che ci guarda.

– Sí, okay, ma qui abbiamo un portatore di handicap,
un rapporto orale con un portatore di handicap, – dice Rosita.

– Be', non mi pare una categoria sfavorita in questo
momento, – dice Telepass.

– No, neanche a me, – dice Cane Morto, sghignazzan-
do e titillandosi nervosamente un dreadlock di quelli piú
grossi, dietro la nuca.

– Dài, dài, ragazzi, non scherziamo, – dice Diesel.

– Ma perché Renzo ha scaricato Bettina, e perché questa vacca ha scaricato Riccardo? – dice Rosita, tra i denti.

– No, ti sbagli, nessuno è stato scaricato, pensaci. Forse niente ancora è perduto, – dice Telepass.

– Ragazzi, un problema alla volta, – dice il mio luogotenente. – Sono quasi le tre e mezza.

– Secondo me, la questione di Renzo può giocare anche a nostro vantaggio, – dice Telepass. – Esibire la ses-
sualità di un paraplegico, cosí, nuda e cruda, potrebbe anche passare come un modo per rivendicarne i diritti. Capace che la facciamo franca.

– Spiega meglio, – dice Diesel, che ha già capito benissimo, con le mani ben appoggiate al tavolo per non tremare.

– Potrebbero farci a pezzi, ma potrebbero anche spararci nei titoli come modello etico shock.

– Cioè? – dice Diesel, mentre Rosita mette in Stop e la o slargata della bocca di Fabrizia scompare nella campitura azzurra del videoregistratore prima che Renzo venga per la diciottesima, forse diciannovesima volta.

– Potrebbero anche vederci una forma di trasparenza assoluta, brutalità per fini morali, scuotimento di coscienze, – dice Telepass. – Secondo me, ci sono le stesse possibilità. Cinquanta che vada, cinquanta che spacchi. Ovviamente non dobbiamo tenerla su piú di trenta secondi.

– Cosa dice il nostro supervisore? – dice Rosita, mostrandomi il suo bello zigomo spolverato di brillantini. Impossibile non immaginare lei al posto di Fabrizia. Impossibile avere lo stesso pensiero per Diesel.

Dico che potrebbero radiarmi per sempre dall'albo dei terrestri. Dico che potrebbero lanciarmi nello spazio intergalattico e fare segatura dei miei fidi burattini. Dico che vorrei che *il germe del bene* maturasse dentro di me *in tutta la sua pienezza*. Dico che mia moglie mi ha appena definito boss dello spaccio televisivo. Ma queste sono solo le prime delle centinaia di frasi che dico a me stesso. Centinaia e centinaia di frasi, raggrumate nella stessa manciata di secondi. Cosí, di fatto, ai miei ragazzi riesco a dire solo:

– Il network non ci difenderebbe.

– Quindi no? – mi chiede Diesel, con una tale tremolio di palpebre e labbra da far temere un collasso nervoso.

– Sto dicendo che dovremmo saperci difendere noi.

– Quindi sí? – mi chiede Diesel, sul punto di una specie di attacco epilettico.

– Grande, Top Banana, – dice Telepass.

– Aspetta, aspetta. Noi sappiamo difenderci? – chiedo. – E soprattutto, voi sapete difendermi?

– Cristo, tu sei il nostro supervisore, tu sei il nostro Top

Banana. Venderemmo anche la mamma per te, – dice Telepass.

– Mi salteranno addosso. Avrò bisogno di una linea difensiva, – dico, senza osare chiedermi per quale ragione lascio che le parole mi trascinino verso il ciglio, e il baratro che ci sta sotto. E poi, tra l'altro, sono proprio cosí sicuro di voler essere difeso? – Mi servirà una linea difensiva davvero cazzuta, – insisto.

– L'avrai! – urla Diesel.

– In questo caso chiedo l'unanimità, – dico, guardando un po' Rosita e un po' Cane Morto.

– Giusto, – dice il mio luogotenente.

– Io ci sto! – dice Telepass, mettendo la mano al centro del tavolo.

– Anch'io, – dice Diesel, sbattendo con forza la sua mano su quella di Telepass.

Cane Morto si toglie la mano dai dreadlock e l'aggiunge alla pila. Io, che sono un uomo adulto di trentotto anni, faccio lo stesso. Al che Rosita si alza lentamente dalla sedia e viene a mettere la sua fredda mano di slava sopra la mia.

– Okay, – dice, con la salamandra che si muove sui tendini del polso.

– Okay, – ripete Diesel mentre ci sciogliamo. E poi: – Adesso salutate Top Banana. Noi mettiamo la sveglia tra mezz'ora. Poi caffè e via, a prepararci un po' di contraerea. Se attaccheranno, sapremo reagire. Viva la libertà! Viva i paraplegici! Viva Habitat!

Mercoledí, 41ª giornata di Habitat

Il professor Lentini ha portato un sauvignon della California. Lui e Lena lo stanno sorseggiando in calici che non avevo mai visto prima in casa mia. Io mi sto togliendo la cravatta il piú velocemente possibile di fronte a questa riunione di hippy peraltro prevista ma, di primo acchito, sempre sorprendente. Lena indossa l'ennesimo scamiciato da setta religiosa, comperato per una cifra sicuramente esagerata all'Altra metà. Il professore ha un gilè di pelle senza maniche, sotto il quale è nudo, e magro almeno quanto Iggy Pop, ma forse anche di piú. Calza un paio di scarpe da ginnastica arancioni che sembrano fatte di carta di riso. È completamente rasato, con la pelle del cranio cosí tesa da far pensare che un piccolo colpo di unghia sul sopracciglio potrebbe farla scoppiare e arricciare fin dietro le orecchie. Tutto del suo corpo trasmette fragilità e sottigliezza.

– Eccoti, finalmente, – mi dice Lena mentre spengo il cellulare. – Alberto, ti presento Sandro, mio marito.

– Molto lieto, professore.

– Via via, diamoci del tu, – mi dice il professore, versandomi un goccio di sauvignon. Ha gli occhi chiari quasi come la sclera. Sembra un husky col corpo di Iggy Pop.

– Va bene, grazie, – dico. – Hai trovato facilmente?

– Ma... fino a Marilena è stato facile.

– Lena, prego, – lo corregge Lena.

– Sí, scusa, fino a Lena è stato facile, poi qui il taxista ha penato un po'. Diceva che a Milano 2 è sempre cosí.

Con tutte 'ste residenze, e Residenza Sassi di qua e Residenza Betulle di là, Sagittario non la trovava. Diceva che state nelle case dei puffi.

– Be' sí, un po' è cosí, – dico, evitando lo sguardo di Lena che ha sempre voluto abitare in centro, evitando di tirar fuori la generosità del network e una lunga serie di argomenti delicati e molto stancanti da trattare con due universitari hippy. Oggi ho risposto agli attacchi di cinque interviste.

– Immagino però che sarà ottimo per la piccola, con tutto questo verde, – dice il professore.

– Oh sí, Fiona ama questo posto, – dice Lena, che oggi non ha nessuna voglia di litigare. – E poi lei ha una vera e propria adorazione per la natura.

– Posso vederla?

– Be' sí, cioè… forse entro la serata riusciremo a stanarla, – dice Lena, cercando di ridere. – Sai, come ti dicevo prima, ha qualche difficoltà con gli estranei.

Adesso mi piacerebbe sorridere, abbandonare il bicchiere sul tavolino, dirigermi verso il ripostiglio con passo sapiente, in qualche modo grato per ciò che sta per accadere, entrare e uscire dopo un attimo con Fiona aggrappata al mio collo come un koala. Mi piacerebbe fare qualche smorfia allegra di disappunto perché se ne sta cosí stretta, cosí musona, davanti agli sconosciuti. Mi piacerebbe sentirla terrorizzata, con la guancia schiacciata sulla mia spalla, mentre osserva questo hippy pelato con la carta di riso sulle scarpe, convinta di poter essere strappata via da mamma e papà, di poter essere abbandonata di nuovo, ancora una volta.

In realtà non credo che Fiona avrebbe piú difficoltà col professore di quante ne abbia con noi. Kenka esce scura in volto dal ripostiglio. Dev'essere stata morsa o qualcosa del genere. Dice: – Apparecchio in cucina, – come se non fosse una domanda, e va in cucina a sistemare il sushi e il sashimi preso al take-away accanto alla Residenza Fiori.

Lena ama esibire la sua totale ripugnanza per i fornelli almeno quanto Fiona ama la natura. In situazioni eccezionali come queste chiede alla tata serba un piccolo straordinario misto ristorazione-nursery.

Mentre ci sediamo a tavola la conversazione si sposta verso la ragione dell'incontro.

– Guarda, ti sembrerò un disco rotto, ma non puoi immaginare l'onore che mi ha fatto ricevere la tua telefonata, – dice Lena.

– Ma figurati, ho trovato il tuo lavoro davvero eccellente. Giovanni Cantacuzeno… ma poi tutta l'eresia esicasta, trattata benissimo, veramente.

– Dici sul serio? – dice Lena, con un rossore sulle guance che la rende quasi bella.

– Certo, – dice il professore. – Ma dài, raccontatemi un po' della bambina.

– Be', è semplicemente fantastica, grandiosa, – dice Lena. E nello stesso istante, miracolosamente, Fiona esce dal ripostiglio e va ad accucciarsi sotto la sedia di sua madre in un modo che mi fa mancare il boccone di sushi e mordere la guancia.

– Ah, eccola qui! Ciao Fiona, – dice il professore, abbassandosi sotto il tavolo. Lena mi guarda con gli occhi spiritati e mi sillaba a-iu-ta-mi col solo movimento delle labbra. Ha paura che Fiona possa allontanare con un morso il professore hippy e tutte le borse di ricerca, i contratti e i semestri californiani che la sua figura potenzialmente significa. Il fatto è che io non so proprio come aiutarla.

– Ehm, sai, è un po' timida all'inizio, – dico, sperando che, abbassandomi anch'io sotto il tavolo, il professore decida di risalire.

– Ciao Fiona, – continua il professore. – Ma sei bellissima! Non vuoi venire a mangiare un po' di sushi con noi?

– Ha già mangiato, – dice Kenka, in piedi sulla soglia della cucina, già con il cappotto addosso. – Allora, io vado.

– Sí, ciao Kenka, grazie, – dice Lena.

– Arrivederci, – dice il professore, tornando alla luce. Seguito, nello sbalordimento generale, da Fiona.

– Sai, *L'umiliazione delle stelle* è un saggio che vorrei aver scritto io, – insiste Lena, sperando di riconquistare l'attenzione del professore.

– Ah sí? Grazie. Vieni Fiona, vieni qui con me. Ti piace il riso col pesce? – dice il professore, portandosi vicino, senza alcuna difficoltà, nostra figlia.

– Sí, il riso le piace tantissimo, – dico, cercando di non farmi sorprendere cosí sbalordito.

– Le cose che hai detto tu sullo gnosticismo per me sono state fondamentali, – dice Lena.

– Be', ti ringrazio. Senti, ma hai una figlia magnifica! Eh Fiona? To', prendi un boccone. Ecco, ne scegliamo uno senza rafano, – e avvicina un pezzo alla bocca di Fiona. Per fortuna ha le bacchette, penso. E socchiudo gli occhi.

Ma Fiona apre, chiude e mastica come una bambina di tre anni e mezzo nata a Milano 2.

– Ah, ti piace, sí? – dice il professore, forse immaginando che il nostro silenzio sia di compiacimento, non d'incredulità.

– Sai, tutta la questione del silenzio, dell'ascetismo, mi è servita tantissimo per l'eresia esicasta, – dice Lena, che ha già abbandonato il cibo in favore di una sigaretta.

– Be', sono contento. Ma tu, fumi?

– Oh sí… cioè scusa, non ti ho neanche chiesto se potevo, scusami, ti dà fastidio?, massí, stai ancora mangiando, ti dà fastidio, certo, – dice Lena soffiando un'ultima volta verso l'alto e spegnendo subito la cicca in mezzo ai suoi filetti di sashimi.

– No, figurati, non mi dà fastidio, fuma tranquilla, – dice il professore, mentre Fiona si serve da sola un pezzo di sushi dal suo piatto. – È solo che… cosí… mi chiedevo, con la bambina…

– Be', adesso Lena è emozionata perché ci sei tu, ma di

solito non le fumiamo vicino, – dico io, che in tutta la mia vita ho dato due tiri, al liceo, per una sfida.

– Ma va' va', emozionata, – dice il professore.

– No, ha ragione, – dice Lena, in leggera ripresa, ma ancora intrappolata nel mio stesso stupore. Fiona non si muove dal piatto del professore. È ferma in piedi, accanto a lui, la bocca piena, la mano già pronta per un nuovo boccone.

– Siamo sicuri che questa bambina ha mangiato?

– Massí, certo! – risponde Lena.

– Era una battuta, – dice il professore, guardandola con i suoi occhi da husky.

– Massí, che scema, scusami. È che sono davvero emozionata. Avrei un sacco di cose da chiederti…

– Si vede che non siete genitori degeneri. Eh, Fiona, cosa pensi di papà e mamma? – dice il professore, agevolando con le bacchette l'incetta di Fiona sul suo piatto. Pazzesco, cosa pensi di papà e mamma, è sempre stata la mia domanda. – Tu, Sandro, mi diceva Lena che ti occupi di tv, giusto?

– Sí, – dico. – Lavoro in un network.

– Ah, un network, bene. Io, sai, be', guarda, farei bene a starmene zitto, ma ti confesso che non ho neanche la tv in casa, – dice il professore, come se dovesse sconvolgermi il fatto che un cinquantenne con un gilè senza maniche indossato a pelle non guardi la tv. – Sai, da noi ormai va soltanto spazzatura. Gli studenti mi raccontano ogni tanto. Adesso mi dicevano che va un programma dove rifanno dal vero una serie di telefilm ambientata in un ospedale di Chicago. Vanno in un emergency service e riprendono amputazioni, rianimazioni col defibrillatore, intubamenti. Cose da pazzi.

– Sí, ne ho sentito parlare, – dico. *Real E.R.*, ottimo format, grandi ascolti, già acquistato dal mio network per la prossima stagione, ma questo non glielo dico. – Vuoi un'altra birra?

– Sí, grazie, – dice il professore. – Vabbe' che anche voi,
qui, non scherzate. È da quando sono arrivato che i giornali non smettono di parlare di quel programma dove ci
danno dentro di brutto, sí insomma, pornografia pura.

– Harrshnghanaao nghanaao, – dice Fiona, con la bocca piena di sushi.

– Che ha detto?

– Non fare la primitiva, Fiona. Deglutisci prima di parlare, – dice Lena cercando nelle mascelle la forza per sorridere. Aggiungendo poi, visto lo sguardo interdetto del
professore: – Anche questa era una battuta.

– Sí, – dico, – Fiona ha qualche difficoltà linguistica, –
e mi alzo, anche se mi sono appena riseduto e non c'è piú
nessuna birra da andare a prendere e non so davvero cosa
mi inventerò adesso, in piedi, che tipo di mazza dovrò usare per ribattere l'attenzione del professore il piú lontano
possibile da Fiona, il piú lontano possibile da Habitat, in
una zona che sia almeno nelle vicinanze dei bizantini di
Lena. Ma nell'attimo in cui ci penso, anche Lena si è alzata.

– No, lascia, vado io a portarla stasera. Resta tu con Alberto, – mi ordina, lasciando credere al professore che noi
possiamo decidere quando mettere a letto Fiona e che il
modo con cui la piccola sta accettando le mani di mia moglie sulle spalle e sta facendosi pilotare fuori dalla cucina
sia normale, niente piú che la docile normalità dell'abitu-
dine. Mi devo inventare una visita al lavello per ripren-
dermi dalla sorpresa. Anche Lena mi lancia un'occhiata in-
credula prima che l'ultimo lembo di scamiciato scompaia
dietro il muro.

Sedendomi di nuovo, mi accorgo che la faccia del professore si è trasformata. Non cambiata, no, proprio trasformata. Ci sono solchi abissali tra i sopraccigli, al posto
delle rughe di prima. Le guance sono smottate di un buon
centimetro oltre l'orlo della mandibola. Il sorriso, be', nessuno potrebbe pensare che quegli occhi abbiano mai sor-

riso. Processi degenerativi, penso. Rivedo da dove è partito a dove è arrivato, con le immagini accelerate di un documentario sulla decomposizione delle carogne nel deserto. Come ha fatto a invecchiare dieci anni in tre secondi?

– Il programma si chiama Habitat. È il mio programma, – dico, avendo intuito che Lena non avrà mai nessuna borsa grazie al professor Alberto Lentini e sperando forse di poter dare il colpo di grazia al suo crollo misterioso.

– Lo so, – dice lui. E prima che io possa anche solo provare a capire cosa sta succedendo, aggiunge: – Sono qui per la bambina. Niente di grave, tranquillo. È solo che ti devo spiegare alcune cose. Dobbiamo vederci a quattr'occhi, io e te. Lascia fuori tua moglie per il momento. È meglio.

Giovedí, 42ª giornata di Habitat

La platea è un mantello di poltrone scarlatte punteggiata da sei donne vestite di nero. Riconosco subito il posto, ho visto mille volte quest'immagine. Solo che adesso ci sono dentro, sto camminando dentro l'immagine del teatro Dubrovka di Mosca dopo l'attentato sventato delle kamikaze cecene. Fiona mi tira in mezzo a loro come quando vuole andare a toccare il pannello colorato di Kodak Express. «Muoviti papà, sta per cominciare», mi dice. Vuole che ci sediamo proprio in mezzo alle donne morte. Gli ostaggi sono già stati liberati. Le persone intossicate dai gas della polizia, già soccorse. Non c'è neanche piú odore. Restano solo i corpi delle terroriste riversi nel sonno. Prendiamo posto accanto a quella appoggiata allo schienale davanti. Le braccia conserte, il velo sceso sulla faccia – potrebbe essere davvero solo addormentata. «Ecco, comincia», dice Fiona, stringendosi sotto il mio braccio per l'eccitazione. Sul palcoscenico c'è la dea dei platani in tutta la sua abbacinante nudità. Sta eseguendo un passo di danza nel silenzio piú assoluto. Sale sulle punte degli alluci. Salta, piroetta, vola, accompagnata solo dal gemito delle tavole del palco. Non so se per effetto delle luci di scena o per il trucco, ma il suo pallore è davvero tragico, teatrale. Collide col fiammeggiare del pube e dei capelli. La dea sorge, si leva, si posa, sta danzando la sua storia nel regno dei platani. Quando si slancia nella spaccata in elevazione, le tette le si divaricano sotto le ascelle come ali. Non ho mai visto una bellezza cosí massiccia staccarsi da terra in quel modo. Potrebbe trascinare qualsiasi cosa dietro di sé, potrebbe portarmi in volo se solo volesse. Mi giro per guardare se anche Fiona è colpita dall'energia detonante della dea e in quel momento, solo in quel momento, mi accorgo che mia figlia indossa sopra la felpa rossa il giubbetto porta-granate della rivista «Taglia e cuci».

Ti chiamo domani, aveva detto. Sono passati sei giorni e gli unici a telefonare continuano a essere i giornalisti. Sono qui per la bambina, aveva detto. Anch'io sono qui per la bambina. Sfilo come un carro funebre sul vialetto in cotto della Residenza Betulle, per la bambina. Rincaso, per la bambina. Rispondo alla rivista «aut aut», per la bambina. Ma io sono il padre. Tu chi sei?

– Guardi, le dico solo Grecia antica, le dico solo *Poetica* di Aristotele, – rispondo alla redattrice di «aut aut». – La vita è fatta di mito e quotidianità. La tv incrocia questi due piani, calando il mito nella quotidianità ed elevando il quotidiano alla soglia del mito. Per me il pubblico che ci segue da casa è come il coro della tragedia attica.

I ragazzi hanno fatto un buon lavoro. A una settimana dai trenta secondi in chiaro di Fabrizia e Renzo, la questione è passata ai periodici, alle riviste pensanti, ha sfondato in modo del tutto incomprensibile il muro della cronaca ed è salita al piano superiore. Il fronte degli handicappati si è spaccato. La manifestazione organizzata dall'Anffas è stata pubblicamente disconosciuta dai maratoneti in wheelchair e da altre associazioni sportive di disabili. Quel ragazzino coi pantaloni XXL e le cucce di cane al posto delle scarpe, quel moccioso di nome Telepass ha avuto ragione. Noi non siamo caduti, anzi. Bravo Telepass. Sto sudando freddo.

– Tenga presente che ogni giorno quarantacinque milioni di italiani vedono almeno un minuto di tv. E media-

mente la guardano per quasi cinque ore, – rispondo alla
giornalista. Le grondaie in rame della Residenza Sassi scin-
tillano sotto la luce dei lampioni come stoviglie di uno spot
pubblicitario. Una tizia con un levriero alza il bavero del
pellicciotto sintetico. Il termometro dell'Audi segna 5° C.
Il climatizzatore è sui 18. Aggiusto lo script di Diesel sul
sedile accanto, ma a questo punto, dopo quasi dieci giorni di interviste, le risposte mi scoppiano in bocca come
popcorn. L'importante è non pensare, sforzarsi di trattenere il solito bolo in fondo al palato e non pensare, mi dico. Intanto timidi rivoli mi scendono dietro le orecchie.
Col sudore è un po' piú difficile.

– No, non è cosí. Habitat è reale, mi creda, ma la realtà
in tv non è affatto lo specchio fedele della realtà. Lo schermo non è trasparente. Direi che è il principio d'indetermi-
nazione della tv: impossibile riprendere qualcosa senza mo-
dificarlo, – dico alla giornalista, sfogliando lo script di Diesel e scartando altre frasi non meno d'effetto. Scarto: «Il
ruolo della tv nella società moderna è quello del bardo nelle culture orali: rendere la comunità consapevole della propria identità». Scarto: «Simultaneità ha la stessa radice di
simulazione». Scarto: «La tv non ci inganna, è al di là del
vero e del falso, come la moda è al di là del bello e del brutto, come l'oggetto moderno, nella sua funzione di segno, è
al di là dell'utile e dell'inutile». Ma da dove ha copiato tutta questa roba Diesel? Avvicino la fronte alla spalla per asciu-
garmi il sudore. Un tizio con la pettorina catarifrangente sta
sostituendo il sacchetto a un cestino dei rifiuti di una delle
panchine della Residenza Poggio. Il sacchetto è intonso.

– Tutti gli ambiti della vita hanno una ribalta e un re-
troscena: Habitat ha rimosso il diaframma che li separava,
– rispondo, provando a non pensare a Fiona, né al professore hippy, né alla dea dei platani, né ai vasetti di acetone
che tintinnano nel bagagliaio, né all'eleganza shintoista dei
ponticelli di legno della Residenza Sorgente. Cerco di nu-
trire il cervello solo con i fiocchi scoppiettanti delle risposte

di Diesel. Se lo riempio di questo, forse smetterò di sudare.

– Macché America, l'America non c'entra. Tenga presente che a diciott'anni un ragazzo americano ha assistito in media a duecentomila atti di violenza, tra cui ventimila omicidi, – rispondo, ancora completamente fuori tema, senza che la giornalista replichi alcunché. Dopo le prime volte ho capito che le domande sono irrilevanti, l'intervistatore non è mai interessato a ciò che chiede, vuole solo risposte straordinarie, perle di cento centoventi battute. Qui poi, trattandosi di una rivista di filosofia, si può pure esagerare. Penso a mia madre, che si laccherà i capelli per un quarto d'ora, si metterà gli orecchini, entrerà in rivisteria col bigliettino in mano, storpierà comunque il nome e tornerà in fretta a casa per leggermi su «aut aut». Non devo pensare. Piuttosto devo deglutire. Sento il cuoio capelluto fradicio, freddo. Se Lena mi chiederà, dirò che i ragazzi mi hanno tirato addosso un palloncino d'acqua. Ah, questi creativi. Ma Lena non mi chiederà.

Giro i fogli dello script senza bisogno di umettare i polpastrelli. Posso rallentare ancora. La strada è deserta. A Milano 2 è già ora di cena. Scarto: «La tv ci fa prefigurare i percorsi attraverso cui potremmo diventare qualcosa di diverso da ciò che siamo». Scarto: «Habitat ci dà l'illusione di poter sfidare il tempo e la morte, vivendo indirettamente tutte le esperienze che la limitatezza della nostra esistenza ci negherà». Un tizio in tuta e cuffiette sta saltellando sotto i gingko biloba della Residenza Fiori. Ecco, ho trovato. Mentre la redattrice prosegue nella sua articolatissima domanda, la interrompo a caso, piú o meno nel mezzo:

– No, non sono d'accordo, – ovviamente non so su che cosa non sono d'accordo. – Guardando Habitat mi aggrego a un pubblico immenso e anonimo. È un laccio invisibile, capisce? Io guardo Habitat sapendo che altri lo stanno guardando in quello stesso momento e sanno che lo sto guardando anch'io. Mi spiego? È un legame speculare e silenzioso. Abbiamo fatto tutti sesso insieme a Renzo e

Fabrizia. Siamo stati tutti dei paraplegici felici in quel momento. Se guardo la tv senza la possibilità di parlarne con qualcuno, è comunque un'esperienza radicalmente diversa dall'essere l'unico testimone di un volo di cicogne... Va bene, va bene, vado piú piano, – e nel silenzio sento il ticchettio della redattrice al computer, lo strofinio della cornetta incastrata nella spalla, il fumo soffiato fuori lungamente, Lena sotto pressione.

L'Audi scivola come un giunco nella confluenza tra l'Olgetta e l'Olgettina, immettendosi nel primo pezzo del percorso mattutino di me e Fiona. Da Sorbetteria Up la tizia sta digitando il codice d'allarme su un telecomando a forma di offshore lungo una trentina di centimetri, cromato. Vodafone, Jean-Louis David e la Graphotecnica sono già chiusi. Nelle vetrine di Marri Sport ormai ci sono solo scarponi e tute da sci, ma Fiona si è abituata subito all'assenza degli skateboard. I colori in effetti sono gli stessi.

– Adesso però, sa, dovrei proprio andare, – dico, accorgendomi all'istante della povertà di questa frase e di quanto facilmente la giornalista possa compararla alle dichiarazioni precedenti. Intanto che lei si congeda con garbo, io attivo la porta basculante del garage, entro, parcheggio, esco e taglio la corte interna della Residenza Idra ricambiando sulla fiducia il braccio alzato che so per certo essere dietro il vetro scuro della portineria. Per un attimo immagino l'uomo che risponde alle interviste col mio nome, l'uomo che vedo ogni mattina nello specchio del bagno, immagino lui, il padre di Fiona, transitare in quel piccolo monitor di sicurezza con una borsa di nylon colma di vasetti tintinnanti. Chiunque capirebbe, anche solo da come tiene le spalle, che il sudore gli si è gelato sulla schiena.

In cantina il cellulare prende a stento. Ovviamente è lí che mi raggiunge la telefonata del professore. Nella sua lallazione elettronica da neonato extraterrestre intuisco solo venerdí, 11,30, bar Magenta.

La donna controlla per l'ultima volta se qualcuno la sta osservando, apre il flacone di shampoo e l'immagine guizza di colpo nell'effetto neve, pura effervescenza di luce – *Stop*.

Indietro veloce... la marionetta ripone lo shampoo sullo scaffale, riguadagna come un gambero il fondo della corsia 24 – *Stop*.

Play. La resa è di un beta, non di un vhs. Anche l'impianto è di qualità superiore a quelli precedenti. La donna sfarfalla sempre a 12 fotogrammi al secondo, ma è ben contrastata, nitida fin nei dettagli del volto. In testa alla corsia, il cartello appeso alla catenina dice MARKET POINT PORTOGRUARO, e in corpo leggermente piú piccolo, «corsia 24 – detersivi e igiene personale». La donna si è fermata davanti agli shampoo. Si accuccia a osservarne alcuni, a confrontarne i prezzi. Si alza, si guarda intorno, forza l'apertura a strappo, annusa, tappa e si riaccuccia. Si alza con un altro flacone, sta per metterlo nel carrello, ci ripensa, si guarda intorno, forza l'apertura a strappo, annusa, tappa, anche stavolta poco convinta, e torna giú sulle ginocchia. Risale con un flacone nero, dalla forma ergonomica, legge le proprietà, lo soppesa, si vede che è incuriosita, il flacone sembra decisamente piú pesante. Si guarda intorno, lo ha fatto per due volte, nessuno se n'è accorto, e poi che c'è di male a sentire il profumo dello shampoo. Avvicina il flacone al naso, al momento è l'unico cliente nella corsia 24, può farlo. Mentre strappa con forza il tappo, si vedono gli occhi chiusi, i capelli smossi, il vuoto d'aria che precede la deflagrazione. Poi di nuovo l'effervescenza improvvisa dell'effetto neve.

Venerdí, 50ª giornata di Habitat

La conduttrice dà un colpo di frangia verso la steady-cam e dice: «E adesso mandiamo l'rvm».

– Che cosa significa rvm? – chiede mia madre.

– Registrazione video magnetica, indica qualsiasi filmato durante la trasmissione, – rispondo io. Sullo schermo c'è Luisa, la moglie di Ettore, con la piccola Brooke in braccio. È un'idea di Rosita, ne riconosco l'effetto melò. Ettore ha già ricevuto 5 nomination, praticamente una congiura. La moglie che parla dal suo piccolo tinello piastrellato dovrebbe funzionare, la bambina che fa ciao papà con la manina dovrebbe garantirci un picco almeno intorno al 30%. Si torna in studio: camera a binario, panoramica dall'alto, logo di Habitat, applauso del pubblico.

– Chi è che gli dice quando applaudire? – chiede mia madre.

– C'è uno collegato alla regia con le cuffie. È l'assistente di studio. Lui chiama gli ultimi venti secondi, come quando si torna dalla pubblicità.

– Cioè da nero?

– Brava, da nero, – mia madre è un'allieva perfetta. Curiosa, critica, con frequenti zone di oblio che mi permettono di ripetere sempre le stesse cose. Siamo sul divano, che assorbe bene il mio sudore dalla nuca. Lena sta leggendo lettere, circolari, materiali che si lascia indietro per il fine settimana. È lí in fondo, rannicchiata sulla poltrona vicino alla vetrata, i piedi tirati su, le ginocchia raccolte nello scialle armeno. Non sa niente di questa mattina, niente di Alberto Lentini, niente di una dea dei platani chiamata Maura – sí, Maura… pronunciarne il nome è peggio che vederla nuda – niente della storia di nostra figlia. Di fatto non sa niente neanche di me. Accanto a lei, Fiona, circondata da giocattoli nati morti, stampata naso e mani a contemplare le calve convessità del campanile rococò.

«Bene amici, adesso torneremo nella casa di Habitat, perché è arrivato il momento delle ultime nomination e toccherà proprio a Ettore, – dice la conduttrice. – Dovrebbe già essere nel confessionale. È cosí? Ci sei, Ettore?» «Sí, eccomi, ciao a tutti». Applauso del pubblico. «Bene Ettore, aspetta un secondo che mandiamo la pubblicità, poi avremo una sorpresa anche per te», dice la conduttrice. «Okay!» risponde Ettore. «Amici, ne vedremo delle belle, restate con noi!» dice la conduttrice con un colpo di frangia verso la camera.

– Certo che brava è brava, però tutti 'sti cambiamenti… prima corti, poi ricci, poi scalati, adesso l'extension, – dice mia madre, riferendosi alle acconciature della conduttrice, avendo molto a cuore la salute dei capelli dopo che i suoi si sono sfibrati in modo irreversibile e sopravvivono come lana di vetro sul suo piccolo cranio di lepre. – Cosa succederà adesso?

– Lo faranno parlare al telefono con la moglie.

– No, intendo, chi nominerà?

– Be', non lo so per certo. In teoria dovrebbe nominare Paola e poi non so, – dico, strusciando il collo sul divano per asciugare il sudore, cercando di restare aggrappato alla conversazione, con i pensieri della mattinata che mi aspettano a braccia aperte in fondo al baratro. In sottofondo si sente lo sgranocchiare nervoso di Lena. Si è messa in bocca una manciata di caramelle antifumo per resistere al proibizionismo di mia madre, che da circa un mese le ha imposto razionamenti da crisi di astinenza. Fiona gioca con le aureole del suo fiato. Appanna, aspetta, appanna, aspetta. Una statuina che pulsa di fronte al vetro.

– Certo che la scusa degli occhiali è proprio una stupidata, – dice mia madre. La congiura contro Ettore è stata ordita con il pretesto di un paio di occhiali con lenti fucsia, proprietà di Paola. Venivano indossati da tutti, passati di mano in mano come una specie di amuleto. Le lenti immergevano la casa in un fluido disneyano, le davano una coloritura ancora accettabile, immagino. Se diventiamo dei cartoni forse ce la facciamo, sembrava pensare Paola. Se vi guardo con questo filtro lisergico, cari Minnie-Fabrizia, Pippo-Claudio, Pluto-Riccardo, forse riuscirò a sopportarvi. L'impasticcamento visivo però si è infranto sotto il sedere di Ettore. Era nato come uno dei suoi scherzi ed è finito in incidente diplomatico. Ovviamente fuori dal confessionale tutti lo avevano perdonato. Anche Paola. Fuori dal confessionale.

– Voglio dire, quella roba di Fabrizia e Renzo? Non era *un po'* piú grave? – dice mia madre, con un accento inconsapevolmente ironico nella sottolineatura. Insieme agli altri dodici milioni di spettatori, anche mia madre ha visto quei trenta secondi di pompino in chiaro. Li ha visti e non mi ha detto una sola parola. Mi chiedo se si tratta di amore o assuefazione. Adesso li ha menzionati, li ha chiamati quella roba e aspetta che elabori una risposta badando bene a non guardarmi, lasciandomi osservare il velo celeste della tv sul suo profilo da vecchio roditore.

– Sí, hai ragione. Ma in casa, come hai visto, nessuno sa di Fabrizia e Renzo.

– Vuoi dire che nessuno sa niente?

– No, nessuno sa niente.

– E voi? Non lo avete fatto sapere?

– No, è proprio ciò che non volevamo. Se qualcuno veniva a saperlo scoppiava il pandemonio. Bettina e Riccardo, i due traditi, si sarebbero coalizzati per eliminare e far eliminare i due traditori, Renzo e Fabrizia. Le due coppiette si sarebbero spaccate. Proprio ciò che non volevamo, almeno non cosí presto.

– Quindi tutti noi li stiamo guardando sapendo ciò che è successo e lí dentro invece nessuno sa niente?

– Esatto, – dico, pensando che nessuno sa niente è anche la perfetta descrizione del mio stato.

– Ma è incredibile! Come vuoi che non salti fuori una cosa del genere, prima o poi? – Mia madre continua a parlare proprio come se stesse descrivendo la mia situazione. Intanto si rientra da nero: camera a binario, panoramica dall'alto, logo di Habitat, applauso del pubblico. «Bentornati, amici di Habitat!» urla la conduttrice. Se sposto lievemente il collo posso sentire il sudore raffreddato sul vellutino del divano. Mi afferro al bracciolo per sostenere gli innumerevoli vuoti d'aria di un volo particolarmente turbolento.

– L'hanno tamponata, no? Non luccica piú, – dice mia madre, riferendosi alla conduttrice e mostrandomi cosí di ricordarsi alcune nozioni base del lavoro in studio.

– Sí, l'hanno tamponata. Lei e tutti quelli della prima fila. Guarda le pelate.

– Già, – dice mia madre, pienamente soddisfatta. Il sollievo di aver sorvolato sui trenta secondi piú innovativi della tv italiana ci permette un massaggio alla caviglia, una soffiatina di naso, qualche piccolo aggiustamento di cuscini. Io a mia madre spiego tutto. Delle inquadrature, della truccatrice in sala, dell'assistente di studio, dell'rvm. Ma non riesco a spiegarle che sono un albero morto, ancora in piedi in mezzo agli altri, senza piú nessuno dentro. Non riesco a spiegarle che il *germe del bene* si ostina a non svilupparsi *in tutta la sua pienezza*, benché sia andato a messa con Fiona e l'abbia davvero invocato. Non riesco a spiegarle del mio vangelo di carne, di una donna che non oso ancora definire, una donna che ogni notte mi stringe con le gambe dietro la schiena e mi porta via. Intanto la conduttrice chiude l'inquadratura col suo famosissimo colpo di frangia – carrellata sugli eliminati presenti in studio – e la camera stacca sul primo piano di Ettore seduto nel confessionale.

«Ettore, sei pronto per la sorpresa?» urla la conduttrice. «Sí!» risponde lui, proteso verso la conoscenza. «Ciao Ettore, mi senti? Sono io, sono Luisa», dice una voce telefonica sulla quale stanno ancora aggiustando i livelli. «Ciao amore! Amore mio, sei tu? Come stai?» dice Ettore. «Io bene, anche la bambina sta bene». «Ciao Brooke, bella di papà». «Eh, anche lei ti dice ciao. Ma come stai?» «Anch'io sto bene, qua ormai mi vogliono far fuori, ma non importa, sono contento di uscire, di' a Brooke che papà torna presto». «Be', aspetta, perché dici cosí?» «Perché, Luisa, non sei contenta che torno a casa?» «... ce-certo che sono contenta. È solo che non devi fasciarti la testa prima che è rotta, la gente può sempre decidere di salvarti. Noi speriamo ancora. C'è Nino e zia Titta e Consuelo e tutti siamo orgogliosi di te. Quei soldi ci farebbero comodo per la pizzeria. Magari la gente ci aiuta». «Luisa, io non li volevo rompere quegli occhiali», dice Ettore, scoppiando in lacrime. «Ma certo Ettore, non fare cosí», dice la voce telefonica, facendosi piú acuta, pronta a sciogliersi nello squittio di una donna che parla piangendo. «Era solo uno scherzo, Luisa, tu lo sai», dice Ettore singhiozzando. «Lo so, lo so, Ettore, non fare cosí», dice la voce telefonica sulla quale stanno di nuovo regolando i livelli. «Qua sono tutti cattivi», dice Ettore sforzandosi di rendere comprensibili le sue parole tra i singhiozzi e i risucchi. La conduttrice li lascia sforare sapientemente i novanta secondi previsti. E mentre sto valutando a pelle l'indice di ascolto di un collegamento cosí ben riuscito, sento nitida, come il crollo di un palazzo, l'esplosione del pianto di mia madre.

– Mamma, che hai? Vieni qua, che ti succede? – e la prendo sotto il mio braccio, stringendola e accarezzandola sulle guance bagnate.

– Non è niente, non è niente, – si capisce a malapena,

le lacrime la stanno proprio soffocando. Era dalla morte di mio padre che non la vedevo cosí.

– Ma che ti succede? – ripeto, solo perché dallo stomaco sento crescere la solita vampata di panico e so che al prossimo singhiozzo di mia madre crollerò anch'io.

– Non è niente, – insiste. Io cerco di premere con piú forza ancora la sua spalla contro il mio petto senza peraltro riuscire a trattenermi. Stringo i denti finché i molari scricchiolano. Non voglio che escano suoni dal mio corpo, le lacrime possono bastare. Fiona è venuta a vederci. Il pianto umano non ha ancora smesso di incuriosirla. Siamo in quattro a piangere ora. Io e mia madre qua fuori. Ettore e sua moglie là dentro. Immagino che anche Lena abbia smesso di leggere e ci stia osservando, ma non oso spostare la testa. Le spalle di mia madre sono morbide in modo impressionante, sussultano come disossate.

– Non è per loro che sto piangendo, – dice lei, allungando la mano verso l'alveare dei capelli di Fiona, senza considerare che la bambina la scanserà e sgattaiolerà via come sta facendo. – Scusatemi, non è niente. Sono solo molto... molto stanca, – e si alza per scomparire quasi di corsa nella zona notte dell'appartamento.

Io spengo e resto seduto col telecomando in mano. Seguo il dissolvimento dello studio di Habitat, dal momento in cui l'immagine sprofonda nel puntino luminoso al centro dello schermo fino al soffuso, quasi impercettibile crepitio della televisione in caduta elettrostatica. Fisso la spia rossa di stand by. Immagino che quel brutto occhio di pernice non veda nessuno sul divano. Immagino di non essere qui, di non essere da nessuna parte. Immagino di non *esserci* mai stato. Immagino di essere solo un incidente passeggero nel sonno dell'ente supremo. Penso al maiale vivisezionato. DIO CI HA GIÀ SOGNATI TUTTI TROPPE VOLTE.

Trilla il cellulare. La delusione di ritrovarmi nel mio corpo accasciato tra i cuscini è cosí acuta che rischio di lacrimare di nuovo.

– Sí, pronto.

– Ehi Top Banana, tutto a posto! – dice Diesel, guizzando in ogni sillaba, come se non fosse mezzanotte, come se oggi non avesse lavorato quindici ore. – Ettore e Paola.

– Sí, ho visto, Ettore e Paola, – stupendomi in realtà per la nomination anche della proprietaria degli occhiali rotti. Per un attimo mi sfreccia nel cervello Paola che rientra a Preganziol, la banda, il sindaco che le regala un altro paio di occhiali con lenti fucsia, la cittadinanza che applaude, la sagra col cotechino, il karaoke finale.

– Allora hai visto anche la telefonata. Che mi dici, eh?

– Sí, molto buona, – riesco a dire.

– Cosa? No no no no, le parole giuste non sono molto buona. E neanche molto ottima, caro Top Banana. Le parole giuste sono picco altissimo, ecco quali sono.

– Hai ragione, certo, picco altissimo, – riesco a dire, senza che si accorga che sto lacrimando.

– Va bene va bene, okay, ho capito, ti lascio al tuo sport preferito. Campione del mondo in quality time.

– Ciao Diesel.

– Ciao Top Banana, ti chiamo domani.

Domani Top Banana produrrà perossido di acetone e clorato di potassio. Il perossido di acetone si ottiene facendo reagire a bassa temperatura ($5°C$) acido cloridrico con acetone ad alto tenore. Il clorato di potassio si ottiene dalla capocchia dei fiammiferi – meglio quelli a capocchia bianca perché non contengono fosforo. Vanno spappolati e messi a bagno in acqua, poi si filtra, si rifiltra e si lascia evaporare finché restano solo i cristalli di $KClO_5$. Top Banana conosce il manuale a memoria e domani lavorerà sodo. Al pomeriggio passerà da Armando Electronics a ritirare l'irroratore del generale. Domenica eviterà di andare a messa per non ferire la moglie, resterà in baracca fino all'ultimo minuto e poi andrà in piazza ad Aviano a pescare un po' di trote per il pranzo coi suoceri. Metterà i soldi sul banco dell'ambulante e le trote abboccheranno, bravo Top Banana. Ma la domanda è: sono io Top Banana? Sarò io quell'uomo domani? Lo sarò ancora e ancora, come lo sono sempre stato, oppure domani finalmente si verrà a sapere che ero solo un brutto sogno nella mente di Dio e che in realtà, *realmente*, tutto questo non esiste, che Lentini non esiste, Maura non esiste e non ha fatto niente di ciò che Lentini mi ha raccontato, e neanche Lena, lí davanti alla vetrata, esiste, e neanche Fiona, ovunque si sia nascosta, neanche lei esiste. Forse domani miracolosamente Diesel non telefonerà a Top Banana per il semplice fatto che il mondo avrà appena scoperto, stropicciandosi bene gli occhi, che io *in realtà* non sono mai nato. Mi sollevo dal divano e subito il sudore sulla schiena, a contatto con l'aria, mi mette addosso brividi da febbre gialla. La sagoma scura di Lena accovacciata sulla poltrona è una rupe dai profili morbidi, dilavati dalla luce lunare. Non si è mossa dalle sue carte. Quando mi avvicino tira su la testa, si accende una sigaretta, si toglie gli occhiali, stacca per un attimo. Il primo tiro pare non finisca mai, lo dà con una soddisfazione immensa, ossigeno puro. Poi mi sorride dentro il fumo. Io aspetto fermo in piedi davanti a lei, come un bambino, come se dovessi recitarle una poesia di Natale.

– Mi sa che anche tu hai nervi a pezzi, – mi dice.

Penso che dovrei dirle di stamattina, dovrei sedermi accanto a lei e raccontarle la storia di nostra figlia e della dea dei platani, ma non lo faccio. Mi chiedo cosa vede Lena quando mi guarda.

– Adesso mettiamo a letto la piccola e ci rilassiamo un po', – dice ancora. – Che ne dici, ti va di rilassarti un po' con me? – e chiedendomelo, mi struscia sulla patta il suo piedino di ragno.

Venerdí, 50ª giornata di Habitat

Dopo un quarto d'ora che eravamo imbottigliati davanti alla stessa edicola di corso di Porta Romana, ho chiesto di pagare e sono sceso dal taxi. Fuori dalla macchina il lamento di Milano si è fatto all'improvviso piú possente, sembrava quasi riverberarsi nel freddo secco di questa mattina di dicembre. La prima impressione comunque è stata di libertà, di leggerezza. A piedi nessuno ti imbottiglia. All'edicola poi avevo appena notato una cosa particolarmente confortante: sono scomparse le copertine con Renzo e Fabrizia. Niente piú cerotti neri, niente piú effetto smerigliato sulla faccia di lei tra le gambe di lui. Scomparsa la parola scandalo, evidenziata in giallo limone o stampata in diagonale che sia. L'informazione ha già digerito la nostra polpetta. L'informazione digerisce tutto, come mia madre. Sulla copertina di «Diario» campeggiava, sotto il titolo *Fa' la cosa giusta*, l'ex presidente della Camera dei Deputati in bustino di pelle nera coi lacci. «Cinque anni fa la cattolica piú integralista d'Italia amava portare sulla giacca la croce di Vandea, oggi indossa attillati completini di skai. Da domani condurrà un talk show su erotismo e sentimenti», diceva il sommario della rivista. Habitat può tirare un sospiro di sollievo, ho pensato.

Davanti all'università, sull'angolo verso piazza Santo Stefano, c'era una zuffa. Mi sono chiesto se non fosse il caso di cambiare strada, ma poi ho deciso di continuare. Avvicinandomi ho capito che si trattava di un pestaggio vero e proprio. Un ragazzo orientale veniva picchiato da un tizio con il Barbour identico al mio. I pochi passanti li aggiravano in fretta. Solo due studenti si erano fermati. Guardavano a braccia conserte. Il ragazzo orientale, a occhio un cinese, non faceva alcuna resistenza, ma neppure si sottraeva, stava lí sotto i colpi goffi del picchiatore in Barbour, il quale aveva accanto ai piedi una borsa di cuoio da professore, da impiegato. Da vicino ho notato che il cinese era bardato con le imbottiture da full contact. Il tizio ha scaricato un'ultima serie di pugni, poi ha preso su la borsa, ha pagato e si è avviato ancora tutto ansimante verso l'ingresso dell'ateneo.

– Vuole signole? – mi ha chiesto il cinese.

– Voglio cosa? – Ero vestito esattamente come il tizio che si era appena allontanato.

– Tle minuti sei eulo, – mi ha detto.

I due studenti osservavano la mia mandibola scesa di un buon centimetro, poi il piú alto ha aggiunto:

– Lo fa per vivere. È regolare.

– Sí, vada vada tranquillo, non reagisce, sa? È il suo lavoro, – mi ha detto l'altro. Erano suoi complici, tipo gioco delle tre carte. Gli ho voltato le spalle mentre il cinese mi stava ancora sorridendo e si asciugava la fronte con l'imbottitura dell'avambraccio. Da quanto tempo non venivo in centro? Vivo in una città che vedo solo al telegiornale o sulla cronaca locale del «Corriere». Ero rimasto alle statue viventi. Il punching ball umano mi mancava. Lena non me ne ha mai parlato. Chissà se si è sfogata anche lei sul cinese qualche volta? Sarebbe potuta uscire proprio in quel momento, poteva sorprendermi nel suo territorio. Ho inspirato a fondo e le ho dedicato la nuvoletta di fiato, il fumo neutro gelatosi davanti alla mia bocca.

Ho cercato di tenere la mente sgombra, non volevo pensare a cosa mi avrebbe detto il professore hippy. Inutile scervellarsi, di lí a dieci minuti avrei saputo. La gente era un flusso costante di capsule nere. Sono cosí, dunque, gli spettatori di Habitat? È dura a passare, questa moda dei soprabiti neri. Cappotti, piumini, pelliccette sintetiche, tutti a lutto. Non giova di certo alla testolina tropicale di Fiona. Chissà cosa pensa del mio Barbour verde. Chissà cosa pensa del montgomery bruciato della sua mamma pauperista. Stanotte si è lasciata baciare il nasino, gli occhi, la curva del collo. Stanotte mi ha portato di nuovo dal mio vangelo di carne, a chiedere salvezza, a mangiare amore. Stanotte la dea dei platani mi ha detto: «Vienimi dentro, facciamole un fratellino», e Fiona guardava contenta. Stamattina, nella folla di bacini scambiati davanti alla cancellata dell'asilo Crescere Giocando, al mio solito tentativo Fiona mi ha sparato gli occhi nel cervello.

Al Duomo mi sono inabissato nella prima entrata della metropolitana. Nello snodo dei corridoi per le due linee, i flussi si condensavano, si mescolavano e si ridistribuivano sulle scale mobili. Non erano piú capsule nere, erano dati, unità discrete in successione binaria, byte di una trasmissione adsl, pioggia orizzontale di impulsi di luce che schizzava un po' verso Bisceglie e un po' verso Sesto San Giovanni, un po' verso Zara e un po' verso San Donato. Folle, masse democratiche, grande pubblico, spettatori di Habitat in caduta nel pieno digitale di fibre ottiche a banda larga, larga quanto un tunnel di metropolitana. Il 30, forse 35% di quegli uomini e quelle donne ha appena seguito, in tuta da casa, col telecomando sulla pancia, la maxipuntata del mio programma. Wow, sono proprio fortunato.

Alla fermata, sulla parete di fronte al mio senso di marcia, c'era un manifesto 2 x 4 che gridava a caratteri di almeno 40 centimetri: LA SCLEROSI MULTIPLA È CRUDELE. NON SAI MAI QUALE PARTE DEL CORPO COLPIRÀ. Sotto la scritta c'erano alcune esemplificazioni: una donna carponi a terra, confusa, come se fosse appena caduta; un uomo che si guarda sconvolto l'interno coscia, i pantaloni pisciati. Sotto ancora, una lunga serie di interruttori on-off, tipo quelli dei contatori della corrente nel sottoscala, ognuno con la sua brava etichetta: VISTA, VESCICA, eccetera. Il tizio accanto a me non smetteva di aggiustarsi gli spiccioli in fondo alla tasca dei jeans, stava facendo enormi sforzi per toccarsi senza che lo vedessi. Uscendo a Cadorna, appena fuori le tettoie rossoverdi della stazione, un altro manifesto 2 x 4. Un malato terminale in un letto di stracci mi stava fissando. Sul pavimento della sua capanna, un sacco di flaconi e medicinali ognuno con la scritta NO al posto del nome. Niet, non, não, nein, no in tutte le lingue. L'headline diceva PER OLTRE DUE MILIARDI DI PERSONE LE MEDICINE SI CHIAMANO COSÌ. Nei duecento metri che mi separavano dal bar Magenta sono stato bene attento a non guardare piú i muri. Il cielo era gonfio di neve, era cosí basso che sembrava sceso tra la gente. Le luminarie erano già tutte scacazzate dai piccioni, da quelle parti doveva essere Natale da almeno tre settimane. Aspiravo boccate di gelo misto all'aroma dolciastro dei motori diesel. Pensavo al mio luogotenente. Era quello il suo sapore?

Appena dentro, il professore mi ha fatto segno da uno dei tavolini piú isolati. Erano le 11,36. Pochi avventori erano sparsi nella parte piú luminosa del locale, quella che dà sulle finestre di destra. Lentini aveva scelto la penombra del lato opposto. Nonostante il clima da taiga mi è venuto incontro con le sue scarpe di carta di riso e il gilè senza maniche portato a pelle. È stato come stringere la mano a Iggy Pop, rasatosi a zero per l'occasione. Lí per fortuna faceva caldo.

– Oggi c'era? – mi ha chiesto, appena ci siamo seduti. Stringeva con entrambe le mani un bicchiere di whisky e mi guardava con la stessa gravità delle ultime battute alla cena dell'altra sera. Oggi c'era? Penso all'unica presenza che può esserci o non esserci nella mia mattina. Di notte c'è sempre. – Non c'era, giusto?

– No, non c'era.

– Okay, cosa bevi? Permettimi di consigliarti qualcosa di forte.

– Non è il mio genere.

– Neanche il mio. E ci sbagliamo. È ottimo, vedrai, – e si è girato verso il barista mostrando il suo whisky e mimando la parola un-al-tro.

– Immagino che non parleremo di eresia esicastica.

– Esicasta. No, niente bizantini.

– Hai illuso Lena. Ci teneva molto a te.

– Non l'ho illusa, è brava davvero. Solo che non sono a Milano per lavoro.

Il cameriere ha appoggiato sul tavolo il mio whisky. Io non bevo quasi mai. Ho buttato giú il primo sorso, la prima palla di fuoco.

– Chi è quella donna?

– È la moglie di un mio amico. Cioè, diciamo che è una mia amica.

– E lei che c'entra con la bambina? Hai detto che mi avresti spiegato alcune cose della bambina, no? Che cosa sai della bambina? Perché quella lí viene a spiarmi? E tu chi sei?

– Aspetta aspetta, non è un intrigo internazionale. Io mi chiamo come sai, faccio quello che sai, vivo dove sai. Lei si chiama Maura, insegna o meglio insegnava educazione fisica in una scuola media di Trieste, città in cui vive quando non corre qui a Milano –. La dea dei platani spostata sul piano degli esseri sublunari, vestita con un nome e un mestiere. Eppure resa ancora piú appetibile. Concreta, umana, chiamabile. Maura. Ho buttato giú una seconda, una terza palla di fuoco. Lentini ha mimato la parola al-tri-due verso il barista. Erano le 11,50.

– Vai avanti. Che c'entra lei? Cosa vuole?

La pelle tesa sul cranio, una vena tortuosa sulla tempia sinistra, no, destra, Lentini ha bevuto mezzo whisky in un colpo solo.

– Prima che Fiona fosse figlia tua... era figlia sua.

– Cos'è, uno scherzo?

– No, non è uno scherzo. Stai buono un attimo e ascoltami. Due anni fa Fiona era stata assegnata a lei. Solo che non ce l'ha fatta, cioè, non ce l'hanno fatta. La chiamata dell'istituto è arrivata nel momento sbagliato. Sai quanto sa essere intempestivo il destino. Li ha sorpresi nella crisi piú nera. Lo sai meglio di me, da quando ti mandano le foto del bambino a quando ti chiamano a prenderlo fai in tempo a separarti, risposarti, morire. Insomma, sono atterrati ad Haiti deboli, disuniti, e non ce l'hanno fatta.

– Cioè?

– Cioè, sono crollati. La bambina urlava disperata. Ha urlato per due giorni –. Ho pensato a mia figlia che non piange mai. Due giorni di urla, due anni fa. È come se avesse esaurito le scorte. Come fa adesso a liberarsi del dolore, della rabbia? Come fa a trattenere tutto? Dove trova lo spazio in quel corpo di ragnetto? Fiona, tesoro, vuoi che ti aiuti? Vuoi esplodere?

– E allora?

– E allora non hanno retto. L'hanno restituita.

– Vuoi scherzare?

– Ti pare che scherzi?

– Mi pare che stai descrivendo due psicolabili teste di cazzo.

– Mi pare che sto descrivendo due adulti e una bambina spacciati, senza speranza. Perché questo erano due anni fa. E adesso invece la bambina vive felice con te. E loro, i miei amici, si sono ripresi, e hanno due splendidi gemelli.

– Come? Non li hanno radiati da tutto?

– Oh sí, da tutto, certo. Ma... ecco... i bambini non li hanno adottati, li hanno... – e ha preso un sorso.

– Li hanno? Li hanno fatti?

– Be' no, diciamo che li hanno avuti.

– *Avuti?*

– Sí, *avuti,* diciamo cosí, – si è fermato, ha bevuto di nuovo. Ho bevuto anch'io. – Ma questa è una storia ancora piú complicata e non ti riguarda. Torniamo a Fiona. A Fiona e Maura.

– Dimmi semplicemente perché mi spia, dimmi cosa viene a fare davanti all'asilo. Vuole rapirla? Vuole che la denunci? – Io che vado in Questura e denuncio la dea dei platani. Io, Top Banana, che denuncio qualcuno. Ma chi posso denunciare io? Mi stava per assalire un attacco di ridarella. Ho buttato giú una palla di fuoco per intimidire il diaframma. Ovviamente sono arrivati solerti i brividi da febbre gialla.

– Macché denunci, aspetta! Stai calmo. Oggi non c'era, no? L'hai detto tu. Le ho parlato. Piano piano tornerà lucida.

– Mi stai dicendo che non lo è.

– Una donna che sale in macchina nel cuore della notte e fa quattrocento chilometri per vedere una bambina che entra all'asilo ti sembra lucida?

– Mi sembra una psicolabile testa di cazzo, ammalatasi definitivamente. Mi sembra una bisognosa di cure psicotrope, magari di un paio di elettroshock.

– A me sembra invece una donna che soffre. Ma con che razza di stronzo sto parlando?

– Con il padre di Fiona.

– Okay, okay, ma cerca di capire. Maura sta male, possiamo solo immaginarci le pugnalate, le battaglie, gli scontri a fuoco che sta combattendo dentro la sua testa, – e io ho visto la stretta sulla tracolla della borsetta, le nocche sbiancate, i taglietti insanguinati sulle labbra, c'erano cose che davano ragione a Iggy Pop, ma la dea dei platani non può star male, la dea dei platani è la salvezza. Come può tradirmi cosí? Ho contratto le mandibole con tutta la forza che ho. Stavo per scoppiare a ridere. Il cameriere ha appoggiato sul tavolo altri due whisky. Ho bevuto in fretta, sentendo i primi rivoletti di sudore solleticarmi dietro le orecchie.

– Dimmi semplicemente che intenzioni ha.

– Ha mollato la scuola. Lascia i figli alla madre e viene qui ogni volta che può. Non credo che neanche lei sappia bene perché. A me comunque non lo dice. Ieri l'ho convinta a resistere. Hai visto che oggi non c'era? Forse vuole solo vederla. Forse vorrebbe parlarvi, conoscervi, te e tua moglie.

– E allora perché non c'è anche mia moglie qui? Perché non organizziamo un bel dibattito e poi chiudiamo il discorso? Perché adesso non c'è lei al posto tuo? Perché adesso non c'è suo marito al posto tuo? Chi sei tu?

– Tua moglie è meglio che resti fuori, per il momento. Maura vede te, se avvicina qualcuno avvicina te. È risalita all'asilo, non al tuo indirizzo di casa, per il momento. Suo marito non sa niente. Viaggia molto per lavoro. Quando non c'è, lei parte.

– E perché non avvisiamo questo signore che sua moglie sta impazzendo? Perché prima mi hai detto che si sono ripresi? Perché non mi dici chi sei tu?

– Aspetta, io ho bisogno di parlarti davvero. Finché tu fai cosí, non ci diciamo niente.

– Io non ho niente da dirti.

– Io sí.

– Cosa vuoi, vuoi comprensione? Vuoi pietà?

– Voglio ascolto. Tu non stai ascoltando.

– Okay, dimmi chi sei.

Lentini ha bevuto un'altra sorsata come se quello fosse tè al bergamotto. Neanche a me bruciava piú. Vedevo il professore, reale quanto può esserlo un messaggero identico a Iggy Pop seduto dentro la bolla smerigliata di un principio di aneurisma. Credevo di essere ben piú avanti di una semplice alterazione degli stati percettivi. Madri, padri, figli, raccontati da un antichista eroe del rock, ogni cosa mi sembrava possibile a quel punto.

– Io sono la causa, il responsabile di tutto questo. Io ho accelerato le procedure per adottare Fiona, la prima volta. Ho procurato i contatti giusti a Maura e suo marito. Essere un berkeleyano di lungo corso consente un credito pressoché illimitato, all'estero come in Italia. Io ho cercato di

rimediare quando loro hanno fallito: io, su pressione del-
l'assistente sociale che li ha seguiti a Trieste. È una tizia
che manco conosco, ma è stata molto persuasiva. Li aveva
accompagnati ad Haiti. Mi ha bombardato di telefonate dicendo che Fiona era stata definitivamente esclusa dalle li-
ste di adozione, che avrei dovuto darle un futuro fuori da
quell'istituto, visto che c'era tornata per colpa mia.

– Per colpa tua?

– Be', avevo favorito la coppia che aveva fallito. Il
giudice del Tribunale dei minori, qui a Milano, ha il figlio
che lavora a Matematica da me. È stata formulata una ri-
chiesta nominale della bambina all'istituto. Da quanto ne
so, voi eravate i primi della lista, – vedevo Fiona riammessa
sul nastro trasportatore, pronta alla consegna, destinazione Residenza Sagittario. Vedevo me e Lena a Jacmel, nove mesi fa, con una suora che ci istruisce sulle dosi di tran-
quillante. Vedevo un interminabile volo di ritorno con un
grosso gatto a forma di bambina, sedato, tramortito sulle
mie ginocchia, e Lena sorpresa due volte a fumare nella toilette. Avrei dovuto dire va bene, se sono queste le tue col-
pe, se la tua colpa è avermi regalato una bambina che non
parla e non si lascia baciare, una bambina che ha esaurito
tutte le urla e trattiene, come i maghi che inghiottono giornali, quantità inimmaginabili di dolore dentro quel suo corpo di ragnetto, se la tua colpa è avermi messo sulle ginocchia una bambina haitiana che aspetta solo di esplodere, va
bene, ti perdono. Avrei dovuto dire fai sparire quella donna e ti perdono. Invece ho preso in bocca tutto il whisky
rimasto nel bicchiere, ho mandato giú e ho detto:

– Voglio conoscerla. Fammela conoscere. Voglio che
me le dica lei queste cose. Voglio vedermela davanti mentre mi dice ho restituito questa bambina, due anni fa l'ho
visionata, l'ho testata e l'ho restituita. Voglio che lei e il
suo marito viaggiatore vengano da me e Lena a dirci è vero, un giorno abbiamo rifiutato Fiona, l'abbiamo riporta-
ta alla suora dei tranquillanti.

– A chi?

– Lascia perdere a chi. Fammela conoscere questa Maura, – e mentre il cameriere arrivava con altri tumbler pieni, mi sono reso conto di due fatti. Primo, il whisky aveva smesso di crearmi problemi. Avevo perso il conto dei
bicchieri, ma il liquore aveva abraso tutto, papille gusta-
tive, freni inibitori, neurotrasmettitori della fatica e del
dolore. Secondo, pur essendomi allontanato nella direzione opposta rispetto alla vera ragione per la quale vorrei in-
contrare la dea dei platani, gli avevo detto che avrei voluto incontrarla, gli avevo appena rivelato una cosa che nessuno sapeva, tranne Fiona, in sogno. Da quel poco che
riuscivo ancora a vedere, era evidente lo spiazzamento del
professore.

– Aspetta, non facciamo ancora piú casino. Io non so i
margini che mi concede, cambiano ogni giorno, ma credo
che saremmo tutti piú contenti se lei rinunciasse, qualunque sia l'intento cui rinunciare, e se ne tornasse a Trieste
dai suoi bambini e dalla sua vita, per sempre. No? – vedevo Maura svaporare tra i suoi platani, Maura che mi
guarda per l'ultima volta e poi sparisce.

– Sí, forse sí, – sono riuscito a mentire. La nausea mi
arrivava a ondate. Saliva ogni volta piú vicina all'orlo e
poi scendeva lentamente. L'impressione era quella di una
manopola installata appena sopra il mio stomaco con cui
qualcuno stesse giocando. Apriva e chiudeva, apriva e
chiudeva. La preoccupazione di Lentini, oddio, stavo davvero per scoppiare a ridere. Aveva paura che li denunciassi.
Io che vado in Questura e li denuncio, io che denuncio,
troppo divertente. Lentini preoccupato, però, era piú umano. Se era ancora lui la sagoma che intravedevo, si stava
massaggiando la pelata come Iggy Pop non farebbe mai.
Chissà, magari se rido riesco a non vomitare, ho pensato.
Maura intrisa del biancore delle lenzuola, con il morso di
isoprene in bocca e le cuffie dell'elettroshock in testa,
Maura che deve guarire, io che devo guarire, Fiona che

deve esplodere. Lentini ha bevuto di nuovo. Che whisky
era? Il terzo? Il quarto? Sapeva che stavo per dire ancora qualcosa, e aspettava. – Sí, forse è meglio che sparisca
da dove è venuta. Ma tu?

– Io cosa?

– Perché sei cosí...

– Se venisse fuori la faccenda ci andremmo di mezzo
tutti. Io, l'assistente sociale di Trieste, il giudice, il figlio
del giudice, Maura, suo marito. Ci sono gli estremi per nu-
merosi reati penali. Pensa solo alla normativa sulle adozioni. Anche voi rischiereste. Sai, non escluderei una...
una revoca, – vedevo Fiona sul sedile della Fiat Punto dei
Servizi sociali che ci guarda diventare sempre piú piccoli,
sempre piú piccoli, sul ponticello della Residenza Sagittario. Vedevo la bocca chiusa, gli occhi asciutti di mia figlia
che ci salutano. – Loro di certo perderebbero i due gemelli.

– I figli *avuti*.

– I figli *avuti*, sí. *Avuti e voluti*, Sandro, – e ha bevuto.
– Sarebbe la fine, il crollo definitivo. Maura non regge-
rebbe.

– Mi pare che abbia già smesso di reggere.

– No, non è vero. Da qui, se non facciamo casino, riu-
sciamo ancora a tornare indietro, sento che anche lei ce la
può fare. Da lí sarebbe impossibile.

– Cosa vuoi da me? Spiegami cosa vuoi.

– Non fare casino, è tutto quello che ti chiedo. Io cerco di fermarla, di riportarla a casa, in tutti i sensi. Tu non
ti muovere, non allarmare tua moglie, non telefonare alla
polizia, – io che telefono alla polizia, ecco, sono scoppia-
to a ridere:

– Huhuhu, hihihi, huhuhuhuhu, hihihihihi, – stavo ridendo a singulti violenti, praticamente in apnea, la bocca
socchiusa, il diaframma un sasso piatto che martella la punta dello sterno.

– Perché ridi?

– No, nien... huhuhu, – e ridendo sentivo che gli stessi singulti mi stavano trasportando, scossa dopo scossa, dentro il pianto. Di fatto non c'era nessun cambiamento, stavo emettendo gli stessi versi di prima, solo con la faccia piena di lacrime e un gusto salato in bocca.

– Dio, mi dispiace. Non hai idea quanto. Cristo, mi dispiace tanto.

– No, non è... hihihihihi, huhuhuhuhu.

– Cristo, che casino. Non volevo, mi dispiace. To', bevi, bevi un po'.

E ho bevuto un'altra palla di fuoco, anch'io come fosse tè al bergamotto. Non sentivo niente, non potevo fermarmi. Hihihihihi, huhuhuhuhu. Piangendo, mi sono versato addosso un bel po' di whisky.

– Tu hai... huhuhu... hai paura che... hihihi... ti denunci... hihihi, – sono riuscito a dire. E mi sono alzato perché l'ultima ondata di nausea cresceva dentro il pianto, e cresceva e cresceva e cresceva, e il tizio alla manopola non sembrava piú avere intenzione di chiudere.

– No, non è cosí, aspetta che ti aiuto, – mi ha detto, alzandosi anche lui. Ma io ero già in mezzo ai tavolini, con tutta la mia forza concentrata a non aprire piú la bocca fino a quando non avrei raggiunto quella che, laggiú in fondo, aveva tutta l'aria di essere la porta della toilette. Il bar Magenta si è fatto davvero fosco. Per fortuna quella parte del locale era disabitata. Mentre pensavo a quanto peggio sarebbe stato se Lentini avesse scelto un tavolino in mezzo alla gente, sono inciampato su una sedia e, cadendo a quattro zampe, mi sono lasciato sfuggire un fiotto di vomito. Ho richiuso subito. La bocca si è riempita all'istante. Ho fatto un gesto in direzione del cameriere che nelle mie intenzioni doveva significare *non è niente* e ho continuato quasi di corsa verso la toilette.

– Dio, non hai idea di quanto mi dispiaccia, – mi ha detto Lentini, tenendomi la fronte, mentre scaricavo l'inferno nella tazza del water. – Posso solo immaginare come ti senti.

Come mi sentivo? Ho messo la testa ancora piú in fondo alla tazza, per non sporcare fuori. Il disinfettante all'ammoniaca prevaleva su tutto. Mi bruciavano gli occhi. La mano di Lentini resisteva materna alle mie spinte. Come mi sentivo? Gli schizzi colavano lungo le pareti di porcellana in margherite di mille petali arancioni. Non c'era odore di whisky, non c'erano strisciate di merda.

– Io sai... io... – ha detto Lentini, quasi sussurrandomi all'orecchio. Come mi sentivo? Mi sentivo vuoto, mi sentivo in ginocchio, mi sentivo abraso. Lentini mi ha passato un po' di asciugamani di carta e ha continuato: – Io tengo molto a quella donna, tengo molto a Maura. Sai, una volta... – Mi sono aggrappato alla cassa dello sciacquone, ho premuto il tasto restando in ginocchio. – Insomma... credo di essere ancora innamorato di lei.

L'acqua è scrosciata e mi ha spinto un vento fresco in faccia. In un attimo è tornato tutto pulito, tranne due tre punti del bordo tazza e un pelo appiccicato dalla parte del bulbo.

– Insomma... non so neanch'io dirti cos'è... sono passati anni... però, non so... mi pare di esserne ancora innamorato. La mia colpa è anche questa, capisci? – ha detto ancora Lentini alla mia nuca.

Mi sono visto riflesso nel piccolo specchio d'acqua che segna il confine tra la tazza e il sifone, tra il mondo di superficie e quello sotterraneo, tra la luce e le tenebre.

– Sono innamorato di Maura, – ha ripetuto.

Vedevo la sagoma scura della mia testa in miniatura, illuminata dai faretti del soffitto. Non sono mai stato cosí lucido. Sapevo che era giusto ricambiare Lentini. La verità va ricambiata con la verità. Potevo farlo in due modi. Il primo era dirgli: anch'io. Semplicemente questo: anch'io. E proprio mentre pensavo che sarebbe stato un bel modo per rimetterci in pari, ho scelto il secondo.

– Io sono Minemaker, – gli ho detto.

– Come scusa?

– Minemaker, quello dei supermercati. Sono io.

– Be', meno male, – ha detto Lentini, sorridendo e insaponandosi le mani. – Ti è già tornata la voglia di scherzare.

Domenica, 59ª giornata di Habitat

La gente approfitta di quest'alitata di scirocco per lavare la macchina. È forse l'ultima volta che il termometro va di qualche grado sopra lo zero prima di assestarsi stabilmente sui valori artici della media stagionale. Delle venti postazioni di cui è dotato l'autolavaggio a gettoni di Borgo Meduna piú della metà è occupata. Gli spazzoloni rotanti gialli e blu, le geometrie arancioni dei ponteggi, la scritta amaranto a caratteri skia CARWASH SELF SERVICE sono un bel colpo di colore nel tappeto nero della campagna, senza contare poi i musi scintillanti delle macchine che sbucano dall'asciugatore. Il semaforo sembra messo apposta per poterli guardare. Sono tutti uomini, infagottati nei tutoni della domenica, protesi a rifinire il parabrezza coi fogli di giornale, chini a dare il lucido sui copertoni, uomini che sanno dominare il panico di un giorno senza lavoro, uomini misurati e felici. Per un attimo vengo colto dal pensiero che dovrei esserci anch'io lí, insieme a Fiona. Stare dentro la nostra Audi mentre i rulli la spazzolano, la ingoiano – ai bambini piace questo genere di cose. Ma poi viene il verde e vengo subito richiamato all'ordine.

Sono passati dieci giorni dall'incontro con Lentini, due dall'eliminazione di Paola dalla casa di Habitat. Ne mancano otto a Natale. Prendo posizione nella rete del tempo. Mi ci sistemo come in una calza, nella speranza che non mi lasci coi nervi troppo scoperti, in balia dell'adrenalina che frizza immancabile nel countdown di avvicinamento. Tra meno di cinque minuti sarò al Pam. Cerco di gustarmi il rientro in città. Aviano è alle mie spalle. Il punto di fuga in cima a viale Dante mi scaglia sui vetri la prospettiva ortogonale della periferia est di Pordenone, le case contadine coi serramenti in alluminio, le vecchie conigliere adattate a legnaia, i giovani caseggiati di sei piani coi lampioncini ancora accesi nel giardino condominiale. Potrei essere tranquillamente un vettore in un anello di accelerazione, non c'è nessuno per strada. Penso all'idea che Lena possa attraversare in bicicletta, verso la sfacchinata natalizia a favore del commercio equo e solidale, e sorprendermi qui, lontano dalla baracca di mio padre, per di piú in mimetica. Penso all'idea che Maura possa averci seguiti, venerdí sera, e adesso stia balbettando davanti a mia madre e un'ex figlia che la fissa come potrebbe fissarla una stalagmite o una spranga di ferro. C'è qualcosa nell'attesa, nella partecipata inazione di Maura, che la fa sembrare consapevole del destino di Fiona. Ha smesso di piantonare l'asilo, adesso cerca di mettere sempre almeno un incrocio, un ponte, una porta di autobus tra noi e lei. Compare, meglio di una guida indiana, solo nell'attimo in cui è già irraggiungibile. Non vuole che ci si dimentichi di lei, che ci si illuda che sia sparita, ma neppure ci assilla. Si accontenta di apparirci da lontano. Sa che so, vuole essere lei a scegliere quando.

Dal parco Galvani iniziano le luminarie. In parte stese a grappoli sugli alberi, per un effetto *nature*. In parte disposte in semiarcate a intervalli regolari fino all'uscita opposta della città, cosí da creare una galleria di lampadari a goccia lungo tutto l'asse principale del centro.

E Fiona? Lei che ogni notte mi tira per mano verso la dea dei platani, lei si è mai accorta di Maura? L'ha riconosciuta? Penso a giovedí, quando mi sono girato per guardarla un'ultima volta e l'ho vista in mezzo ai compagni, sulla collina dei Teletubbies, nel suo cappottino riciclato, intenta a osservare i movimenti del cantiere dietro l'asilo

e poi ho notato i capelli di Maura e la sua sagoma a punta
di freccia piantata oltre la rete, tra i cartelli ormai illeggi-
bili dell'opera in costruzione. Cosa faceva Fiona? Osservava davvero solo il lavorio delle ruspe? Oppure, davanti
a quei dinosauri gialli che mangiavano terra, aveva capta-
to un'altra presenza?

Il Pam di viale Grigoletti emana la sua fama ben prima
che se ne scorga l'imponente mausoleo azteco. Sono i suoi
clienti africani a trasmetterla, con due borse per parte at-
taccate al manubrio delle biciclette. È il loro corteo sulla pista ciclabile ad annunciare una spesa piena di offerte, da sti-
pare al posto dei bonghi, al posto dei sacchi di cuscus, nel
ripostiglio dei loro bilocali. Guardo avanzare la pubblicità
Pam incarnatasi gioiosamente in questi nuovi proletari e
vengo assalito da un prurito irresistibile alle ascelle e alla
radice dei capelli. Adrenalina che frizza nei dotti piliferi. Il
parcheggio ha la stessa frenesia di un dopopartita. Gente
che esce, gente che entra. Donne che tengono il posto, altre che riempiono di merce i bagagliai, altre che contano i
punti per gli omaggi, altre che sgridano bambini. Uomini
che litigano con il blocchetto di cauzione del carrello, che
aspettano l'attivazione dell'allarme prima di allontanarsi dai
loro SUV, dalle loro 4 x 4 common rail, uomini che calano
neonati dentro marsupi. Sono un vero spettacolo i supermercati aperti la domenica. Il tizio della Bmw accanto, prima di aprire lo sportello ai bambini, si sistema la giacca, si
aggiusta il nodo alla cravatta. Poi prende la bambina in braccio, il bambino per mano, dà istruzioni alla moglie e si ag-
grega al flusso che sta già congestionando l'ingresso. Io contemplo l'adunata di tutti questi papà eleganti, di queste
mamme ben truccate, me li figuro nella campionatura del-
l'Auditel, compattati nelle stesse scelte, nelle stesse fasce di
programmazione, sostanzialmente miei benefattori. Non sono africani, non vengono a far la spesa in bicicletta, non vanno piú in chiesa, portano i figli al supermercato come i loro
padri li portavano al luna park – spettatori da bouquet prin-

cipale, 4 x 4 common rail uguale bouquet Superpremium, penso. 4 x 4 common rail uguale offerta Habitat 24 su 24. Sono le 10,32. Dio benedica i numeri.

Prima di uscire tocco ancora una volta il profilo della scatola di Nesquik nel tascone anteriore della mimetica. È esattamente al centro. Mi assicuro che la cerniera sia aperta, che sia facile l'estrazione. Migliaia di tonnellate di merci trasportate agli aeroporti, passate nei metal detector, dicono i giornali. Vhs visionati fino al deterioramento, dicono i giornali. Nessuno ha *rilevato* il mio acquisto di 23 confezioni di Nesquik. Né i 30 flaconi di shampoo, né i 27 barattoli di pomodori pelati, né i 32 vasetti di Nutella. Numeri, benedetti numeri. Dettagli *non rilevanti*. Nessuno ha tolto dal commercio il Nesquik. Nessuno perquisisce i clienti in mimetica. Sorrido al soldato che mi sorride dallo specchietto. Immagino di non essere io. Immagino di non essere mai nato. Immagino che il *germe del bene sia maturato in tutta la sua pienezza*. Immagino il sollievo, il dolce freddo delle manette ai polsi. Respiro a fondo per fronteggiare l'accelerazione del cuore. Penso al nocciolo bluastro del cuore di Fiona sotto il velo opaco del ghiaccio. Penso a Maura che guarda oltre la rete dell'asilo quella bambina né mia né sua.

Allora, ripassiamo tutto da capo.

Spezzati i chiodi, mescolati insieme a viti Parker. Fatto.

Aperta la scatola, tolto sigillo interno di stagnola, svuotata, lavata e asciugata. Fatto.

Combinati zolfo, nitrato di potassio e carbone di legna. Amalgamata polvere nera a chiodi e viti, versata e ben compressa nella scatola. Fatto.

Aperto il campioncino di profumo, svuotato, lavato e asciugato. Fatto.

Riempito con miscela di perossido di acetone, clorato di potassio, zucchero e acido picrico. Fatto.

Inserita fettuccia di carta vetrata nella boccetta e lasciata sporgere fuori dal tappino. Fatto.

Incuneato campioncino nella polvere nera e incollato al bordo della scatola con due gocce di cianoacrilato. Fatto.

Incollata la linguetta di carta vetrata sull'interno del coperchio con altre due gocce di cianoacrilato. Fatto.

Chiusa la scatola.

I miei benefattori continuano a uscire dal supermercato con le borse stracolme pigiate nei carrelli, alcuni controllando i mezzi metri degli scontrini, altri già cercando con gli occhi la macchina, la strada di casa, il risotto, il telecomando, il divano scaldato dalla simpatia degli ospiti di Domeniquà. Mi sorrido un'ultima volta, spengo il cellulare, prendo fiato ed esco dall'Audi con l'euro per la cauzione del carrello pronto in mano. Dentro non è cambiato quasi niente rispetto al sopralluogo della scorsa settimana. Solo i festoni sono un po' più logori. I bambini li tirano, li stracciano, non resistono a starci lontani. Fiona farebbe lo stesso. Qua e là si ammucchiano piccoli cirri di ovatta, caduta dalle barbe dei babbi natali appesi in supplizio sulla testata di ogni corsia. TRENDY! VISITA IL NUOVO REPARTO ABBIGLIAMENTO! grida un cartello, indicando la zona oltre la corsia 28. Supero i banchi dell'ortofrutta, quello dei latticini, quello dei salumi. Taglio in mezzo alle torrette di panettoni e pandori con l'ansia crescente di mettere qualcosa nel carrello, di normalizzarlo in fretta. Al banco del pesce prendo il numero salvacoda, 208. Servono il 201, ma non mi scollo da lí. Il prurito al cuoio capelluto sta diventando irresistibile. Si è fatto avanti un terrore nuovo. La scatola di Nesquik mi sembra di dimensioni davvero enormi. Ho l'impressione che sporga da ogni parte. Cerco di restare con gli avambracci attaccati al corpo e le mani al carrello, pur sapendo che cosí do ancora più nell'occhio. Le tizie davanti a me chiedono tranci di nasello, filetti di platessa, pesce che sappia di pesce il meno possibile. Ovviamente io le imito, prendo le cinque trote restanti e il pescivendolo mi fa pure lo sconto. Depongo il mio trofeo per il congelatore del generale e immediatamente mi rendo conto che il carrello cosí è ancora piú ridicolo. Il vuoto risalta molto piú di prima e propaga intorno un'irritante, sospetta desolazione. Come non avevo ancora mai fatto, comincio a riempirmi di merce. Compro tutto, a casaccio. Passo e compro. Via via che il mio carrello si avvicina a eguagliare quello degli altri, riprendo il controllo.

Hai una mina sulla pancia, mi dico, perché il controllo sia totale.

L'unico acquisto ponderato lo faccio nel reparto di abbigliamento. Compro tre giubbetti senza maniche pieni di tasche, tipo quelli da fotografo, neri. Non m'importa la taglia, purché siano neri. Una tizia sfiorandomi col carrello mi dice sorry. Solo uno della base americana può venire al Pam in mimetica e comprarsi giubbetti da fotografo, è questo che pensa. Non pensa che io sia io. Non può pensare di essere accanto all'uomo che ha visto mille volte trasmesso nei telegiornali con la visiera calata sugli occhi. Con tutti i soldati che ci sono. Già, brava, con tutti i soldati che ci sono. Solo che io non sono un soldato, non sono americano. Io sono io, queste sono le uniche occasioni in cui potrei giurarlo. Lena, mi vedi? Ecco, questo che vedi sono io. E tu, Diesel? E voi, ragazzi, mi vedete? Eccomi. E tu, generale? E tu, cara Beatrice? Non credevate sul serio che riparassi tutta quella roba? E tu, mamma, mi vedi? Riesci a vedermi? C'è tuo figlio in questa mimetica. E tu, Fiona, mi vedi? Guarda, tesoro, guarda cosa ti ha comprato il papà, giubbetti neri, splendidi giubbetti neri.

Mi accuccio davanti ai Nesquik. Ne prendo due scatole, mi rialzo, fingo di valutarle, di leggerne gli ingredienti, la tabella nutrizionale – che padre scrupoloso – e aspetto che il tizio allo scaffale dei cereali si volti dall'altra parte. Non appena lo fa, mi chino sul carrello, appoggio le due scatole, lascio che la terza mi si sfili dal tascone della mimetica, l'afferro, la soppeso proprio come se stessi riflettendo sull'opportunità di prenderne due, lottando in realtà con i primi accenni di tachicardia. Le tempie pulsano cosí forte che per un istante mi chiedo se anche il tizio dei cereali riesce a sentirle. Gli occhi premono per scappar fuori dalla testa. Appoggio la mina sullo scaffale. Assecondando una specie di precauzione stocastica, la sistemo in seconda fila. Non è mai successo che il danno si compia mentre sono ancora nel supermercato, ma, come si dice, c'è sempre una prima volta. Rialzandomi, abbasso la visiera. Penso a quante volte gli inquirenti visioneranno il materiale della camera puntata su questa corsia.

In coda alla cassa, l'adrenalina mi sta divorando le piante dei piedi. Sfoglio il bollettino pubblicitario e alterno il peso, il piú compostamente possibile, prima sul sinistro e poi sul destro, come se stessi marciando sul posto. Pare che ce la metta tutta per farmi notare. Nessuno comunque osa uscire dal proprio cilindro discrezionale, nessuno osa violare il mio spazio osservandomi, con il rischio poi che io lo ricambi. È fatta, mi dico, per darmi coraggio. E quando finalmente tutto lascia pensare che sia fatta, e la cassiera sta battendo le ultime cose e io sto imbustando una spesa da vero consumatore felice, in quel momento a venti metri da me, sulla luce naturale dell'ingresso, compare la sagoma di una donna in impermeabile corto e una cascata di capelli. Rossi. Per un istante resto immobile. Ma allora ci hai seguiti sul serio? Vorrei mollare tutto e rincorrerla. Ha scelto chiaramente l'unico momento in cui non posso farlo. La cassiera sta chiudendo il conto. Mezza spesa è ancora sullo scivolo dietro di lei, fuori delle borse. Maura mi guarda, con le mani in tasca, le gambe lievemente divaricate, ingobbita in una posa che non le appartiene. Dovrei mollare tutto. Dovrei dire aspetti solo un secondo e mollare tutto.

– Cash or credit card? – mi dice la cassiera.

– Contanti, – rispondo, mentre Maura esce dal supermercato con una stanchezza tutta nuova nelle gambe.

– Vuole i bollini? C'è una batteria di pentole in arrivo per dopo le vacanze, – mi dice la cassiera.

– No.

– Duecentoventotto euro e settanta.

Pago stupendomi di avere tutti questi soldi nel portafoglio, raccolgo le ultime cose e spingo fuori il carrello quasi correndo.

Sul piazzale c'è un formicolio se possibile ancora piú vivace di prima. Cerco in ogni direzione. Abbandono il carrello e vago tra le auto come un posseduto. Corro e guardo dentro i finestrini. Corro e guardo, corro e guardo. Un posseduto in mimetica. Qualcuno comincia a voltarsi. Mi sto comportando esattamente come non dovrei. Non credo sia possibile dare nell'occhio piú di cosí. Un tizio si è bloccato nell'atto di chiudere il bagagliaio e mi segue a bocca aperta, mentre io continuo a vagare tra le auto sfregando la mia tenuta d'assalto sulle fiancate fresche di autolavaggio. Mi sforzo di esercitare un minimo di controllo sul modo in cui mi muovo, ma la gente si sposta troppo velocemente, altre auto arrivano, altre si mettono in fila per uscire, centinaia di dettagli al secondo pretendono la mia attenzione. Finché la macchia bianca di una manica di impermeabile mi cattura. Sta inserendo il tesserino magnetico alla sbarra di uscita. Quella manica porta dentro il finestrino di una Passat grigia, è attaccata a una testa piena di capelli rossi. Saranno non piú di duecento metri. Comincio a correre. La manica ritorna all'interno, la sbarra si alza, il finestrino dell'auto successiva si abbassa, lo spazio si correda di nuovi dettagli, fasci di stimolazioni intermittenti sulle quali resiste il fosfene immortale dei capelli di Maura. Mentre ingrana la prima, praticamente già col muso in strada, si gira un'ultima volta. Mi guarda rinunciare.

Sei davvero tu? Non ti ho mai vista cosí stanca. Sono tuoi questi occhi arrossati? Sono tue queste labbra screpolate, questa bocca da naufraga? Perché sei venuta? Quando ti riposerai? Quando mi riposerò? Quando potremo riposarci, tutti? Le domande compiono rapide incursioni nel cervello, come se non fosse assurdo anche solo pensare di pronunciarle cosí, a cinquanta metri di distanza da una donna che ha già tirato su il finestrino e sta per dileguarsi nel traffico con la faccia che avrà Maura tra dieci anni, una donna bella e stanchissima che adesso – col fiatone e la vista annebbiata – non stento a credere possa essere un'altra.

Sto facendo l'amore con la dea dei platani, nella posizione del samaritano. Stiamo scomodi, su un divanetto anatomico dei piú appartati, in questo che ha tutta l'aria di essere l'atrio di un multiplex. Non c'è anima viva. Nessuno al banco dei frappè, nessuno alle Playstation, nessuno davanti alle porte delle sale.

Solo Fiona.

Mia figlia, o forse farei meglio a dire nostra figlia, indossa uno dei giubbetti neri che ho comprato e adattato apposta per lei. Resiste minuscola nella cubatura sterminata dell'atrio, guardando i trenta forse quaranta maxischermi appesi alle gabbie di tubi Innocenti che scendono dal soffitto. Non so come faccia a tenere la testa cosí piegata indietro senza cadere. I televisori saranno a non meno di quindici metri di altezza. Stanno trasmettendo tutti, in sincrono, una specie di endoscopia. Dev'essere un film di fantascienza, scienziati microscopici che viaggiano nel corpo umano o qualcosa del genere. Un trailer decisamente monotono. Le gambe di Maura mi stringono ai fianchi, le sue spalle emettono luce, due bulbi incandescenti e bianchissimi che sussultano sotto i miei colpi. «Piano... fallo con dolcezza», mi dice proprio quando sto per mordergliene una. «Guarda, – mi dice ancora, ansimando, – quelli siamo noi». Seguo la curva del mento, il mirino degli incisivi, il triangolo perfetto delle narici, i suoi occhi rovesciati verso il girotondo dei televisori. Sugli schermi, pareti di carne viva vengono avanti e corrono in-

dietro ritmicamente, con un'escursione di pochi centimetri, lo stesso tunnel di mucose bagnate moltiplicato per
quaranta. «Ti hanno installato una microcamera nell'ure-
tra. Nessuno ha mai visto l'amore cosí da vicino», mi dice Maura ansimando. Rallento e anche la corsa nel tunnel,
lassú, rallenta. Accelero e anche l'immagine nei quaranta
schermi accelera. Siamo proprio noi. Con il pollice accarezzo la bocca aperta della dea, mi aggrappo al suo piacere. Maura è raggiante. Gode e si guarda dentro come nessuno ha mai fatto. Guarda come la vedrei io se avessi gli
occhi sulla punta del glande. Vorrei sentirmi felice. Urlo
a Fiona, lí in mezzo: «Tu, Fiona, sei felice?» «Sí, papà, lo
sono», mi risponde lei, senza distogliere lo sguardo dagli
schermi, in un italiano adulto, avanzato. «Che ne sarà di
lei?» sussurro a Maura, prendendole la testa tra le mani.
«Lo vedi anche tu che ne sarà», mi sussurra lei, con una
tale serenità negli occhi da infonderne un poco anche a
me. In questa calma tantrica, ancora incommensurabil-
mente lontana dall'orgasmo, contemplo il profilo di nostra
figlia. La gelatina ocra che sporge dalle tasche del suo giubbetto è identica a quella del vecchio Gled assorbiodori, ma
io so bene che non c'entra niente con i deodoranti per la
casa.

Giovedí, 63ª giornata di Habitat

Sulla porta, poco sopra il maiale, è stata aggiunta la foto di un neonato, sorridente, gaio, bello come solo Gesú
bambino poteva esserlo, un neonato inchiodato alla croce
con trentatre anni di anticipo. Dev'essere un'elaborazio-
ne di Photoshop, una crasi delle due festività cristiane piú
importanti, ma anche una soluzione superominica, un po'
da Wonderkid o da qualche altro eroe dei cartoni in grado di sprizzare ridente tutta la propria divina incoscienza
in faccia alla morte che verrà. Mi sembra piú opera di Telepass che di Diesel – comunque sia, è il nostro unico ad-
dobbo di Natale. Sono le quattro e fuori è già buio, se si
può considerare buio la pellicola di mucillagine scura che
la nebbia ha steso sulle finestre. I due ragazzi sono scesi a
visionare il montaggio per la puntata in chiaro di stasera.
Le ragazze si accingono a sottopormi i pronostici sulle nomination di domani. Quando rientro dalla pausa sono già
pronte, una di fronte all'altra, coi gomiti sul tavolo e i taz-
zoni fumanti di caffè americano misto RedBull tenuti a
due mani come hanno imparato dai telefilm. I membri di
questo ufficio, ovvero i miei quattro valenti samurai, per
bloccare sul nascere voci sulla loro presunta disinvoltura
verso gli stupefacenti, si sono spontaneamente proibiti
ogni genere di droga, limitandosi a surrogati come caffè,
cola e succhi a base di taurina. Limitandosi si fa per dire,
visto che Diesel batte le palpebre una volta al secondo.
– Dài, Top Banana, cominciamo, – mi dice.
Sul portatile ultrapiatto di Rosita campeggia l'home-

page di habitat. jumpy.it. I ritratti, la chat, la community, lo shop, le news. Non riesco a capire su quale dei menu si è fissato il suo sguardo. Anche lei è un continuo sfarfallio di ciglia. Accanto a Rosita c'è ancora il «Corriere», aperto sull'ultima pagina letta da Telepass e ampiamente commentata stamattina. Per il resto il tavolo si può considerare sgombro, se si escludono i tabulati dell'Auditel, una copia rilegata della rassegna stampa, la scaletta con i turni, il cartellone plastificato con l'identikit dei concorrenti, un paio di barattoli, un cartone di pizza.

Due sono state le notizie piú discusse di oggi: quella su cui è rimasto aperto il giornale e quella del costume Fastskin. Dalla seconda Cane Morto e Telepass intendevano trarre ispirazione per inventarsi un gioco con le mute, qualcosa da utilizzare per una prova della settimana o una festa a tema acquatico. La notizia diceva che per eliminare l'attrito dell'acqua un'azienda leader dei costumi di nuoto aveva riunito un professore di software in liquidi, uno studioso di flussi della Nuova Zelanda, un esperto di effetti speciali di Hollywood (*Matrix, Spiderman, Charlie's Angels*) e uno studioso di squali del museo di Storia naturale di Londra. Il tutto per produrre il costume Fastskin FS II, composto da un materiale speciale che aiuta a ridurre l'attrito dell'acqua del 4%. Dalla prima notizia invece, quella ancora in luce sulla metà superiore della pagina del giornale, nessuno ha tentato di ricavarci alcunché, però ne è nata una discussione forse ancora piú accesa, dalla quale mi sono immediatamente sottratto.

– Su, forza, Top Banana, – insiste Diesel, indicandomi la sedia.

– Non essere cosí assillante con il capo, – dice Rosita, soffiando nella tazza.

– E tu non leccargli cosí il culo in mia presenza, – le risponde Diesel, sforzandosi di sorridere nelle parole il meno nervosamente possibile.

Rosita ricambia il sorriso bevendo un altro sorso di eccitante liquido al sapore di toro. Davvero non so se gli indici di ascolto che otterrei mettendo loro nella casa di Habitat sarebbero formidabili o solo entusiasmanti. Istintivamente butto l'occhio sullo schermo in fondo alla stanza. Per un attimo le sistemo lí in mezzo, vicino ai femori scarnificati di Renzo, in sostituzione alle teste di serie Bettina e Fabrizia. Il titolo del giornale mi fa tornare lucido.

– Siamo un po' preoccupate. Non vorremmo che succedesse come l'ultima volta, – dice Diesel, riferendosi all'esclusione imprevista di Paola. – Non vorremmo sbagliare di nuovo.

– Ettore se ne deve andare, – dice Rosita per chiarire il concetto.

– Perché? La telefonata con la moglie è andata benissimo. La gente lo ha premiato. Paola non stava simpatica a nessuno. Non capisco che cosa vi facesse preferire... – quella specie di commessa di Gap, ma non lo dico, – cosa vi facesse preferire lei a...

– Al maestro di scoregge? – dice Diesel, citando Cane Morto.

– Al selvaggio dell'Aveyron? – dice Rosita, citando Telepass.

– È la prima volta che vi sento ragionare in modo cosí emotivo.

– No, Top Banana, in realtà non è questo. È che probabilmente Ettore sa qualcosa, – dice Diesel.

– Che significa, probabilmente sa qualcosa?

– Crediamo che Renzo si sia confidato con lui, che gli abbia detto del... – dice Rosita, fermandosi senza chiudere le labbra, lasciando in sospeso la parola in un modo che rende impossibile non immaginare la sua bocca, la sua faccia, i suoi mirabili zigomi da slava, protagonisti assoluti dell'atto omesso.

– Che significa, crediamo? Ci sono 75 microfoni, 62 telecamere là dentro. Che significa, crediamo?

– Senti, non so, c'è questo rischio. Probabile che si siano parlati di notte, a letto. E noi non ce ne siamo accorti, – dice Diesel, con la seconda mano che torna sul tazzone per nascondere il tremore. E io penso alle centinaia di migliaia di insonni, abbonati al bouquet Superpremium, che possono conoscere cose che noi ignoriamo. Penso a quanto potrà ancora durare questo sistema di menzogne, dove piú sei vicino al centro meno sai, e viceversa. Guardo la pagina spiegazzata del «Corriere». Titolo a sette colonne: MINEMAKER. OPERATA CON SUCCESSO L'ULTIMA VITTIMA. Occhiello: «Riattaccate le tre dita alla donna ferita nell'esplosione della scatola di polvere di cacao». Rido.

– Perché ridi? – mi chiede Diesel.

– Rido perché... perché quelli che non sanno niente sanno tutto e quelli che sanno tutto non sanno niente.

– Cos'è, Socrate, il Dalai Lama? Cos'è? – dice Rosita.

– Lascia perdere. Piuttosto, al confessionale non lo avete torchiato?

– Se n'è occupato Cane Morto. Pare che abbia detto cose tipo tra maschi si starebbe meglio, quelle sono due troie. Il che non significa... ma insomma... – dice Rosita.

– Se lui sa qualcosa, crede pure che noi sappiamo che lui sa e quindi non ha bisogno di dircelo, – dice Diesel.

– Wow, parli proprio come il capo, – dice Rosita, aprendo un altro barattolo di RedBull per rabboccare la miscela nella tazza e ricevendo un puntualissimo dito medio da parte di Diesel.

– Fatemi capire meglio.

– Niente, ci basiamo solo su supposizioni. Ma anche durante la prova della settimana ci sono state alcune occhiate abbastanza esplicite tra Ettore e Renzo. È strano, capisci? Non c'è mai stata intesa tra loro, – dice Diesel.

– Se parla scoppia un casino, di sicuro finiscono fuori le ragazze, – dice Rosita.

– Qual era la prova della settimana?

– Quella, – dice Rosita con le mani aggrappate al tazzone, indicando lo schermo col naso.

Un abete vero con la punta piegata contro il soffitto resiste a una quantità impressionante di palline accanto al divano del soggiorno. I bracci piú appesantiti sono ancorati con fili di neve argentata sulle due coppie di faretti a parete. L'impressione è quella di uno yeti in cattività, una cosa forse ancora meno natalizia del Gesú bambino crocifisso sulla porta dell'ufficio. Mi viene in mente come mi ha salutato stamattina la maestra Tatiana: «Fiona è stata bravissima a preparare il presepe. Avrebbe dovuto vedere come staccava lo scotch. Zac! eh Fiona? Zac! Aah, lei con i suoi dentini è bravissima».

– Cosa dovevano fare?

– Riuscire ad appendere i 1552 gingilli, – dice Rosita.

– Perché 1552?

– Ma come, non ricordi? – mi chiede Diesel. – La battaglia civile di Telepass, i morti di quest'anno per incidenti sul lavoro, 1552. «Il manifesto» ci ha dato mezza pagina.

– Ah già, certo certo, – dico, non ricordandomi altro che il contratto a termine, il precariato a vita, le condizioni di sfruttamento del network accettate dall'anarcosindacalista Telepass. Intanto, nel secondo riquadro inferiore, Ettore e Riccardo stanno chiacchierando seduti sul bordo della vasca da bagno.

– Ecco, potrebbe capitare proprio adesso, – dice Diesel, versando sul tavolo un po' di brodaglia nello scatto per impugnare il telecomando – Merda! – e promuovendo i due sul riquadro dotato di sonoro. Nel campo radioattivo delle nostre menti all'ascolto penetra una conversazione fiacca su problemi di identità. Ettore non sa piú se il suo futuro sarà quello di pizzaiolo o di attore, dato il consenso cospicuo dello scorso televoto. Parla a bassa voce, senza gesticolare, compreso nel suo dilemma. Non ha l'aria di uno che sta per dire sai che Renzo se lo fa succhiare dalla tua ragazza? o cose simili.

– Adesso Riccardo fa finta di essergli amico, ma domani sera lo nominerà di nuovo, – dice Rosita, sovrapponendosi ai sogni hollywoodiani di Ettore. Diesel alza il volume.

– Se glielo dice è finita. Buttano fuori Bettina e Fabrizia, – ha le mani torturate dal tremore della caffeina. – Non oso immaginare Habitat senza donne. Crollo degli ascolti, pubblicità che scappa a gambe levate, gran finale deportato nel gelo artico della seconda serata.

– Sí, se glielo dice è finita, – ripete Rosita. Poi ci pensa un attimo, afferra il giornale e dice: – Be', sarà sempre meglio che bere Nesquik, – al che entrambe scoppiano a ridere.

– Già, sempre meglio che perdere tre dita per via di un pazzo furioso, – dice Diesel, facendo una smorfia da spastica e agitando il pugno con pollice e mignolo esposti.

Rosita le tira il giornale, si sta sganasciando fino alle lacrime.

– Sempre meglio che passare le vacanze di Natale nell'ospedale di Pordenone, – continua Diesel, – ma ti rendi conto, Pordenone?

– No, io no, – dice Rosita, tenendosi il fianco per i crampi, – ma il capo sí, poco ma sicuro.

– Oh sí, il capo sí, giusto, – dice Diesel, scrollando la testa per calmarsi. – Top Banana è un esperto mondiale di Pordenone. Vero Top Banana?

– Sí, – dico io, sorridendo.

– Ehi, non sarà mica lui Minemaker? – dice Rosita, ridendo solo un poco piú piano. – Ehi Top Banana, non sarai mica tu Minemaker?

– Già, non sarai mica tu? – mi dice Diesel, che nel frattempo si è completamente dimenticata da dove è partita. *Se glielo dice è finita*, era questa la frase di partenza. Una frase che il mio cervello immagina pronunciata da un pubblico partecipe, da una specie di coro attico che osserva me, non Ettore. *Se glielo dice è finita*.

– Sí, – dico ripiegando il giornale, – sono io.

E le ragazze esplodono in una nuova risata. Hanno tutte e due la testa rovesciata indietro, gli occhi stretti per le fitte. Non vedono la mia delusione. Rosita strilla come se qualcuno la stesse leccando sotto i piedi.

Aspettando che si calmino, prendo un sorso di taurina dal tazzone di Diesel. Sullo schermo è Riccardo a parlare adesso. Sta snocciolando massime dall'etica del parapendio. Ettore lo ascolta con la mandibola scesa e lo sguardo canino. Le performance orali di Fabrizia non sono emerse, fino a questo momento. «Sii te stesso, – conclude Riccardo. – Sii te stesso e non sbaglierai». L'esortazione plana sui sospiri di recupero delle mie autrici. Ci guardiamo come dopo una splendida scopata, complici di niente, di un equivoco assoluto. Mi chiedo se, quando Riccardo sprona Ettore a essere se stesso, è consapevole del fatto che ognuno di noi vorrebbe ardentemente essere se stesso se solo avesse la minima idea di chi è.

Martedí, 68ª giornata di Habitat

Nonostante i venticinque anni passati insieme, alle volte Lena riesce ancora a stupirmi.

– Adesso apriamo il regalo di Alberto, – ha detto, cercando di sottrarre l'attenzione di Fiona dai pesciolini rossi del generale. Per lei non c'erano dubbi, era il regalo di
Lentini. Tutta la famiglia aveva sopportato le sue manie,
era stata costretta – tanto per dire – ad acquistare solo i
giocattoli costosissimi dell'Altra metà. Credere quindi
che quello fosse un gesto brillante del professore hippy
non costituiva un grande sforzo. Anche Beatrice aveva
deciso di accontentare la sorella il giorno di Natale. Però
davvero non so come Lena, docente quarantenne di Storia della civiltà bizantina alla Statale di Milano, abbia potuto pensare che il suo incontro con Lentini fosse stato
cosí proficuo, avesse avuto risvolti cosí toccanti da permettere che nella stima professionale, di per sé già un trofeo, fosse addirittura germinata un'amicizia. Niente mi
riempie di tenerezza quanto le caparbie illusioni di mia
moglie. Il pacco è stato aperto da lei, mentre Fiona ten-
tava ancora di acciuffare i pesci nella vasca, ma quando
è uscito quel serpentone di peluche, per la prima volta in
tutta la serata la piccola ci ha degnato della sua presenza. I pesci sono stati graziati, il generale ha tirato un sospiro di sollievo, Fiona si è buttata sul pupazzo, ha preso a strizzarlo, a fargli emettere un sacco di versi, ricam-
biandoli con i suoi nghanaao harrshnghanaao. Colpo di
fulmine.

Sto procedendo incolonnato a ottanta all'ora. Il cellulare mi segnala un sms.

ORE 15,34, SU HABITAT.JUMPY.IT TROVI I PENSIERI DI NATALE DEGLI ABITANTI DELLA CASA!

Dove va tutta questa gente il 26 dicembre, con la pioggia che c'è? Perché non guarda la tv? Perché non visita habitat.jumpy.it? Tra qualche chilometro salirò sulla tangenziale di Mestre e sarà il solito manicomio, anche senza tir. Passo accanto al Warner Village di Marcon. Le vetrine dei parcheggi coperti sono illuminate come autosaloni, esibiscono un parco macchine gremito, di media e grossa cilindrata. Immagino gli spettatori sottratti ai divani di casa, a passeggio con i bidoni di popcorn in un atrio molto simile a quello dove io e Maura abbiamo fatto l'amore, genitori e figli in attesa che le sale si schiudano, che i film di Natale sboccino. Nel sogno Fiona indossava il giubbetto nero che in realtà non le ho ancora preparato. Nei sogni di Lena, il serpentone di cui si è innamorata la nostra bambina è una gentilezza di Lentini. Vedo sul parabrezza imperlato di pioggia il giubbetto e il peluche. Due prospettive ideali, una nera, l'altra verde. Le contemplo sovrapposte in trasparenza sul nastro dell'autostrada, sulla luminaria rossa delle auto che mi precedono. Vorrei riuscire a cancellare il giubbetto, vorrei riuscire a credere che *il germe del bene maturerà in tutta la sua pienezza*, illudermi della magia di quel giocattolo come Lena si è illusa sulla sua provenienza.

Sms: ORE 15,35, BETTINA: VIVA LA PACE! ALTRI PENSIERI DI NATALE SU HABITAT.JUMPY.IT!

È successo tutto tre giorni fa, quando Kenka è tornata a casa con la bambina e un pacco natalizio.

– Quelle dicono di averlo trovato stamattina arrivando, – ha detto la nostra tata serba, cui dà un particolare fastidio chiamare maestre delle sue coetanee, ragazze a suo dire svogliate e superpagate che lei potrebbe sostituire da un giorno all'altro, con giovamento garantito per la cosiddetta utenza dell'asilo Crescere Giocando.

– Chi l'ha mandato? – ho chiesto, non avendo dubbi sulla provenienza del pacco.

– Non si sa. L'hanno trovato oltre il cancello. Sul biglietto c'era scritto Fiona e basta, – ha detto Kenka, rivolgendosi a Lena anziché a me. Tende a farlo ogni volta che mi trova a casa prima del solito, in una porzione temporale che non mi appartiene. Ero rientrato in anticipo perché dovevamo prepararci per partire. In fondo ci abito anch'io lí, eppure.

Sms: ORE 15,36, FABRIZIA: BASTA FAME NEL MONDO! ALTRI PENSIERI DI NATALE SU HABITAT.JUMPY.IT!

– E il biglietto, ce l'hai? – le ho chiesto.

– No, quelle dicono che un bambino se lo stava mangiando, che nel trambusto di oggi è già tanto se sono riuscite a salvare il pacco, – ha detto Kenka verso Lena.

– Chi se ne frega del biglietto, lascia perdere il biglietto. Ma ti rendi conto, Sandro? – mi ha detto Lena. Mi rendevo conto benissimo. – Non è meraviglioso? – ha continuato. In effetti lo era. L'ex madre di nostra figlia aveva superato anche la fase della guida indiana, era passata a un livello successivo, portava doni. Maura mi stava parlando, collegava la sua alla vita di Fiona attraverso una scatola col nastro rosso. Mi diceva lei toccherà ciò che ho toccato, e anche tu lo toccherai. Quella scatola ci tirava tutti piú vicino, qualunque cosa contenesse. Sí, era meraviglioso. Meravigliosamente meraviglioso. E insidiosamente meraviglioso. – Ma ti rendi conto?

– Be', sí...

– Alberto! Cazzo, è un regalo di Alberto, capisci?! Porca puttana, Alberto! – ha cominciato a gridare Lena, senza piú riuscire a fermarsi. – Che carino! Alberto, cazzo! Questa sí che è una sorpresa! – Saltellava, gli occhi luccicanti, le guance infuocate, la gioia in carne e ossa.

Fiona la osservava con un atteggiamento piú vicino all'ipnosi che all'interesse vero, qualcosa di simile a quando guarda i cartoni animati. Kenka teneva ancora per mano la bambina. Era in piedi, nel suo cappotto elegantemente fuori moda, con il pacco sotto braccio e un tiepido, molto tiepido sorriso di partecipazione.

– Ma perché non l'ha spedito qua? All'asilo, ma guarda un po'. Cazzo, che carino! – continuava Lena, saltellando e asciugandosi il sudore delle mani sul maglione a trecce, reperto dell'era del liceo.

Il fatto che sul pacco non ci fossero segni di spedizione, il fatto che nessuno avesse dato a Lentini l'indirizzo dell'asilo, il fatto che il serpentone verde – come ci siamo accorti tutti all'apertura dei regali – fosse chiaramente un giocattolo già usato, passato per le mani e le bocche di altri bambini, il fatto che Lena non abbia avuto piú notizie del professore hippy dalla sera del sushi, ecco, questi e altri fatti piuttosto significativi non significavano nulla nella testa di Lena. Berkeley, borse di ricerca, collaborazioni americane, la voglia di sognare si è mangiata tutto. Del raziocinio di Lena restavano solo gli occhi umidi, cosí uguali a quelli di sua figlia, due pezzettini di specchio che cercavo di evitare per non stare troppo male. È venuta perfino alla messa di mezzanotte, ha scambiato perfino un segno di pace con la sorella. Il generale si nascondeva per l'emozione dentro le sue clavicole da passero.

Sms: ORE 15,38, ETTORE A BETTINA: SEI BELLA MA RISCHI PIÚ DI ME.

La confluenza con Belluno riversa sulla corsia di destra altri viaggiatori con le facce gonfie di cibo e riscaldamento. Quanti di loro stanno ricevendo i miei stessi sms? Quanti voteranno per Bettina? Quanti per Ettore? La tangenziale ci viene incontro lentissima. Una corazza di armadillo addobbata con gli stop e i catarifrangenti di questo esodo festivo, di questa anomalia che mette inquietudine, affanno, che appanna i vetri di chi mi affianca. Venerdí i ragazzi si sono coalizzati contro Bettina. Le ragazze, piú Riccardo, si sono coalizzate contro Ettore. Anche Renzo ha nominato Bettina. Anche Renzo il sensibile, Renzo lo spiritoso, l'esemplare maschile nobilitato dalla paraplegia, ha scelto la possibilità di qualche pompino di straforo alle platoniche carezze di Bettina. Tutto regolare. Fra tre giorni il pubblico deciderà se salvare un pizzaiolo dagli sponsor del racket catanese o una studentessa di economia aziendale da showroom e televendite di attrezzi per il fitness. Se premiare la bellezza di una biondina che ha puntato tutta la sua seduzione su coreografiche scorpacciate di fragole con la panna o uno sgorbio con gli intestini perennemente gonfi di gas, custode di una confidenza nota a milioni di telespettatori ma segreta per quattro concorrenti su sei, uno scorreggione dell'Ariete in grado di scoperchiare l'inferno nella casa di Habitat con una sola piccola rivelazione.

Sms: ORE 15,39, ETTORE: ABBASSO LE INGIUSTIZIE DEI POTENTI. ALTRI PENSIERI DI NATALE SU HABITAT.JUMPY.IT!

Spengo il cellulare. I miei ragazzi hanno ragione di essere preoccupati. I loro sforzi non sono serviti a nulla. Ettore vive. Mi pare proprio di vedere il pollice recto pulsare accanto alla sua immagine elettronica.

– Scusami Top Banana, ma abbiamo bisogno di te, – mi ha detto ieri Diesel. – Ho paura che dovrai toglierti il berretto di Santa Claus e raggiungerci. Lo so, farti abbandonare il focolare in questi giorni di letizia è davvero crudele, ma qui da un minuto all'altro potrebbe scoppiare la guerra fine di mondo.

Io, per l'apocalisse, sarei attrezzato. Per il sole che si spegne, la gente che intasa le autostrade, i notiziari che impazziscono, i fedeli che prendono l'ultima comunione sferzati da un vento di cenere, per tutto questo sarei pronto. Proverei un enorme sollievo. Solo che non ci sarà nessuna apocalisse e il mondo procederà ancora lentissimo nella sua orbita ovale, lasciando me e un numero piuttosto alto di generazioni successive nella condizione lusinghiera, oh sí, davvero lusinghiera, di dover decidere per il proprio futuro. I tre giubbetti neri sono rimasti nella baracca di mio padre, insieme a tutto l'occorrente, manuale

compreso. Aspettano l'impiego in esperimenti che, dopo
la visione al Pam, non ho avuto la forza di cominciare. Ma
sarà stata la dea dei platani poi, quella donna con le labbra da naufraga, vecchia come sarà Maura tra dieci anni o
forse piú? No, impossibile. Di sicuro però il serpentone
viene da lei. Stamattina Fiona mi ha permesso di toccarlo. Mi sono seduto sotto il tavolo, accanto a lei, e senza
dirle niente ho accarezzato piano la coda del suo amichetto. Il minimo che avevo messo in conto era un morso. Fiona invece ha annusato la parte su cui ho appoggiato le dita, l'ha annusata e leccata, tutto qui. Ha premuto il naso
e poi la lingua dove prima c'era la mia mano e prima ancora c'era la mano di Maura e prima ancora c'erano i nasi
e le lingue dei suoi bambini. Una famiglia umana stratifi-
cata, riunita a distanza, attraverso molecole di saliva.

– Cosa combinate lí sotto col mio serpentone? – ci ha
chiesto Lena con la voce da sonno e la prima sigaretta pen-
zolante all'angolo della bocca. Il suo serpentone. Lena la
bambina, Lena che sogna contratti Usa, conferenze ca-
liforniane.

– Nghanaao harrshnghanaao, – ha risposto Fiona, ma
non ha reagito quando anche la mamma si è infilata sotto
il tavolo.

Era bello vederle armeggiare attorno a quel coso senza
un occhio, pieno di chiazze spelacchiate, con la gommapiuma che preme sui punti allentati delle cuciture. Lena
ha delle mani divine, dita lunghe e nodose, unghie perfettamente arrotondate sul polpastrello, solo un po' ingiallite dalla nicotina. Se uno la guarda lí e basta, può farsi un'idea molto sbagliata di mia moglie. Guardo le mie
sul volante. Che cosa potrebbe pensare la gente? Nelle immagini registrate non si vedono mai. Vhs visionati fino al
deterioramento, dicono i giornali. Che ci fanno quelle ma-
nine da bancario nella mimetica di un soldato? Tutti questi tizi incolonnati accanto mi hanno visto almeno una volta al telegiornale, trasmesso nei vhs dei supermercati. Tut-

ti questi automobilisti gonfi di cibo e riscaldamento hanno visto almeno una volta qualche sequenza di un programma intitolato Habitat. Non sanno chi sono, eppure mi conoscono, seguono le mie opere alla tv. E io so chi sono? Sí, certo, sono un automobilista pordenonese gonfio di cibo e riscaldamento, diretto a Milano per lavoro. Un tizio innamorato di una donna nata dagli alberi di un asilo, sposato con una compagna di scuola esperta mondiale di imperatori bizantini, padre di una bambina non sua per la quale, in una baracca di campagna piena di canne da pesca ed esplosivi, c'è un giubbetto nero che aspetta solo di essere indossato.

I tergicristalli spostano gocce sempre piú fine, ormai sul punto di diventare nevischio. Il parabrezza riflette il giubbetto, il serpente, tutto ciò a cui dovrò tornare tra qualche giorno, un'infinità di tempo prima, cara Diesel, che il mondo finisca.

– Sí, pronto?

– Pronto, Gianna, sono Lentini.

– Come ha avuto il mio cellulare?

– Era sulla segreteria del suo ufficio, tutto il mondo può avere il suo cellulare.

– Ah già, è vero.

– Ecco brava, non mi faccia perdere tempo. Allora, ha fatto come le ho detto?

– Sí, ho controllato. Sembra tutto a posto. È a casa. Tranquilla. Ieri sono andati dai genitori di lei coi bambini. Lui le ha messo un braccio sulla spalla. Erano okay.

– Allora li ha seguiti?

– Be', solo un pezzo.

– Le avevo chiesto solo di verificare che fossero insieme.

– Senta professore, so quello che faccio. Lei piuttosto, dov'è?

– Sempre a Milano.

– Non li ha ancora incontrati?

– Sí sí, li ho incontrati.

– Che tipi sono?

– Ottime persone, un po' confuse.

– Dobbiamo preoccuparci?

– No, sono innocui.

– E la piccola? Com'è la piccola?

– Bruttina. Mansueta. Dolcissima.

Scoppio col tacco le bacche dei lecci. Ormai non fanno quasi piú rumore, hanno perso la giusta consistenza. O sono ghiacciate o sono fradice. I campi invece sono fedeli a se stessi. Neri, increspati dalle stoppie, tagliati ortogonalmente dalle canalette di cemento, dalle piste dei trattori. Nella finestrella sul retro della baracca di mio padre li vedo salire tutti uguali, come pezze di una coperta cucita senza fantasia, fino ai piedi delle montagne. Ogni tanto un magazzino, ogni tanto un'ex casa, ogni tanto un poligono di tiro per i tank americani.

Ripenso continuamente all'incontro di giovedí col professore hippy, alle sue rivelazioni, al fatto che dovrei, vorrei odiarlo e non lo odio. «Nessuno è felice per merito di qualcuno», mi ha detto. Ovvero, nessuno è responsabile della tua infelicità: bisognava spiegarlo a Bettina ieri sera. Mai una maxipuntata del venerdí aveva ottenuto il 38% di share. Forse è stato il nostro canto del cigno, ma preparato con cura. Bettina ha pianto da quando è entrata in studio. I suoi capelli biondi, il suo faccino pulito, per la prima volta ripresi fuori dall'acquario, elevati in primi piani da icona bizantina. Le sono stati fatti rivedere i suoi settanta giorni nella casa – vibromassaggi, carezze, passi di aerobica, scorpacciate di fragole con la panna – un rvm magistralmente ricamato sul leit-motiv della relazione platonica con Renzo. Poi, proprio quando sembrava riprendersi dallo shock dell'espulsione, la conduttrice le ha annunciato un secondo rvm, «duro da mandar giú», e ha lan-

ciato la pubblicità col suo famoso colpo di frangia. Cento-
trentotto secondi dopo, ecco le mani di Fabrizia che abbassano i pantaloni di Renzo, ecco le cosce spolpate, gli
slip con le stelline, l'antefatto. Che cosa si prova a venire
a conoscenza di un segreto – un segreto che ti riguarda tanto... troppo da vicino, un segreto della *tua propria* vita –
custodito da piú di dieci milioni di persone? Anzi, da piú
di trenta milioni, se si considera anche il pubblico che, pur
non avendo visto quel mezzo minuto di REAL SEX (titolo
dell'intervista di «aut aut»), ne ha comunque letto sui giornali. Carrellata in prima fila sulle facce imbarazzate degli
altri eliminati. Panoramica in campo lungo sull'espressione uniformemente terrea della platea. «Fellatio», l'ha chiamata la conduttrice. Per quanta distanza possa mettere il
latino, l'effetto è stato lo stesso che tirare un sasso contro
un vetro. Occhi stretti, addominali contratti, oddio, l'ha
detto. Anche l'avvertimento iniziale, quel «duro da mandar giú», ha assunto tutta la valenza di un doppio senso,
forse involontario, di certo ora quasi assordante. La camera ha stretto sul primissimo piano di Bettina, settanta-
cinque secondi di singhiozzi senza commento. «Che regia», ha osservato mia madre, allieva zelante, ormai totalmente svezzata dall'apprendistato di autore televisivo.
   Probabilmente la gelatina si è già solidificata. Dovrei
tornare dentro a controllare. Mi sono dimenticato di prendere i minuti. Spesso quassú perdo il senso del tempo.
Questo pomeriggio poi non devo neanche passare da Armando Electronics, il dottor mani d'oro non ha niente da
riparare. Niente depilatori, niente frullatori, niente irro-
ratori. Come occupa un sabato pomeriggio orribilmente vuoto, l'operoso mani d'oro? Dedicandosi alla manutenzione
delle canne da pesca, naturalmente. Cosa vede Lena quando mi guarda? *Unendo 1/5 di vaselina a 4/5 di nitrato di urea si
ottiene un ottimo esplosivo al plastico di colore ocra-rossastro*,
dice il manuale. *Per solidificarsi la vaselina impiega dodici minuti a una temperatura di 4°C.* Entro a verificare. Apro il fri-

go, apro la custodia degli occhiali di Lena – «hai visto per caso la custodia dei miei occhiali?» – accarezzo con i polpastrelli la gelatina, già bella soda, dai profili perfettamente ricalcati sulla formina a sarcofago che la contiene. Il mio primo esplosivo al plastico, penso. Decente come prototipo. Gelatina ocra a forma di saponetta, Gled assorbiodori pronto all'innesco. La scollo dal calco, lo riempio con altro preparato, esco di nuovo.

L'umidità spacca le ossa ma lubrifica i pensieri. Viene su dalla terra quasi con vanità, a quest'ora. La bevo gelida, col naso e con la bocca. Ci muovo dentro alcuni passi, le mani in tasca, la lampo chiusa fino al mento. Immagino di bere umidità fino a sciogliermi in poltiglia, come quelle scatole di cartone che vengono abbandonate nelle discariche e prendono cosí tanta pioggia da disfarsi in una pappetta marrone confusa con il fango, o poco piú. Immagino di non essere mai nato. Immagino di non essere io. E invece ho davanti agli occhi i ruderi della casa dei miei, l'angolo della cucina dove facevo i compiti, lo spazio del lavello, della bombola del gas. Contemplo il vuoto perimetrale acquistato con entusiasmo da una giovane coppia fallita prima ancora di farne il proprio nido d'amore. Cammino circospetto tra i cumuli di laterizio sbriciolato, i resti dei muri portanti, gli spuntoni delle armature. Le cornacchie si spostano appena.

Perché Bettina si sentiva cosí umiliata? Per molti aspetti usciva vincitrice. Non si era abbassata, non si era inginocchiata. Perché si offriva alla steadycam in quel modo cosí vile, cosí arreso, come fosse lei colpevole del tradimento subito? Che cosa si rimproverava? Poco senso dello spettacolo? Poca intraprendenza? Che cosa credeva di dover espiare, accettando di restare inquadrata per interi minuti – le macchie rosse sul collo, gli occhi gonfi, il trucco sfatto lungo il naso – in uno stato di prostrazione prelapidatoria? «Su Bettina, coraggio, – le ha detto la conduttrice, quando bisognava per forza riprendere la scaletta. – Montagne di e-mail e di sms dicono che sei la piú carina. Molti sostengono che il tuo nome è perfetto, che è... *fichissimo*», ha continuato la nostra turboconduttrice, facendo con le dita quel segno civettuolo di virgolette aperte a mezz'aria, in uso da quando guardiamo gli show americani sul satellite. In effetti c'è qualcosa di lezioso, di leccatamente grazioso, nel nome Bettina, che lo rende perfetto per la sua portatrice.

Ritorno verso la baracca. Ho perso di nuovo il conto dei minuti. Mi capita solo qui. Il gatto che stava acciambellato sul cofano della macchina se n'è andato. Il motore dev'essersi raffreddato completamente. Anche il nitrato di urea nella custodia degli occhiali di Lena dev'essersi raffreddato completamente. Mi figuro il frigo pieno di saponette di gelatina ocra, la produzione completa alla fine del pomeriggio.

Sono tutti cosí affidabili i nomi, i nomi delle donne? Corrispondono sempre cosí onestamente alle loro promesse? Dentro si trova davvero ciò che annunciano? In Bettina sí, d'accordo. In Fabrizia? Sí, anche in Fabrizia. Basta pronunciarlo e già si sente la lingua della ricciolina sporgere in quella zeta dentale, sorda. Tzia. *Fabrizia* è un *fabbro*, un alacre artigiano che forgia, che soffia, che tornisce.

Scollo la nuova saponetta, che ha davvero la stessa vulnerabile gommosità del vecchio Gled assorbiodori. Riempio la formina con altro esplosivo. Chiudo il frigo. Mi siedo davanti alla finestra che incornicia la spalla imbiancata del Monte Cavallo. Aspetto.

Cosa suggerisce Lena? Pelle di seta, capelli profumati, rotondità mediterranee. Per non aggiungere il fosco erotismo del nome completo, la sensualità estenuata, perdurante, maestosa dell'anaconda *Ma-Ri-Le-Na*. Non c'è traccia della piccola vietcong che condivide il mio letto, non ci sono gli imperatori bizantini, né gli spigoli vivi del suo corpo. Lena non mi ha ingannato. Al liceo era esattamente com'è adesso, spiritosa, brillante, egocentrica, solo un

po' meno miope, un po' meno gialla. Ma cosa mi aspette-
rei adesso da una ragazza che si chiama Marilena, che si
fa chiamare Lena, se non l'avessi ancora conosciuta? Lunghe dita intrise di nicotina? L'amore fraterno di una compagna di classe? Una cerebromadre? Penso a sua sorella
Bea. *Bea. Beatrice.* «Di' che te la vorresti scopare». Lena
non si ricorda com'era Beatrice quindici anni fa, non bene come me la ricordo io. Un tempo, certo, chi non avrebbe voluto assaggiare la carne di quella ragazzina? Beatrice prometteva ben altre gioie della beatitudine spirituale
inscritta nel suo nome. La bocca grande, rossa, i piccoli glu-
tei da nuotatrice, le sclere luccicanti dei ritratti di Vermeer.
Ma adesso chi oserebbe avvicinarla? Chi si avventure-
rebbe nella siccità rancorosa dei suoi sportivissimi tren-
tacinque anni? Tra l'antica, splendida lolita, risalente ai
miei primi pranzi dai suoceri, e la zarina delle spedizioni
Electrolux c'è il vasto territorio del free-climbing, del tiro con l'arco, della lotta solitaria contro le delusioni sen-
timentali e tutto ciò che può essiccare e incattivire in modo inesorabile anche la donna piú bella, che può invertire
in corsa il destino di un nome. Nessuno è felice per merito di qualcuno, Beatrice. Me l'ha detto il professor Lentini. È uno importante, fidati. È l'uomo innamorato della
dea dei platani, il mio peggior nemico.

Che nome è Maura? Cosa suona nella curva del suo dit-
tongo? Vedo la sua schiena inarcata, *MauRA*, il suo corpo di leonessa. Come dovrebbe chiamarsi una dea dei platani? Basta quella *erre* a rendere la sua selvatichezza, la
sua ferinità? «Vienimi dentro, facciamole un fratellino».
Cosa mi porta questa donna? Cos'è venuta a togliermi?
Nel sonno la cerco, la invoco, mi afferro alle sue gambe,
volo. E lei cosa sogna? Anche lei riesce a far parlare la figlia che ha abbandonato? Anche nei suoi sogni riesce a
farmi credere che Fiona e io ci salveremo?

La neve del Monte Cavallo è una macchia fluorescente nell'oscurità del cielo. Entra nella baracca come una fon-

te luminosa supplente del sole o della luna, una luce di sicurezza di quelle notturne, da corridoio sotterraneo, da
corsia d'ospedale. Andando verso il frigo sfioro coi polpastrelli le canne da pesca allineate sulla rastrelliera, im-
polverate da non riconoscerne i colori, bisognose di una
manutenzione che non riceveranno mai. Ah, mascalzon-
cello di un mani d'oro. Scollo l'ultima saponetta ocra e la
depongo insieme alle altre spiaggiate sul vetro del cassetto per gli ortaggi. Ne conto nove. Tappo i barattoli del-
l'acido nitrico e della porporina, ancora aperti sul bancone delle morse. Passo lo straccio sul pavimento e, insomma, rassetto l'intera baracca come se già da domani potesse
diventare una casa-museo.

C'è ancora tutto il lavoro sul giubbetto da affrontare.
Ma oggi è tardi.

Giovedí, 70ª giornata di Habitat

Parlava con le mani in tasca, girandosi a guardare ogni volta che qualcuno mi salutava. Il professore si era messo anche una specie di soprabito, una giacca della tuta di quelle distribuite nei campi profughi dalle associazioni umanitarie, sufficiente se non altro a nascondere il gilè di pelle e tenerci dentro le mani mentre parlava. Alla gente del network piace pensare che noi dell'ufficio creativi possiamo avere solo frequentazioni freak e ama trovare conferma in situazioni come questa. Via via che si sistemavano sotto le stufe del dehors con i loro piatti di bresaola e le acque minerali, mi lanciavano un sorriso, un rapido ciao e si allontanavano discretamente. Io e Lentini eravamo lí già da un'ora, nella fila di tavolini piú esposta, cotti dalla stufa e da un sole emancipatosi dal calendario. Ce ne stavamo semidistesi ad assorbire calore, senza opporre alcuna resistenza a lunghe ondate di silenzio.

La ragazza accanto a me, cuffiette in testa, lettore mp3 sul tavolo, leggeva il «Corriere». Sulla pagina aperta il titolo gridava in corpo 48: MINEMAKER, INTERROTTA LA PISTA AMERICANA. Ho dovuto sporgermi di qualche centimetro per riuscire a cogliere l'occhiello: «La base statunitense di Aviano nega l'accesso agli inquirenti». Erano le 13,32.

– Sicché è qui che venite per il lunch, – ha detto Lentini.

– Non tutti. Io no, ad esempio. E neanche i miei ragazzi. Questo è il bar dei telegiornali. Noi lavoriamo oltre quella fila di cedri, là in fondo, vedi? Di solito mangiamo in ufficio o facciamo un salto in mensa.

– Be', comunque mi sa che non state male quassú.

Ho guardato verso la fontana, dritto oltre la colonna d'acqua, la striscia di terriccio lungo la riva opposta del laghetto, forse l'unica superficie senza porfido di Milano 2. Dopo le vacanze, Kenka e Fiona torneranno lí a passeggiare.

– No, non si sta male quassú, – ho risposto.

– E loro, sono tutti tuoi amici? Sembrano molto contenti di salutarti.

Con la maggior parte di quelle persone non ho mai scambiato due parole. Programmisti, impiegati dell'amministrazione, operatori, giornalisti, ex giornalisti passati all'intrattenimento, trimestrali. Sanno che gli indici di ascolto delle mie puntate in chiaro rendono alla concessionaria del network contratti pubblicitari di cinque, alle volte anche dieci punti superiori all'obiettivo. Ogni mattina sfogliano i tabulati, come me. Da un giorno all'altro potrebbero smettere di adorarmi.

– Sí, sono miei amici, – ho risposto.

– Chissà cosa si prova a essere cosí benvoluti.

– Dacci un taglio, okay? – e mi sono rimesso seduto. – Sei venuto fin qui per questo?

– Non so perché sono venuto fin qui.

– Il peluche. Quel cazzo di serpente. Dimmi perché lo ha fatto.

– Non è un serpente. È un bruco gigante.

– Be', quello che è. Perché lo ha fatto?

– Te l'ho già detto. Non lo so. Non credere che sia facile per me cercare di capirci qualcosa. «Un regalo per la mia piccola», non ha voluto dirmi altro.

– Per la sua piccola? Divertente. Ti avrà pur detto cosa si aspetta, cosa spera di ottenere. Una non lascia bruchi giganti in giro per gli asili di Milano e poi se ne torna a Trieste senza escogitare qualcosa.

– Io credo che non sia in condizioni di escogitare niente. Credo che stia ragionando con il fegato, con l'utero, con
organi poco adatti a ragionare.

– È venuta anche a Pordenone.

– Cosa? Impossibile.

– Non te l'ha detto?

– Impossibile. Non sa di Pordenone. Avrai visto male.

– Ho visto benissimo. In qualche modo ci è arrivata.

– E dove l'avresti vista?

– Lei non ti ha detto niente?

– Ti ho detto di no.

– Al supermercato. Ci siamo visti al supermercato. Da
lontano. Non si è lasciata avvicinare.

– Sandro, tu non la *devi* avvicinare. Non tentare di farlo. È meglio, credimi. Comunque non era lei. Almeno questo me lo avrebbe detto.

Maura che mi guarda da dentro la sua stanchezza infi-
nita e mette il muso della macchina nel traffico della domenica mattina. Maura naufraga, Maura che mi scopre,
Maura che non è lei. Ho guardato Lentini, i suoi occhi da
husky, i pori illuminati da microscopici puntini, incande-
scenze di sudore. Ho pensato al fatto che semmai avessi
deciso di combattere, quello sarebbe stato il mio peggior
nemico. Ma io, avevo davvero deciso di combattere?

– Avrebbe dovuto dirti anche che cosa si è messa in testa con quel peluche. Dove vuole arrivare.

– Non lo sa neanche lei. Deve solo calmarsi. Ritornare in
sé. È una donna posseduta dal senso di colpa. L'aiuterò io.

La ragazza con le cuffie aveva abbandonato il «Corriere» sulla sedia e se n'era andata. La parola MINEMAKER
campeggiava sul quarto di pagina in luce.

– Lena crede che gliel'abbia regalato tu, il peluche, alla bambina.

– Cristo, certo, avrei dovuto. Che coglione che sono.

– Si è fatta un bel po' di sogni. Non dovresti illudere
la gente cosí.

– Hai ragione. Mi dispiace, sono un coglione.

L'ho guardato di nuovo. Il mio peggior nemico. Il mio unico informatore. Niente whisky, stavolta. Uno yogurt coi fiocchi d'avena e una bevanda azzurra multivitaminica, da malato terminale del fitness. Anche lui si era tirato su dalla posizione semisdraiata. Ha preso un sorso dalla sua bottiglietta ed è rimasto a fissare la sponda opposta del laghetto. Là dove, per un eccesso quasi insostenibile di trasparenza, si sarebbe potuto vedere il punto smagliato della sciarpa di Kenka, il moccio di Fiona, i sassolini spostati dalla loro passeggiata. Secco, caldo. Non fosse stato per le frange di ghiaccio sulla parte della riva in ombra, quello sarebbe stato un giorno di primavera. Per ristabilire l'ordine reale delle cose ho annotato mentalmente: oggi 28 dicembre, ore 13,52, fino all'epifania Kenka ancora in libertà, Fiona prigioniera dei nonni. Poi ho detto:

– Con te Lena sarebbe felice.

– Non dire stupidaggini, Lena sta benissimo dov'è. Si vede due ore lontano il legame che c'è tra te e tua moglie.

– Be', con me è diverso.

– Diverso, uguale. Non c'è differenza, – ha detto Lentini, come se la spiegazione potesse bastare. Poi, dopo un'altra ondata di silenzio, ha aggiunto: – Sai cosa mi piace fare? Mi piace spacciarmi per uno dei tizi attesi all'aeroporto. Hai in mente quelli scritti sui cartelli degli autisti? Ecco. È una cosa che faccio spesso. Esco lentamente, li scorro uno a uno insieme alle facce assenti dei driver. Poi torno verso il prescelto e ripeto ad alta voce il nome scritto sul suo cartello. In America è un gioco fin troppo facile, ma anche in Italia riesce bene. Guardo il cartello di FRANCHI, poniamo, e dico «Franchi». L'autista si illumina, dice anche lui «Franchi»? Sorride non appena io annuisco. Di solito sono autisti di agenzie private, non sanno chi è o dovrebbe essere il signor Franchi. Sanno dove devono portarlo. Di solito non fanno domande. Se le fanno, ti basta essere laconico, e da ciò che ti chiedono capirai se dove sei diretto si aspettano un convegnista, un ingegnere elettronico, uno scrittore, eccetera. Ma ti ripeto, al 90% l'autista, di sua spontanea volontà, non fa piú di una battuta sul tempo. Di sapere chi è il signor Franchi non gli importa niente. E tu finisci nella hall di un albergo quattro stelle, mai tre, quasi mai cinque, dove troverai una hostess, o un accompagnatore o qualcuno che dovrebbe avere già un'idea piú precisa di te, ma che, vuoi perché ti ha visto solo in foto un paio di volte, vuoi perché la stanchezza del viaggio potrebbe averti sfigurato, vuoi perché intende accompagnarti il piú presto possibile dove sei atteso cosí da esaurire il suo compito, a sua volta non solleverà dubbi sulla tua identità. Alla reception troverai una prenotazione a nome Franchi e non avrai alcuna difficoltà a chiedere di farti registrare piú tardi, dopo che ti sarai fatto una doccia e riposato un po'. La stanza è prepagata, l'accompagnatore ti aspetterà nella hall, il concierge non ha nessun motivo di dubitare che tu sia il signor Franchi. Ma soprattutto, motivo o non motivo, il concierge non dubiterà. E cosí, eccoti nella 505, la stanza del signor Domenico Franchi, ringraziato per la sua visita al Palace Hotel direttamente dallo schermo della tv. Adesso sai che ti chiami Domenico. Al 90% sulla consolle c'è una cartella coi cosiddetti materiali. Rassegne stampa, programma del convegno, atti dell'edizione precedente, orari e luoghi dei lavori, relatori. Leggi il titolo della tua relazione. Anomalia diasistolica... eccetera. Ecco, adesso sai che sei un cardiologo. Sta a te decidere se continuare a giocare, il gioco si fa piú difficile, ma ti assicuro, non impossibile, oppure farti una doccia, riposarti un po' e squagliartela dal garage.

– Ti hanno mai beccato?

– Una volta, a Kyoto. Non avendo visto nessuno agli Arrivals, il tizio aveva telefonato all'organizzatore e questo all'autista mentre eravamo ancora in macchina. Si sono scusati loro, temevano potessi accusarli di rapimento. Comunque non succede mai. Nessuno telefona all'organizzatore. O non ha il numero a portata di mano, o per orgoglio preferisce arrangiarsi e poi mette sul conto anche la corsa del taxi.

– Perché mi racconti tutto questo?

– Diverso, uguale. Non c'è differenza. Siamo tutti intercambiabili, non ci vuole niente a entrare nella vita di un altro. Chiunque di noi, con un po' di impegno, potrebbe ingannare la moglie, la madre, le figlie di Domenico Franchi. Esattamente come lui, in un attimo, potrebbe sostituirsi al professor Lentini. L'essere umano condivide il 90% della mappa genetica del grano. Del grano, capisci? Le cose che ci distinguono sono solo dettagli, domicilio, diploma, forma delle orecchie, lunghezza del femore. Ma sotto poi, le cose che diciamo, le cose che facciamo, le cose che desideriamo, quelle sono tutte uguali.

– Tu sei pazzo. Insegni questo ai tuoi allievi? Ti tengono a Berkeley per queste stronzate?

– Mi tengono a Berkeley perché conosco l'*Organon* a memoria, ma queste non sono stronzate.

– C'entra qualcosa *L'umiliazione delle stelle*?

– Molto da lontano. Le stelle sono state umiliate quando qualcuno ha stabilito che fossero delle semplici pietre, enti di natura inferiore a quella umana. Degradate a favore di un rapporto unico e privilegiato dell'uomo con Dio.

– Ah, è questa *L'umiliazione delle stelle*? Lena me l'aveva spiegata in modo diverso.

– Be', non importa, lascia perdere il mio libro. Quello che volevo dire era solo che se tua moglie fosse felice con me, non sarebbe merito né mio né suo. Nessuno è felice per merito di qualcuno.

I tizi intorno a noi stavano finendo i loro piatti di bresaola e uno dopo l'altro, alcuni in gruppetti di tre, si rialzavano per andare alla cassa. Erano le 14,30. Colleghi, pensavo. Stavolta mi salutavano con meno calore. La loro adorazione era come stemperata dall'invidia per tempi piú umani, tempi piú artistici e dirigenziali. Il mio break da creativo mi permetteva ore di cazzeggio nel dehors del bar Al Laghetto contro i loro sessanta minuti sindacali, per di piú con un sosia di Iggy Pop travestito da profugo. Ero felice per questo? Sarebbero stati felici al posto mio? Ero felice con Lena? E Maura? Sarebbe felice con me? Cosa vuole quella donna? Vuole vita o vuole morte?

Erano le 14,32. Poi sono venute le 14,38. Poi le 14,41. Diesel stava senz'altro picchiando il telefono contro la scrivania. Il mio era spento da centotrentun minuti.

– Mi passi il giornale? – mi ha chiesto Lentini. – Quello, sí.

Ho aspettato che lo dispiegasse, che lo riprendesse dalla prima pagina, che lo sfogliasse fino a sorvolare con gli occhi la zona dell'articolo su cui la ragazza, quasi a venirmi in aiuto, lo aveva lasciato aperto. Lentini stava sorridendo.

– Ecco il tuo amico Minemaker, – ha detto. – Pazzesco, questi pensavano di poter investigare sugli artificieri americani.

Quelli italiani li hanno già setacciati tutti. Ma non l'ho detto. Cercavo una frase che potesse liberarmi, anche solo un paio di parole che potessero inchiodarmi alla verità e farmi smettere di esitare, di sperare ancora che il *germe del bene* arrivi con la bocca ferita di Maura e *maturi in tutta la sua pienezza*. Cercavo la sentenza che rivelasse l'albero morto che sono. Ovviamente la ricerca non produceva altro che mozziconi di frasi inutili, freddo in fondo al palato. Leggendo, Lentini continuava a sorridere.

– È divertente l'identikit. Ma perché accanirsi sui militari? – ha detto a un certo punto. – Potresti essere davvero tu.

Ecco, perfetto. Bastava trovare la sentenza adesso. Mi sono visto in mezzo agli eucalipti sulla sponda opposta. Vegetavo insieme a loro. Una baby-sitter filippina e un piccoletto stavano passeggiando sul sentiero di Kenka e Fiona. Il bambino aveva una carta appiccicata a una suola. La sinistra. Trascinava il piede nel ghiaino per liberarsene.

Non mi sembrava di essere cosí lontano, era come se a guardarli fosse uno degli eucalipti. Quanto condivido della mappa genetica di un eucalipto? 97%? 97,9%? Bastavano due parole, solo due parole che mostrassero il legno marcio del mio tronco. Non fatevi ingannare dalle foglie, signori, quest'albero è morto.

– Tu non hai mai l'impressione di vegetare? – ho sentito la mia voce chiedere a Lentini.

– Vegetare? – ha detto lui, appoggiando il giornale. – Nel senso di elettroencefalogramma piatto? Nel senso di morte sociale, attività nervosa parasimpatica?

– Nel senso di fingere di vivere, di essere morto da un pezzo.

– No no, non ci siamo. Io amo Maura. Io sono vivo, – mi ha detto Lentini, puntandomi addosso i suoi occhi da husky. E dopo un attimo ha continuato: – Senti, non devi metterla cosí. È un momento difficile, lo so, ma ne usciremo. Sono qui per questo, no? L'importante è che tu non faccia casino. Devi tenere i nervi a posto. Se vuoi vegetare vegeta, ma non fare casino. Non prendere iniziative. Non cercare di parlarle. Non coinvolgere tua moglie. Non chiamare la polizia.

– Io non posso chiamare la polizia, – ho detto, temendo un attacco di ridarella simile a quello dell'altra volta.

– Bene, meglio, – mi ha risposto lui, senza chiedermi perché.

Erano le 14,53. Poi sono venute le 14,57. Poi le 15,02. Ondate di silenzio. Il sole si era abbassato di parecchi gradi e aumentava con la sua luce obliqua la tridimensionalità dei poveri resti abbandonati sui tavoli. Struggenti bottigliette, struggenti confezioni di crackers, struggenti tazzine di plastica, il solito trucco del tramonto invernale.

– Maura rientrerà. L'aiuterò io, – ha detto Lentini, risalendo in superficie da chissà quale pensiero. – E tutto tornerà a posto. A proposito, ma tu non devi tornare al

tuo circo? Non hai fatto altro che guardare l'orologio –.
Erano le 15,05.

– Dimmi solo una cosa e poi vado, – ho detto, riaccendendo il cellulare.

– Sentiamo.

Il mio peggior nemico, ho pensato. Il mio unico informatore.

– No, niente. Come non detto.

Ho cercato di resistere per tutto il pomeriggio. Sono rimasto per mezz'ora a separare la carta dei bustoni dalle imbottiture di plastica. Sventravo, scuoiavo e riponevo nei rispettivi contenitori per il riciclaggio. Ogni tanto Diesel fendeva le acque alle mie spalle come un'orca assassina, minacciando un attacco e sempre graziandomi. Di là erano già tutti tristi per i sondaggi di habitat.jumpy.it e le proiezioni sul televoto dell'indomani. Ma io non potevo pensare all'imminente funerale di Bettina, non potevo pensare alla sua seconda vita nel mondo dei talk-show. La sera avremmo fatto la nostra brava riunione, avremmo escogitato rimedi per un finale di Habitat pericolosamente a corto di donne. Ma non adesso, non adesso.

Ho resistito abbastanza bene fino alle 17,35. Ci stai riuscendo, non lo fare, mi dicevo. Ho fissato per un altro po' l'homepage del nostro sito, lo smisurato entusiasmo di tutti quei punti esclamativi, le croci rosse sui volti degli eliminati. Ho cancellato dalla cronologia tutti i link visitati negli ultimi tre mesi. Ho buttato nel cestino i manuali che avevo scaricato dalla rete. *Home Workshop Explosives. The Anarchist's Cookbook. The Big Book of Mischief (Forbidden Knowledge Formula for Terror). The Terrorist's Handbook. Ozymandias Sabotage Skills Handbook. Vandal's Cookbook (Excellent Even for Those of You Who Are Beginners At This). The Chemistry of Powder and Explosives.* Tutti tranne il *Technical Manual TM 31-210* dell'esercito degli Stati Uniti, il manuale per antonomasia, acquistato un anno fa sia in versione cartacea che elettronica per 27 dollari, il libro da cui ho imparato di piú in tutta la mia vita.

Insomma, ho compiuto davvero ogni sforzo per restare lontano dal telefono. Alle 18,58, pochi minuti prima che la riunione iniziasse, quando ormai mi pareva di avercela fatta, ho ceduto.

Il professore ha risposto al secondo trillo.

– Sai la cosa di prima, quella che ti volevo chiedere, – gli ho detto.

– Sí, dimmi.

– Come vi siete conosciuti?

– Perché me lo chiedi?

– Perché prima non mi hai detto altro che stronzate e io devo capire cosa sta succedendo.

– Non sta succedendo niente, non succederà niente.

– Dimmi di voi due. C'è stato qualcosa? Sí, ovvio che c'è stato.

– ...

– Quanto è durato?

– ...

– Dimmi almeno come vi siete conosciuti, – nella testa avevo una mattina di ottobre, la dea dei platani, un'apparizione sprigionatasi da un tappeto di foglie nei pressi dell'asilo Crescere Giocando.

– Volo Parigi-Los Angeles, giugno, quattro cinque anni fa. Cercavano un terrorista, lo davano per certo su quell'aereo, sistemi di sicurezza impazziti, cinque passaggi al metal detector, piú agenti che passeggeri, tre ore di palpeggiamenti e perquisizioni. Un agente mi fa mettere il bagaglio a mano su un banchetto, accanto a quello di una donna. L'avevo già notata prima, ma era molto avanti nella fila, non so come l'ho raggiunta, fatto sta che siamo lí, uno accanto all'altro, attenti a non guardarci, a tenere ben fissi gli occhi sui guanti in lattice dei nostri rispettivi agenti mentre quelli tirano fuori dalle borse i cosiddetti effetti personali. Non guardare si riesce, non vedere è impossibile. Salviette igieniche, assorbenti interni, strisce per la ceretta, clisteri di glicerina, calzettoni di lana. Non mi era mai capitato di conoscere cosí intimamente qualcuno senza esserci neanche presentati. Sapere tutto di una sconosciuta. Sapere come si depila. Sapere che è freddolosa, che soffre di stipsi. E non sapere il suo nome, non averla neanche vista bene in faccia. Anche lei ovviamente aveva visto la mia crema funghicida eccetera eccetera. L'istinto sarebbe stato quello di fuggire il piú lontano possibile non appena gli agenti ci avessero restituito le borse, sperando di restare solo un piccolo episodio, fastidioso ma irrilevante, nella memoria di un estraneo. Eppure, forse proprio perché l'istinto era quello, io mi sono girato un po', non tanto da cercare il suo sguardo, ma abbastanza da farle percepire il mio, e le ho detto: «Italiana?» «Sí, italiana». «Los Angeles è la sua destinazione finale?» «Sí». «Vacanza o lavoro?» Hai in mente? Proprio quel genere di domande. E lei invece di rispondermi «Di che s'impiccia», mi ha detto «Vacanza». E cosí abbiamo continuato, domanda e risposta, distaccati, controllati, come se non ci fossero le nostre mutande su quel banchetto. Finché l'agente le ha augurato buon volo e lei si è infilata nella proboscide senza neanche salutarmi. Poi però, dentro, ci siamo incrociati di nuovo e questa volta è stata Maura a cominciare. «E lei, vacanza o lavoro?» eccetera eccetera.

– Come, eccetera eccetera? – la telefonata si stava prolungando piú del previsto. I ragazzi nell'altra stanza avevano alzato il tono di voce per farmi capire che la riunione non poteva aspettare.

– A bordo c'erano un sacco di posti liberi. Disdette a pioggia. Epidemia di panico. Parano...

– Vai avanti, – di là sentivo lattine aprirsi, sedie spostarsi, fogli passare con foga di mano in mano, sentivo Telepass e Cane Morto, i loro acuti sguaiati, da preadulti.

– Le ho chiesto se potevo mettermi vicino a lei. Saremmo dovuti sparire uno dalla mente dell'altro, eppure, ti ripeto, c'era qualcosa che ci agganciava. Quella sovraesposizione forse, il denudamento delle nostre borse, non so.

– Che ci andava a fare in California? – Diesel si era alzata, la vedevo fendere le acque davanti alla mia porta.

– Raggiungeva suo marito. Era tornata in Italia per un mese, doveva sistemare delle faccende con la scuola, e adesso lo raggiungeva. Lui aveva delle performance sulla costa. All'epoca era un maratoneta professionista.

– Un maratoneta professionista?

– Sí, un maratoneta professionista. Hai in mente? Un piede davanti all'altro, velocemente. Long distance runner. Corsa lunga. Corsa lunga per mestiere.

– Ho capito, ho capito, – Diesel mi ha guardato dalla soglia, senza smettere di camminare. Un'orca assassina ancora a distanza di cortesia.

– Quando sono venuti a San Francisco, li ho ospitati. Siamo diventati amici. Si sono fermati circa un anno.

– Amici? Amici come quelli di prima al bar?

– Ti sbagli.

– Perché qualcosa mi dice che sei piú amico di lei che di lui?

– Ti sbagli. Ci sono stati momenti in cui io e lui eravamo molto vicini. È passato del tempo, sono successe delle cose, tutto qui. Stiamo parlando di quattro, cinque anni fa.

– Perché sono con te al telefono adesso, e non con lui?

– Te l'ho già detto. Io voglio proteggere Maura, voglio rimettere tutto a posto e giuro che ci riuscirò. Vedrai, nessuno si accorgerà di niente. Tutta la polvere che abbiamo alzato tornerà a terra. Scoprire Maura complicherebbe ulteriormente la situazione.

– È suo marito.

– È suo marito, certo. Ma dirglielo significherebbe tradirla. Non me lo perdonerebbe mai. E poi non posso.

– Da quanto andate avanti? È da quella volta che andate avanti cosí? Adottare figli, abbandonare figli, comprare figli, e tu sempre dietro?

– Lo sai, vero?, che io mi faccio dire queste cose da te solo perché non voglio che combini casini. Lascio che un domatore da circo come te mi insulti solo perché non voglio che scoppi tutto, lo sai questo, vero?

Che scoppi tutto era un'espressione perfetta, era la soluzione che illuminava a giorno il mio destino solo a pronunciarla.

– Quello che c'è stato tra me e lei non ti riguarda.

Diesel si era fermata, non osava interrompere, però mi fissava col fianco appoggiato allo stipite, senza piú alcun pudore.

– E comunque tra me e lei non c'è stato nulla, praticamente nulla. Sapevamo tutto uno dell'altro prima di conoscerci, forse questo. Guanti in lattice, condivisa violazione, forse questo. Appartenenza inconscia, calzettoni di lana, crema funghicida, magia, forse questo.

– Basta, – ho detto, al mio peggior nemico.

– Basta?

– Sí, basta, – al mio unico informatore

– Okay. Non combinare casini.

– Va bene.

– Hai una moglie in gamba, una bellissima bambina, – ha detto Lentini cambiando completamente tono. – Vivi bene. Lei sparirà, vedrai. Buon anno.

– Buon anno, – ho risposto, guardando Diesel avanzare nelle acque della mia stanza.

Indossava un paio di stivali bianchi con la punta in plexiglas. Da vicino era impossibile non notare il sovraffollamento di salsicciotti con lo smalto rosso carminio.

– Sí, buon anno, Top Banana. Capisco che sei al giro di auguri, ma qui noi abbiamo una Bettina in punto di morte, le proiezioni ce la danno al 68%, e da domani potremmo trovarci tutti a spacciare cocaina ai festini dei calciatori. Ti vuoi degnare, please?

Domenica, 73ª giornata di Habitat

Il generale è assolutamente contrario ai botti. La sua avversione di vecchio uomo d'armi verso qualsiasi utilizzo giocoso di materiale esplosivo si coniuga con la sobrietà di mia suocera, producendo intorno ai fuochi d'artificio un'interdizione estesa in modo tassativo a tutti i membri della famiglia e, non lo escluderei, all'intero vicinato. Tuttavia il generale è pur sempre di Salerno. E neanche mia suocera può nulla di fronte alla speranza del nonno di conquistarsi gli occhioni di Fiona con un mazzetto di innocui bengala. Per cui eccoci qua in giardino, imbaccuccati, sazi, con il calice ancora vuoto in una mano e il bastoncino ancora spento nell'altra. Mancano cinque minuti al 2005.

Fiona sta perlustrando il prato nel suo cappottino da piccola fiammiferaia. Non c'è stato verso di metterle il berretto. Ci ha provato Lena. Ci ho provato io. Ci ha provato Beatrice. Ci ha provato mia madre, disposta ad accettare la deportazione alla festa dei consuoceri con l'unico scopo di prendersi cura della nipotina. Al momento dell'aperitivo ha saltato il brindisi, lottando con Fiona sotto il tavolo per impedirle di mangiarsi l'ennesimo nocciolo di oliva. A cena si è consacrata al risotto di Fiona, seguendola per tutta la casa, pulendo dove sputava, lasciando che il suo si freddasse nel piatto. Dopo è rimasta con lei davanti ai cartoni, perché non stesse troppo vicina alla tv – Fiona ama guardarla potendola toccare, quasi standoci dentro. Adesso sta controllando i perlustramenti di mia figlia e del suo inseparabile serpentone, indifferente al fatto che il tagliaerba e l'aspirapolvere del generale rendono questo prato piú sicuro di una placenta. Ha il berretto ancora in mano, nel caso Fiona avesse un attimo di incertezza e offrisse il suo alveare a un ulteriore tentativo. Mia madre è forse l'unica, insieme a Kenka, a non temere di essere morsa. Non ha niente contro i genitori di Lena, semplicemente preferirebbe non essere qua.

– Vorrei essere lí con voi, – mi ha detto lo zio di Trieste, prima, quando me lo hanno passato per gli auguri.

– E perché non sei venuto? Dovevi venire, – gli ho detto, ben sapendo che non era stato invitato per colpa mia. Ricordavo benissimo la telefonata di Lena, dopo l'ultimo incontro: «Be', mamma, adesso magari per altri diciott'anni ce lo tieni lontano, che ne dici?»

– No no, non mi sento troppo in forma, ormai sono un povero vecchio, è meglio cosí, – mi ha risposto lui, rinunciando a sbugiardarmi per il bene di tutti. – Sai, sto guardando i tuoi ragazzi, mi fanno molta compagnia.

– Ah sí?

– Sí! Sto praticamente facendo il cenone insieme a loro. Astice, champagne, sigari Avana, certo che gli avete dato un sacco di roba, eh?

– Per una volta abbiamo accettato tutte le loro richieste, – mi figuravo lo zio di Trieste sul suo divano in skai, davanti al cenone di Habitat. – In fondo è l'ultimo dell'anno.

– Sí sí, giusto. Poi guarda, sono proprio ragazzi simpatici, – un cliente del bouquet Superpremium, un utente dell'offerta Habitat 24 su 24. Avrebbe tagliato il panettone quando lo tagliavano loro? Avrebbe stappato la bottiglia quando la stappavano loro? Avrebbe fatto tintinnare il calice sul vetro della tv? – Anche quell'handicappato, sí insomma, è veramente forte. Bel programma, niente da dire. Sei stato bravo, sul serio.

– Ti ringrazio, ma il merito è soprattutto degli autori che mi affiancano, – chissà quanto si divertirebbe stasera, lo zio di Trieste, se nella casa di Habitat ci fossero Diesel e Rosita, magari in bikini, magari dentro un bel ring di fango. Diesel e Rosita sono di turno. Ufficio creativi. Appena al di qua del vetro.

– Certo certo, sempre a fare il modesto. Senti, piuttosto, volevo chiederti una cosa. Ma come faranno loro a centrare la mezzanotte? Sí, intendo, se nessuno gli dà l'ora esatta...

– Ah, la sbaglieranno di sicuro.

– Ma può una rete televisiva dare il passaggio all'anno nuovo in modo cosí impreciso?

– Durante il capodanno del 2000 un tecnico ha invertito l'ordine della messa in onda dei blocchi della puntata speciale di Domeniquà. Alle 23,30 avevano già brindato, erano già partiti coi trenini. In un gioco è stata data la risposta prima che si potesse sentire la domanda. Eppure quell'episodio non ha minimamente compromesso la credibilità della trasmissione.

– Ma tu pensa...

– Già, – gli ho detto, sapendo che pensare era proprio ciò che non dovevo e cercando nello stesso tempo di leggere le labbra di Beatrice, che aspettava il suo turno nel cono d'ombra della porta dell'anticamera. – Se vuoi andare sul sicuro dài retta ai botti in strada, che non sgarrano mai.

– Sí, hai ragione, – ha detto lui, dal suo divano in skai, dalla sua festa privata con Habitat, e ha pure riso.

– Buon anno allora, zio. Ti passo Bea.

Fiona sta tentando di soffocare il serpentone. – Nghanaao harrshnghanaao, – gli dice, premendogli il muso nell'erba. Mia madre è appena riuscita a metterle il berretto. Un insaccamento cosí veloce e determinato che la bambina non ha neanche reagito. Osservo la testa di Fiona in mezzo al prato, aumentata ancora di volume, la vulnerabilità che trasmette la sua grandezza. Quella di mia madre è piú piccola di almeno un terzo, con la pelle che filtra sotto i capelli laccati, eppure comunica un minor senso di fragilità, mi sembra meglio collegata al corpo.

Mancano due minuti al 2005.

Beatrice è furibonda perché la sua amica ha mandato a monte la loro vacanza al Burj Al Arab di Dubai.

– Quella bastarda, – ha detto, non appena il generale ha accennato all'argomento, – il Burj Al Arab, Cristo, l'unico albergo a sette stelle del mondo! Avevamo prenotato da due mesi. Ristoranti con squali mako negli acquari, piscine appese al cielo, Jacuzzi col trampolino, safari in limousine, marce afghane, bivacchi con falconieri da *Mille e una notte*. Tutto spazzato via per il primo cogl... be' lasciamo perdere –. E per tutta la cena non ha piú aperto bocca, finché non è dovuta venire a salutare lo zio di Trieste. Io ovviamente ho letto bene le sue labbra, non ci voleva tanto a capire che mi stava supplicando di non passarglielo, ma era il minimo che potessi fare. Invece di spaccarle la faccia a calci e pugni mi sono accontentato di costringerla al telefono.

Adesso è qui, accanto a me, col suo sprezzante tutone da jogging e il piumino vecchio, appoggiata sul fianco, la mano col bengala a reggere il gomito dell'altro braccio, in una classica posizione da fumatrice. Un'incoscia imitazione della sorella. Guarda le grandi manovre del generale – zerbino per fermare la porta, lampada d'ingresso orientata sul nostro semicerchio, carrello da giardino con salviette di carta, accendino, bicchiere di Fiona, bottiglia di spumante, altri bengala di riserva – lo guarda e aspetta che si accorga di ciò di cui lei... io e lei ci siamo già accorti.

Manca un minuto al 2005.

– Oddio, la telecamera. Ho scordato la telecamera, – dice il generale sollevandosi dal carrello con le sue clavicole da passero.

– Mi pareva strano che non ci stessi immortalando, – dice Beatrice.

– E certo, se faccio tutto io! Come posso ricordarmi tutto! Aspettate...

– No, fermati, ormai è troppo tardi, – interviene mia suocera, con la voce leggermente distorta dallo sforzo di estrarre un tacco, il sinistro, dalla zolla del prato.

Mancano cinquantacinque secondi.

– Ma è sulla poltrona dello studio! Ci metto un attimo! – dice il generale, con una piega infantile nella voce, il senso di ingiustizia che si prova quando il mondo, cosí grande, crolla addosso solo a te.

– No, stai qui, – ordina mia suocera.

– Papà, mandaci Lena, – dice Beatrice cercando, sul lato opposto del nostro bel semicerchio, lo sguardo di Lena. – Guarda com'è lucida. Lei sí che ci metterebbe un attimo, vero sorella?

Lena la guarda soltanto. Ha gli occhi a mezz'asta, velati dall'alcol. Dà un tiro forte alla sigaretta. Non è abituata a bere cosí. In questi giorni ha cercato Lentini per ringraziarlo del bruco. All'università le hanno detto che non sono autorizzati a dare i numeri privati del professore. Ce li ho io, i suoi numeri privati.

– Vado io, – dico, mentre tutti, anche mia madre da laggiú, stanno ancora osservando la torva inerzia di Lena.

– Bravo Sandro, vai tu, – dice il generale.

Lena e Lentini, un nome dentro l'altro, penso, già correndo.

– Síí! Beneee! L'esperto in telecamereee! – mi urla dietro Beatrice.

Salgo al piano di sopra a tre gradini alla volta. Non trovo l'interruttore di nessuna stanza, di nessuna parete. Avanzo con le braccia tese verso potenziali ante aperte, o stipiti, errori di valutazione propriocettiva. Ancora due stanze a destra e sarò nello studio del generale. Per un attimo, un attimo lungo tre passi, immagino che ad aspettarmi sulla poltrona ci sia Maura. Nuda come nei sogni. Immagino di essere ferito dal bagliore della sua pelle e di inginocchiarmi cieco tra le sue cosce. Il piacere di questo dolore che non sento mi toglie il respiro – una volta sola, un solo respiro, aria che entra e non esce. Tasto lo stipite, la porta, la parete, il quadro, tasto il bracciolo della poltrona. Maura non c'è. Prendo la telecamera e scendo a capofitto verso l'ingresso illuminato, già individuando le spallucce del generale e la sua faccia allarmata, intenta a scrutare la nuvola di buio dalla quale tardo a spuntare. La sua e quella di mia madre sono le uniche voci che mancano al coro faticosamente arzillo dei *nove, otto, sette, sei...*

– Eccomi! – grido.

– Eccolo! – grida mia madre, ancora laggiú, insieme a Fiona e al serpente.

Intanto partono i primi botti, rigorosamente oltre la cortina di ferro del vicinato, e il cielo è già percorso da una notevole quantità di traccianti come poligoni irregolari su una lavagna e io passo la telecamera al generale e lui mi ricambia con la bottiglia e *tre, due, uno...*

– Buon annooo! – grida mia suocera, mentre il rumore del tappo si perde nel frastuono della città e lo spumante mi sgorga tra i piedi.

– Buon anno! – grida mia madre, sotto lo sguardo perplesso di Fiona.

– Buon anno! – grida Beatrice, spingendo gli acuti ancora piú in alto, perché nessuno dubiti che sta recitando.

Buon anno, ci gridiamo tutti, e poi lo ripetiamo piano, dentro i baveri, riempiendo i calici, offrendoci le guance, impallando ogni tanto la telecamera del generale. Eschimesi ubriachi sull'erbetta inglese di villa Pordenone.

Mia madre ovviamente non partecipa al brindisi, non accenderà i bengala, insegue Fiona. C'è qualcosa di calcuttiano in questo suo votarsi al martirio, penso, mentre piú della metà del liquido che verso continua a scendermi nella manica del Barbour.

– Vieni che brindiamo! – le dice mia suocera, trattenendo, non so come, l'irritazione a un pelo dal battibecco.

Mia madre afferra il serpente per la coda, la piccola lo
trattiene dall'altra parte, ma senza opporsi alla forza della
nonna, la quale di fatto la sta trascinando verso il gruppo
come fosse attaccata a un guinzaglio. Stanno avanzando,
collegate dal serpente, con i fiati che escono bianchi dalle
loro diversissime teste. Sono mia madre e mia figlia. En-
trate nel 2005, un anno che non durerà 365 giorni.

Il generale si è sporto nell'inquadratura per abbracciarmi. Mi dice parole che capisco a malapena, smangiate
dal rumore. Ma annuisco comunque con vigore. Non si fa
nessuna fatica a voler bene a quest'uomo. Beatrice mi sorride, per un attimo seria, senza eccessi. Poi mi stringe gli
avambracci con entrambe le mani e depone due bacini agli
angoli della mia bocca. Non da cognati, non da amici di-
sinvolti. Due bacini irregolari, ingiusti, che riproducono
il dolore di prima, il piacere di quel dolore, come se sulla
poltrona dello studio Maura ci fosse stata davvero, come
se me li stesse dando lei.

– Auguri amore, – mi dice Lena, con la bocca impasta-
ta dall'alcol. E io, sapendo di avere lo sguardo di Beatrice puntato dietro la nuca, accetto il bacio hollywoodiano,
la lingua della mia compagna di classe.

– Eh, ma insomma, cosa aspettiamo per i fuochi? –
chiede mia suocera verso Fiona, simulando tutta l'impa-
zienza che mia figlia non ha. – Nonno, cosa stiamo aspettando? Guarda quelli degli altri, che belli! E noi, eh Fiona? E noi quando li accendiamo i nostri fuochi?

– Bengala, non fuochi, – precisa il generale, quasi fosse
il soldato reporter di *Full Metal Jacket*. – Fai tu, Sandro.

In effetti, dopo essermi versato mezza bottiglia nella
manica, non c'è nessuna ragione perché non mi dia fuoco.
Ovviamente l'alcol dello spumante tutt'al piú stronca mia
moglie, non incendia me, e io mi ritrovo ad accendere bengala, bengala per tutti, anche per i vicini dei miei suoceri
che sono sbucati oltre gli oleandri. Eccoci di nuovo nel semicerchio dal quale siamo partiti, con i bastoncini zeppi

di scintille ora, artifici senza chiasso, vispi fosfeni nell'occhio della notte.

La telecamera ci passa in rassegna uno a uno, immortala mia madre che saluta, incredibile, col bengala in mano. Carrella rapidamente sui vicini oltre la siepe, sul garage, sulle chiome del salice potate a carré per non graffiare la Lancia nuova, e infine si arresta sulla lotta di Fiona col serpente. Il nonno non è riuscito a rapire gli occhioni della nipotina e si accontenta di ritrarla mentre gioca. I botti hanno catturato l'attenzione di Fiona per non più di dieci secondi, i nostri bengala per molto meno. Abituazione, dice la psicologa. Un cucciolo di cane a passeggio per il centro. Ma questi sono fuochi d'artificio, sono petardi, sono maledetti bengala. Non farebbe tanto d'occhi il suo cucciolo di cane, almeno oggi, dottoressa?

Intanto Fiona, nella lotta, si gira per caso verso di noi e, sempre per caso, incrocia il mio sguardo. È una frazione di secondo, meno che beccare gli occhi di qualcuno in macchina nell'altra direzione. Il 2005 è arrivato. Sprovvisto del *germe del bene*. Finalmente è ora di tornare a casa, penso, pregustando il momento in cui quel grosso gatto si sarà addormentato – mia figlia non è *come* un cucciolo di cane, dottoressa, mia figlia *è* un grosso gatto – e io lo prenderò in braccio, gli metterò il pigiama e lo annuserò per un po' nel suo lettino. Con le ultime risorse che ho, provo a concentrarmi su questo. Sul gatto, sul pigiama. Non sul giubbetto. Sto di nuovo male.

Martedí, 75ª giornata di Habitat

Io, mia madre e Fiona siamo seduti sul divano di Habitat. L'appartamento è impregnato di odori umani – calze, sigarette, ormoni – eppure sembra disabitato. Forse siamo noi i concorrenti di Habitat, non si capisce. Stiamo guardando la parete dove prima c'era lo specchio e adesso c'è una vetrata che dà sul ponticello zen della Residenza Sagittario. Tra gli studi e il retro di casa mia dovrebbero esserci i primi negozi dell'Olgettina, i cedri e un bel po' di collinette erbose, invece non c'è niente. Qualcuno deve aver avvicinato i due posti e cancellato, spianato ciò che ci stava in mezzo. Qualcuno – Maura, Lena, Dio – non è chiaro chi.

«Eccola», esclama Fiona, afferrandomi il braccio e subito stringendosi a me. Sul ponticello una troupe televisiva si accinge a intervistare Maura. Le chiedono i soliti piccoli aggiustamenti tecnici prima di cominciare la registrazione. Sono intimiditi, riverenti, hanno verso di lei la soggezione che si ha per una star del cinema. Io e mia madre osserviamo perfettamente rilassati, mentre in mezzo a noi Fiona è concentratissima. «Adesso finalmente dirà perché mi ha abbandonata», dice, staccandosi dal mio braccio e sedendosi in punta al divano, tutta protesa verso la vetrata, come se davvero potessimo sentire cosa verrà detto laggiú. Maura sta sbuffando. È già stufa. Non mi meraviglia per niente vederle addosso gli atteggiamenti della diva, della dea.

«Cosa sta facendo quello?» chiede mia madre. «Intendi l'operatore? Sta facendo il bianco», rispondo. «Ossia?»

«Ossia regola il diaframma della macchina per avere una buona fotografia». L'operatore ha perso parecchio tempo per trovare la giusta misura sul biancore abbagliante del corpo di Maura. Il giornalista continua a gesticolare, a scusarsi. Lei tiene le braccia incrociate sulle tette e guarda altrove. «E adesso cosa sta facendo?» chiede mia madre. «Fa le bande», rispondo. «Ossia?» «Ossia registra un minuto di bande colorate all'inizio del nastro». Il fonico sta microfonando Maura. Non disponendo di asole, baveri o altro su cui pinzare il radiomicrofono, le fa un grazioso giro attorno al collo e glielo pinza sul filo. Poi, avendo lo stesso problema per il trasmettitore, glielo depone timidamente in mano. Con il microfono per collana, Maura sembra ancora piú nuda.

Fiona è tutta tesa, i gomiti sulle ginocchia, i pugnetti sotto il mento, le gambe che penzolano dal divano. «Adesso finalmente lo dirà», dice, quasi tra sé. «Cosa sta facendo ancora, quello?» chiede mia madre. «Intendi il fonico? Sta facendo i livelli», rispondo. «Ossia?» «Ossia regola l'audio dei microfoni». L'operatore sta ridisponendo i due quarzi che userà di supporto alla luce naturale e al faretto della telecamera. Forse potrebbe aver bisogno di regolare di nuovo il diaframma, si sta smarrendo. Maura guarda in una direzione che potrebbe anche corrispondere alla nostra, ma di sicuro non ci vede – un po' per la rabbia, un po' perché, dalla sua parte, la vetrata dev'essere uno specchio. «E quello?» chiede mia madre. E prima che io dica «Fa le luci», Fiona dice: «Nonna, vuoi stare zitta?!» Mia madre le sorride, le accarezza la testa con la stessa disarmante dolcezza con cui è solita accarezzare la mia. Le aggiusta anche il giubbetto nero, che le sporge da dietro le spalle come un guscio di tartaruga. In quel momento, a un attimo dall'inizio dell'intervista, Maura, spazientita, si strappa il microfono, scavalca la ringhiera in teak del ponticello e si lancia con un meraviglioso volo d'angelo nella profonda gola di un torrente apertasi improvvisamente sul retro di casa mia.

Mercoledí, 76ª giornata di Habitat

Lena rientra in camera con l'accappatoio e una cuffietta di nylon per la doccia di quelle usa e getta, che avrà da almeno cinque anni. Mi ha chiesto di aspettarla a letto. Sono già le 8,32. Il pomeriggio ho una riunione. Giusto il tempo di pranzare, poi devo rientrare a Milano. Minuti preziosi sottratti al detonatore. *Per una detonazione elettrica sono sufficienti alcuni filamenti di nickel-cromo e una batteria da 9 volt. I filamenti di nickel-cromo si ottengono smontando le parti radianti di un tostapane*, discetta il manuale nel mio cervello.

Lena si spoglia e si siede accanto a me con un paio di pinzette in mano, pinzette per i peli. Ha la cuffietta ancora in testa e la pelle dei polpacci tutta arrossata. Ricordo Lentini: «Salviette igieniche, assorbenti interni, *strisce per la ceretta*». Maura e Lena hanno lo stesso modo di depilarsi. Il sangue m'invade l'uccello e spinge via il bisogno di urinare. Lena dà un ultimo tiro e poi spegne la prima Ms della giornata nella tazzina di caffè apposita. Mi passa le pinzette e si stende supina, gli occhi chiusi, le braccia lungo i fianchi, come un paziente pronto per essere auscultato. L'erezione scema, mentre, in ginocchio accanto a mia moglie, mi metto all'opera. Comincio da quelli all'incrocio dei sopraccigli. Dopo i primi, Lena si abitua e non contrae neanche piú la fronte. Non è piú un paziente, è un corpo inerte, una scultura in cera, una bambina di quarant'anni imbalsamata. Quando ho finito sui sopraccigli, attacco quelli che sporgono dalle narici. Lena resu-

scita, lacrima un poco. Al mattino, quando non ha ancora
il segno degli occhiali, ha la faccia liscia, giovane, dei tempi della scuola. La vista le è peggiorata di nuovo. Da quanto è che non se li strappa da sola? Compagni di classe, compagni di studi, compagni di appartamento, sposi. Il mio
secondo naso, penso.

*Fulmicotone e polvere di alluminio sono tra i materiali piú
sensibili alla scintilla elettrica. L'energia statica liberata camminando su un tappeto può essere sufficiente alla loro detonazione*, mi dice il manuale.

Sposto piano le ginocchia. Il divano letto cigola sempre
in modo esagerato, fuorviante. Sento mia madre muover-
si per le altre stanze, chiamare Fiona, richiamarla, richiamarla ancora, non proprio sperando, ma lasciando comunque aperta la possibilità che oggi mia figlia si arrampichi
fuori dal pozzo, metta la testa in cucina e dica: «Eccomi,
nonna, che c'è?» I rumori della stanza degli ospiti sono
musica per le orecchie di mia madre. Ogni cigolio è salute, è amore. Lei non sa dei peli, ovviamente. Lena solleva
le braccia, prima uno, poi l'altro, senza aprire gli occhi.
La pelle delle ascelle è fina e lucida come cellophane. Alcuni peli hanno resistito alla ceretta e stanno lí, in mezzo
al campo di battaglia, a sfidarmi. Hanno bulbi giganteschi,
enormi teste di spermatozoo incastrate nei pori di mia moglie. Ogni tanto mi capita di spezzarne uno.

– Nooo, – dice Lena.

– Scusa, – dico io.

L'ascella sul lato opposto mi costringe ad appoggiarmi
con i gomiti oltre il suo corpo, sfiorandole il petto con lo
scroto.

*Perossido di acetone, clorato di potassio, zucchero, acido
picrico*, dovrò rinunciare al mio bravo detonatore a strappo. *La detonazione a strappo non è indicata per i materiali al
plastico*, insiste il manuale.

Mia madre sta recitanto la solita pantomima della colazione al serpente. «Oh, serpentone, vuoi tu il caffellat-

te di Fiona, vero?» Tiene la voce cosí alta che prima o poi
i vicini verranno a protestare. Pensa che possa funzionare. Abituazione, dice la psicologa, ma lei non si rassegna.
Fiona non sopporta i biscotti, non sopporta il caffellatte.
Sento la tazza che batte forte sul tavolo, rumori di coper-
chi, di pentole. Mia madre sta ripiegando sul riso. Riso e
limatura di ferro, i piatti preferiti di mia figlia. «Ecco, serpentone, visto che sei stato bravo, adesso puoi mangiare
anche questo. Lo vuoi, vero? Non lo do a Fiona, vero?»
So che Lena si sta trattenendo. Vorrebbe alzarsi e massa-
crare di calci mia madre. Vorrebbe picchiarla fino a farle
perdere i sensi e poi metterle la testa nel forno. Vorrebbe
sibilarle in faccia: *smettila di recitare*. Vorrebbe, lo vedo bene, ma si trattiene. Anche lei non ha ancora rinunciato a
parlare con Fiona, ma non recita. Usa con la figlia il tono
e le parole che usa con me. Non le va che Fiona creda che
lei possa davvero dialogare con un peluche. Si fa vedere
per quello che è. Agita al vento le sue bandiere di sempre:
SPONTANEITÀ, VERITÀ. La vedo ingrugnirsi nella sua cuffietta
di nylon, tendere il collo.
   – Ferma, – le dico.
   Lei riappoggia la testa, torna immobile. Non le dispiacerebbe se, mentre io sono all'opera sulle ascelle, laggiú ci
fosse Fiona a rosicchiarle le unghie dei piedi. Sono sicuro
che non avrebbe nulla in contrario anche se Fiona se ne stesse qui a guardare mamma e papà che fanno l'amore – che
scopano, direbbe Lena. SPONTANEITÀ, VERITÀ, NATURA. Eccola qua, la signora di Bisanzio. Ecco le sue tettine pube-
rali, gli spuntoni dei nuovi peli fioriti intorno ai capezzoli.
È bello vedere come si raggrumano le rughe dell'areola,
come raggrinzisce e si erge la punta. Là sotto ci sono gli
ormoni di Lena, estrogeni impazziti per troppo studio, per
troppe ambizioni. C'è nell'accanimento di Lena un tratto
piú che animalesco, direi vegetale, che esercita su Fiona
un'attrazione magnetica. Ricordo i tentativi dei primi mesi – cercava di stringersela ai seni, di farseli ciucciare – non

credo che ci provi piú. No, Fiona preferisce di gran lunga gli unghioni degli alluci.

– Accarezzami, – dice Lena.

Passo la lingua attorno al capezzolo sinistro, lo bacio. Lena tiene gli occhi chiusi, immobile, aspetta solo che la mia opera cambi di segno. Lecco anche il destro. Ciucci che sanno di aglio e di Ms, ciucci bizantini. Muovendomi in ginocchio lungo il suo corpo continuo a fare un sacco di rumore. Se mia madre si affida ai cigolii del divano letto, a quest'ora dev'essere raggiante. Starà già preparando il pranzo? Avrà già messo il vestitino di velluto alla piccola? Sarà sazio il serpentone? Sento i cartoni in soggiorno. Mucca e Pollo, mi sembra. Fiona non si è arrampicata neanche oggi fuori dal pozzo. È lí, a mezzo metro dallo schermo. Bisogna scaldarle il cuore, dice mia madre. Il cuore di Fiona è lí, lo vedo bene, davanti alla tv, sospeso a qualche spanna dal tappeto, un nocciolo bluastro ricoperto di ghiaccio. Lena gonfia il torace, trattiene il respiro finché non tolgo la lingua. Quanto tempo mi resterà, dopo, per andare alla baracca? *Il detonatore piú semplice ed affidabile per le gelatine è il petardo M-80. Prima di inserirlo nella massa detonante, renderne impermeabile la superficie con cera di paraffina. Questo sistema di detonazione ha un solo difetto*, mi avverte il manuale, *chi lo accende non ha il tempo di allontanarsi.*

La squadratura del pube è perfetta. Sul confine tra gli ultimi peli e la striscia rasata dell'inguine non ci sono superstiti. Sorvolo l'anca tagliente di Lena in direzione dei polpacci. Contemplo il rossore, i follicoli spalancati, allibiti. È cosí Maura dopo la ceretta? L'erezione cresce mentre Lena mi afferra la testa con entrambe le mani e la riaccompagna al posto da cui si era distratta.

– Baciala, – dice, allargando le gambe, piegandole, perdendo definitivamente l'elegante immobilità della bambina imbalsamata.

L'odore del bagnoschiuma si mescola a quello delle sigarette. Da quanto tempo è che fuma, Lena? Da quanto tempo è che vengo qui sotto? Compagni di classe, compagni di studi, compagni di appartamento, sposi. Il mio secondo sesso, penso. E mi immergo con la faccia dentro questa cosa, che mi pare sempre mastodontica rispetto alle gambette di mia moglie. Spingo fin dove i muscoli della lingua cominciano a bruciare. Lena geme piano, s'inarca per farmi entrare di piú – tra poco chiederà dell'altro. Io ho ancora le pinzette in mano e sto pensando all'*Origine del mondo*, quel brutto quadro che dice tutto, sto pensando che potrei davvero farmi ingoiare – prima la testa, poi una spalla, poi l'altra, e il piú è fatto –, chiudermi dentro l'utero di questa marionetta gialla, riempirla, regalare, io a lei, la *pienezza* che il *germe del bene* non mi ha mai regalato, e sparire.

Sollevo un attimo la faccia e guardo i piccoli talloni piantati sulle lenzuola, le caviglie, i polpacci. Maura si depila come Lena. Questa pelle ipersensibile, ai limiti dell'abrasione, è la sua pelle. Maura, dico, la carne di Maura. Aiuto, dico, ma non abbastanza forte.

– Dài, – dice Lena, – tocca a lui.

Si vede la mano spingere la confezione di Nesquik in seconda fila. Si vede il cartello Pam e, sotto, «corsia 13 – vasi confetture». Si vede l'uomo in mimetica, un lembo della sua faccia sotto la visiera. Tutto nel grigio-azzurro di un beta ad alta definizione, tremolante solo quel poco che aumenta la sensazione del *realmente accaduto* – Stop.

Sigla di Domeniquà, camera a binario, panoramica dall'alto, logo di Domeniquà, applauso del pubblico. «Abbiamo rivisto le immmagini agghiaccianti dell'ultima mina. Per l'ennesima volta, direte voi. Sí, è vero, da quando gli inquirenti hanno deciso di diffondere anche quest'ultimo filmato, forse l'attenzione su Minemaker è diventata ossessiva. Ma noi non vogliamo spaventarvi, noi vogliamo capire, – dice il conduttore nella steadycam, cercando di bucare il video. – Ed è per questo che abbiamo invitato a Domeniquà il criminologo Letterio Merletti». Controcampo sul criminologo. Giacca e dolcevita nere, occhiali a goccia, lenti fotosensibili, Merletti annuisce. «Chi è quell'uomo? – dice il conduttore, indicando il lembo di faccia sgranato, ingrandito fin quasi a sperdersi sullo schermo gigante dello studio. – Chi è veramente Minemaker?» Controcampo sul criminologo: «Be', ovviamente non sappiamo ancora chi sia, ma possiamo affermare di conoscere molte cose di lui, della sua vita, delle sue intenzioni!» «Ecco, benissimo, si fermi un attimo, – dice il conduttore, e poi, rivolto alla steadycam: – Volete sapere chi è Minemaker? Restate con noi». Spot di Vodafone, spot di Standa, spot di Lines, spot di Renault, *spot di Nesquik*. Poi, di nuovo, sigla di Domeniquà, camera a binario, panoramica dall'alto, logo di Domeniquà, applauso del pubblico. «Allora Merletti, riprendiamo, quali novità apporta quest'ultimo filmato all'enigma Minemaker?» Controcampo sul criminologo: «Non ha fatto scorta di nessun materiale». «Non capisco», dice il conduttore. «Confrontando gli altri tape è stato notato che in ogni supermercato colpito Minemaker faceva provvista per la mina successiva. Mina di crema di cacao: provvista di pelati. Mina di pelati: provvista di shampoo. Mina di shampoo: provvista di polvere di cacao. Mina di polvere di cacao: nessuna provvista», dice Merletti. «Questo significherebbe che ha intenzione di smettere? Che ha smesso di terrorizzarci?» Controcampo sul criminologo: «O che ha cambiato bersaglio. È possibile che ritenga di aver già rischiato troppo e che abbandoni i supermercati. Una cosa è certa...» «Ah, ecco, meno male, almeno una certezza ce l'abbiamo, – lo interrompe il conduttore, – ma, aspetti, guardiamo ancora un frammento degli atti agghiaccianti di Minemaker».

Sullo schermo gigante corrono le immagini dell'uomo in mimetica davanti alla cassa, le sue spalle, la sua nuca. Sta guardando verso l'uscita, dove si vedono solo vampe di luce, barbagli da asfalto ferragostano. Fermo immagine, la sua spesa sul nastro. Poi, di nuovo, sigla di Domeniquà, camera a binario, panoramica dall'alto, logo di Domeniquà, applauso del pubblico.

«Allora Merletti, cosa si vede in queste sequenze agghiaccianti? Qual è la certezza che ci ha poc'anzi annunciato?» Controcampo sul criminologo: «La certezza è che Minemaker non ha intenzione di uccidere. È l'unica cosa accertata al momento, ma non è poco. Forse cambierà obiettivi, ma non ucciderà: abbiamo i nove attentati commessi a dimostrarlo. Ordigni ben collaudati, calibrati per ferire, mai per uccidere». «Sí, però ci sono persone innocenti che hanno perso occhi, dita, la signora della polvere

di cacao ha rischiato di perdere l'uso di una mano», dice
il conduttore. «Oh sí, certo certo, non sto dicendo che sia
robetta. Non sto parlando sotto il profilo giudiziario, o
peggio, morale, – dice Merletti, da sotto i suoi occhiali a
goccia, – io sto parlando sotto il profilo criminologico. Il
nostro soggetto maneggia con abilità gli esplosivi. Ormai
è chiaro che, se avesse voluto, avrebbe compiuto danni
ben peggiori». «Lei ci sta dicendo che potrebbe fare una
strage? Ci sta dicendo che potrebbe far saltare un supermercato o magari una scuola? Ci sta dicendo che potrebbe salire su un bombardiere e sganciare bombe sulle nostre città? Su Pordenone, su Treviso, su Trieste? Ci sta
dicendo che è un militare? Un militare americano impaz-
zito?» incalza il conduttore. Controcampo sul criminologo: «No no, non sto dicendo...» «Ah ecco, allora aspetti
Merletti, – lo interrompe il conduttore, e poi, cercando di
bucare il video: – Il criminologo Merletti risponderà ai nostri angoscianti interrogativi tra pochi attimi, restate con
noi». Spot di Divani&Divani, spot di Ferrarelle, spot di
Knorr, spot di Duracell, *spot di Nesquik*. Poi, di nuovo, sigla di Domeniquà, camera a binario, panoramica dall'alto, logo di Domeniquà, applauso del pubblico.

«La prego, Merletti, ci aiuti a capire», dice il conduttore. Controcampo sul criminologo: «Sí, volevo rispondere alle sue domande di prima. Gli Stati Uniti hanno im-
pedito ai magistrati italiani di entrare nella base di Aviano. Ma quasi sicuramente non si tratta di un militare, né
americano né italiano». «Ah no?» dice il conduttore. «No,
– continua Merletti, – potrebbe esserlo stato, anche se le
indagini tendono a escluderlo. È molto piú probabile che
sia un chimico, un tecnico di laboratorio o qualcosa di simile». «Un civile, insomma. Un borghese, – dice il conduttore, e poi, dritto nella steadycam, – uno di noi». Controcampo sul criminologo: «Sí, in qualche modo. I suoi com-
portamenti portano a un single, che fa un lavoro solitario,
poco gratificante sia sul piano economico che su quello pro-

fessionale, in un luogo lontano da grandi centri delle dimensioni di Treviso o Pordenone, un uomo che abita in campagna, ma soprattutto, ripeto...» «Ripeta ripeta, Merletti», dice il conduttore. Controcampo sul criminologo, inquadratura stretta su occhi-naso-bocca: «Soprattutto un uomo che non ha in progetto di uccidere».

Fuori, seduti verso lo schermo, ci siamo io e i miei ragazzi. Dentro, seduti verso lo specchio del soggiorno, ci sono i cinque inquilini di Habitat. Qualcuno potrebbe pensare che si tratti di una videoconferenza, in realtà ciò che sta succedendo di là può essere seguito *live* dai 921 346 clienti del bouquet Superpremium. Considerati poi i contenuti, è quasi sicuro che la conversazione in atto costituirà l'ingrediente base del montato – la polpetta, lo chiama Diesel – che offriremo in chiaro stasera.

«*Qual è l'ultima volta che hai fatto qualcosa per la prima volta?*» È la domanda del gioco. Lo slogan di una pubblicità inserita in un bollettino immobiliare. Comprare casa, sarebbe quella la prima volta che manca a chi legge gli annunci. Infatti Cane Morto, nonostante i dreadlock da squatter e il suo contratto a termine, cerca un monolocale da acquistare. È stato lui a trovare lo slogan. «Ecco l'enigma della nuova Sfinge, – dice Diesel quando lo vede sfogliare quei giornali. – Le tre età dell'uomo: a dieci anni guarda gli scooter, a venti guarda le ragazze, *infine*, a trenta, guarda le case». Stavolta però è contenta. Il gioco le piace. Lei, la sua ultima prima volta, ce l'ha bene in mente, risale allo scorso lunedí: massaggi con cioccolato e cartilagini di torpedine in beauty farm.

«L'ultima volta che ho fatto qualcosa per la prima volta è stato... partecipare a un reality show», dice Fabrizia. «Ci hanno detto di escludere Habitat», le ricorda Claudio, che se potesse, con quelle sue mani di allevatore di conigli, le spezzerebbe volentieri l'osso del collo – un bel colpo secco dietro la nuca e il disturbo di avere donne per casa sarebbe definitivamente svanito. «Vabbè allora, escluso Habitat, è stato... partecipare a un provino per un reality show», dice Fabrizia, attorcigliandosi un ricciolo della fronte ed evitando di incrociare lo sguardo di Claudio. «No, dài, non fare la scema», le dice Riccardo, che con la sua ragazza ha sempre lo stesso tono senza eccessi in cui riconosco la modulazione dei dialoghi tra me e Lena, un tono inconfondibilmente coniugale.

Qual è l'ultima volta che hai fatto qualcosa per la prima volta, Lena? L'adozione di Fiona? Lo sciopero della fame all'Altra metà? Lo spago sugli occhiali? Il sushi con Lentini? Il segno di pace con Beatrice? Ci sono ancora cose nuove nella tua vita? Qual è l'ultima volta che hai fatto qualcosa per la prima volta? Be', la mia è facile, la mia la so: mercoledí mattina – già, mercoledí mattina, Lena, subito dopo quella cosa lí – ho provato gli M-80 come detonatori. E vanno bene, sai?

«L'ultima volta che ho fatto qualcosa per la prima volta... – Fabrizia prende tempo. – Ma perché io per prima?» «Perché sei una donna, dài, spicciati», dice Riccardo, sentendosi in qualche misura responsabile dei capricci della sua ragazza. La resistenza di Fabrizia inceppa il meccanismo dell'analisi collettiva. La sua ritrosia è contagiosa, rende goffi anche gli altri. Il clima si fa piú teso di secondo in secondo. Pare proprio di vedere la cappa radioattiva dei pensieri non detti addensarsi sopra il soggiorno. Cane Morto è andato giú a spiegare il gioco ieri sera, ha lasciato loro la mattina per pensarci e adesso sono tutti lí in attesa, con l'aneddoto che preme, come urina nella vescica. Senz'altro anche Fabrizia si è preparata un racconto, non è tipo da sfigurare in occasioni simili, però deve aver perso l'attimo, quell'istantanea finestra tra le parole pronte in bocca e la gente di sotto, dopo la quale ogni cosa ti sembra fuori tempo, inopportuna, sciocca, e nessuno può piú restituirti la forza per dire niente, soprattutto se ad ascoltarti sono milioni di persone, il pubblico che tu hai sempre desiderato ma che adesso, improvvisamente, dentro l'occhio di quella telecamera nascosta nello specchio, ti sta succhiando l'energia necessaria per importi. «Vabbè, sono una donna, che c'entra?» dice Fabrizia, senza convinzione, scivolando sempre piú giú dal divano. «Fabrizia, non farla lunga», dice Riccardo, seguito da un altro interminabile mezzo minuto di silenzio. «Comincio io, dài», dice Renzo. «E no, minchia, tu non aiuti la tua amichetta. Comincia lei», dice Ettore, in un modo non particolarmente brusco, ma tirando la parola amichetta contro la cappa dei pensieri non detti e lasciandola dondolare aggrappata là sotto. Amichetta può voler dire un sacco di cose, anche solo un'amica piccola, però suona strana in bocca a Ettore. Fabrizia e Ettore sono i nominati per l'espulsione di venerdí, uno dei due tra quattro giorni morirà, è normale che tra loro non corra buon sangue, però amichetta suona comunque molto strano in bocca a chi ha fatto del segreto condiviso con gli spettatori l'arma della propria sopravvivenza. La parola è lí che dondola, impossibile non vederla. «Perché amichetta?» chiede Riccardo, guardando Renzo. «Ma che ne so. Lascia perdere. È Ettore che ha la luna storta oggi», dice Renzo, guardando Ettore. «Ah sí, ho la luna storta oggi? Chiedi tu alla tua amichetta qual è l'ultima volta che fece qualcosa per la prima volta», dice Ettore, guardando Fabrizia.

– Ecco, lo sapevo, ci siamo, – dice Rosita, che ieri ha votato contro il gioco.

– Cazzo, ha cambiato strategia! – dice Telepass.

– La frittata è fatta, – dice Diesel, per poi rimettersi subito a spingere con la lingua oltre i denti, come se il piercing fosse un chicco di feci da evacuare da quel buchino sotto il labbro.

«Che cavolo ti prende? Eh, Ettore, perché fai cosí?» dice Renzo, arrossendo troppo velocemente perché Ric-

cardo possa impedirsi di chiedere: «Ooh ragazzi, mi volete spiegare?» «Non c'è niente da spiegare, – dice Renzo,
tormentando il freno della sedia a rotelle, e poi, rivolto a
Fabrizia: – Su, non badare a 'sti matti, comincia con la
tua cosa». Ma Fabrizia con la sua cosa, qualunque cosa
fosse, non comincia. La sua finestra è passata, si è chiusa,
e a lei non resta che incaponirsi in questo silenzio, suici-
dandosi nel modo piú composto che il destino le abbia offerto. Ovviamente Ettore affonda: «Allora, perché non
glielo dici al tuo fidanzato qual è questa benedetta ultima
volta che facesti qualcosa per la prima volta, eh? Vuoi che
ti aiuti, eh? Che dici, Renzo, l'aiutiamo?» Renzo ha la
faccia gonfia di sangue come se fosse reduce da una lunga
corsa. Anche la tuta ha, da sportivo, che rende ancora piú
insopportabile il nido d'ossa, l'acciaio della sedia a rotelle. Fabrizia continua ad avvitare riccioli per pura inerzia.
È scesa con la testa fin quasi a metà divano, il mento sul
petto, gli occhi sul piú bell'ombelico mai apparso in cinque edizioni di Habitat. Claudio si scosta – un po' perché
le loro cosce non si tocchino, un po' perché vuole poterla
vedere anche lui in faccia – poi fa un occhiolino di solida-
rietà a Riccardo, per una rivelazione che intuisce di dimensioni imponenti, sempre piú imponenti via via che il
silenzio perdura. «Qual è l'ultima volta che facesti qualcosa per la prima volta? Dillo al tuo fidanzato, – dice Ettore. – Tu, Riccardo, credi che fosse fidanzarsi con te, fidanzarsi col bello di Habitat, eh?» «Gli autori ci hanno
detto di escludere Habitat», dice Renzo in extremis, con
le nocche sbiancate nella stretta attorno al freno della sedia. «Sta' zitto, tu. Fammi chiedere al mio amico Riccardo», dice Ettore. Ma Riccardo è una statua, la statua di
un parapendista pescarese dei Gemelli seduta sul divano.
«Glielo diciamo eh?, al tuo fidanzato, qual è stata 'sta benedetta ultima volta?» insiste Ettore.

– Dev'essersela cucinata per tutta la notte, il bastardo, –
dice Rosita, che in queste occasioni si immalinconisce pen-

sando alla sua tesi di laurea su Sylvia Plath e alla vocazione accademica sulle orme del neofemminismo, entrambe interrotte per lavorare al network.

– Sí, ma non poteva certo immaginarsi che gli sarebbe riuscita cosí bene, – dice Diesel.

«L'ultima volta che questa fece qualcosa per la prima volta fu fargli il servizio al paraplegico! – urla Ettore, rivolto a Riccardo. – Ecco qual è la sua prima vo... la sua ultima vo... quel minchia che è. Farti cornuto col paraplegico. Ecco qual è!» «Oh, porca puttana, questa poi», dice Claudio, cui anche spezzarle l'osso del collo pare ormai troppo poco. Renzo, Riccardo e Fabrizia invece non dicono niente, sono tre piante umane, puro flusso di energia biochimica. Penso a Lentini. L'essere umano condivide il 90% della mappa genetica del grano. Penso al verbo vegetare. Eccoli qua, tre parenti stretti del grano, intenti a disincarnarsi, a disumanarsi, a vegetare. Penso a me stesso come all'eucalipto già morto che vigila sulle passeggiate di Kenka e Fiona. Quanto condivido della mappa genetica di quei tre? Diverso, uguale, non c'è differenza, dice Lentini. «Di' che non è vero!» incalza Ettore. «Porca puttana, questa poi», ripete Claudio. «Eh sí! E chetticredevi? – gli dice Ettore, visto che è l'unico a dargli un minimo di soddisfazione. – Tutta la gente fuori lo sa già. Chetticredevi? L'ultima volta che fece qualcosa per la prima volta... – lingua contro la guancia, movimento elicoidale del pugno davanti alla bocca aperta, – *al paraplegico*».

Immagino che il portiere veda anche Maura accanto a noi. È entrata nell'inquadratura un istante piú tardi perché si è fermata a chiudere la porta dei garage, ma adesso che il portiere si è voltato a guardarci, c'è anche lei al nostro fianco, questo immagino. Quante volte abbiamo attreversato quel monitor, io e Fiona? Dev'esserci un magazzino da qualche parte, nel sottoscala o piú probabilmente nella sede della compagnia di sorveglianza, dove sono contenute tutte le cassette del nostro film. Io e mia figlia che usciamo dal retro di casa centinaia e centinaia di volte, archiviati per giorno-mese-anno, prima la felpa, poi il cappottino, stagioni trascorse dentro la stessa scena – il portiere che alza la testa, incrocia il mio sguardo dal vivo, Fiona che mi tira verso la luce esterna – ripetuta all'infinito. Oggi c'è anche Maura nel film. Ci ha raggiunti con due passi di corsa, ha preso Fiona per mano dall'altra parte e adesso sta ricambiando con un bel sorriso il saluto del portiere, questo immagino. Immagino di essere felice.

Da Marri Sport gli sci sono già in svendita. In un angolo della vetrina di destra sono ricomparse le scarpe da jogging e gli skateboard. Fiona ci stampa sopra mani e bocca, fa le smorfie involontarie di chi guarda con la faccia spiaccicata sul vetro. Gli skateboard! Che belli! Sono i tuoi preferiti, eh? So cosa dovrei dirle. Parlatele sempre, dice la psicologa. «Te ne compriamo uno per il compleanno», dice Maura. Col sole alle spalle ha i capelli quasi biondi. Li sposta di lato per cercare un aereo in cielo. Il compleanno di Fiona è il 6 aprile. Troppo tardi, penso. La sagoma dell'aereo sale tra gli edifici e s'infila nel grasso dei primi nuvoloni senza che Fiona l'abbia degnata di uno sguardo. Il rombo annichilisce i rumori della strada. Abituazione, dice la psicologa. Prendo la manina di Fiona, è gelata, ha assorbito tutto il freddo dal vetro. Vorrei baciargliela, mettermela dentro il bavero, nella piega del collo, ma posso solo stringerla nella mia – pugnetto nel pugno, come la palla nel guantone da baseball – e avanzare verso l'asilo. Passiamo il bar Cristallo, la Graphotecnica, ancora chiusa. La telecamera a controllo remoto della filiale UniCredit ci riconosce – attori consumati del film delle otto – ma poi il gruppo ottico si blocca, cambia angolazione, torna indietro. Immagino Maura alle nostre spalle, di nuovo attardata di poco, filmata mentre ci raggiunge, prende Fiona in braccio e la fa volare. Immagino il riso di Fiona, l'ebbrezza del volo, del peso sospeso, il folle abbandono del bambino in caduta tra le braccia dell'adulto. Siamo noi tre insieme, oggi, a camminare su questo marciapiedi. Siamo la novità del film delle otto. Da Vodafone Maura mi dice che vuole cambiare cellulare. Da Jean-Louis David mi dice che vuole tagliarsi i capelli. Ma Fiona protesta: «No, mamma, non tagliarti i capelli! Che sei bella cosí!» E io sorrido perché mia figlia ha ragione. Solo non sono sicuro che abbia detto mamma, solo questo. Immagino che, esattamente come nella realtà, Maura non le abbia ancora detto perché l'ha abbandonata.

– Nghanaao harrshnghanaao, – dice Fiona, tirandomi verso il pony di Kodak Express. La pellicola di plastica si sta scollando dal cartone, il nostro amico pony non finirà l'inverno. Fiona gli tocca i rullini, le bolle sulla visiera. Hanno piú o meno la stessa altezza. Mi chiedo se la simpatia che prova per questo pupazzo è dovuta a una qualche somiglianza con un cartone animato – forse Johnny Bravo? – oppure è del tutto istintiva, imperscrutabile, fionesca. Cosa vede Fiona quando ci guarda come adesso, trasmessi nella vetrina di Hobby Foto? Cosa pensa? Che siamo davvero noi, quelli? Che siamo veri lí dentro? Veri come lei e me qua fuori, mano nella mano, nel traffico disciplinato di Milano 2? Piú veri? Cosa immagina? Cosa ricorda? Cosa sogna? C'è Maura qui al nostro fianco, secondo lei, oppure no? Fiona sta lottando con un fastidioso riflesso del vetro, si avvicina per guardarsi. Di là, tra le macchine fotografiche, sui 15 pollici del Toshiba invenduto da ottobre, un'altra Fiona identica a lei, solo piú satura di colore, si avvicina per guardarla. Anche Timon e Pumbaa fanno cosí, al pomeriggio: durante i monologhi si avvicinano allo schermo per parlare direttamente, *esclusivamente*, alle migliaia di Fiona e Kenka sedute sul divano. Ci stacchiamo dalla vetrina e con la coda dell'occhio vedo i capelli di Maura che escono dall'inquadratura immediatamente dietro di noi, una cometa di pixel arancioni che ci insegue lasciando al computer lo sfondo grigio del cielo. Immagino la mano di Maura che mi si allaccia dietro la vita, il pizzicotto sulla ciccia, la confidenza che ci lega quando dormo. So che non dovrei correre cosí tanto: ogni volta che me l'anticipo in testa, finisce che Maura davanti all'asilo non c'è. Ho sempre l'impressione che sia colpa mia, che le immagini con cui riempio l'attesa siano responsabili della sua sparizione, che proprio loro, assorbendone tutta la consistenza, consumino la dea dei platani, la discreino. Eppure la testa non smette. Maura ci sta accompagnando – credo se ne sia accorta anche Fiona, almeno a giudicare da come mi osserva – e il termometro della farmacia avverte, con il solito intervallo di tre secondi, $+6\,^{\circ}\mathrm{C}$, 8:22, 9 GEN e tutti i vigilantes che ci stanno seguendo sui monitor a circuito interno farebbero bene a sottolineare questa data sulle loro cassette, perché degli infiniti frammenti che possiedono della vita mia e di mia figlia, la scena di oggi, la scena di noi tre che camminiamo praticamente sull'acqua, è una prima assoluta.

Fiona passa davanti alle meraviglie della Panetteria Spadoni come se il muro continuasse sulle vetrine. Guarda le coppie genitore-figlio riaffiorare dalla parete, miracolosamente. Considera con attenzione le loro manovre in mezzo al marciapiede per sistemare i cartocci delle brioche dentro gli zainetti. Mi toglie di mano il serpentone, lo trascina indifferentemente sui sedili dei motorini, per terra, sul muso di un neonato in carrozzina. L'altroieri ha morso una bambina che ha tentato di sottrarglielo. Ieri la maestra Tatiana mi ha presentato la madre, addetta alla qualità di un e-commerce, non proprio un pezzo grosso. La bambina aveva la guancia marchiata dai denti di Fiona, un brutto ematoma – l'orologio, lo chiamano le maestre. «Il dottore è l'autore di Habitat», ha detto la maestra Tatiana. «E chi se ne frega», ha risposto la tizia. Maura non c'era.

Adesso invece è qui, accanto a noi. La immagino con l'impermeabile dell'ultima volta, reggersi sul passante del mio Barbour, darmi slancio anziché appesantirmi. Immagino che il videocitofono cui questo tizio ha appena suonato – ecco che si accende – mi sorprenda nell'atto di metterle il braccio attorno alla spalla. Io, Maura e Fiona che sfrecciamo dietro il tizio – «aspetto giú», dice, – un'altra comparsata, un altro fotogramma della famiglia invisibile.

Fiona ha sciolto il pugnetto, la mano le si è scaldata. Non sono piú io a *contenere* lei, ci *teniamo* a vicenda – sento i ditini premere sul dorso. Superiamo agevolmente numerose coppie genitore-figlio, intente a controllarsi, a sapersi, a pulirsi i moccoli. Quando lo sbarramento è insuperabile, ci intruppiamo anche noi e procediamo al loro passo. Cilindri, capsule, entelechie che slittano ermetiche verso l'asilo Crescere Giocando – io e mia figlia guardiamo loro, loro si guardano.

Alle strisce pedonali guadagnamo la seconda fila. Laggiú in basso, tra le pareti di cappotti, Fiona ha fatto un gesto nuovo, si è messa il serpentone sotto braccio. Da chi lo ha imparato? Da Kenka? Dalle suore haitiane? Oppure è un impulso protettivo innato, da femmina, da piccola madre? Non resisto alla tentazione di allungare la mano per accarezzarle la testa. Lei si scosta prima che riesca a sfiorarle i capelli e mi spara gli occhi nel cervello. È una scossa che mi lascia sempre tramortito. Cerco di sembrare impassibile, spero che anche la mia mano nella sua lo sembri, ma non c'è niente da fare, Fiona sa di potermi terrorizzare. Quando la paletta del vecchio ci invita a passare, il gruppo si sgrana sulle strisce – due Smart a destra, una Smart e due New Mini a sinistra – e la visione è di nuovo aperta, libera da ostacoli. Dal punto lievemente sollevato, quasi panoramico, del centrostrada, osservo la rete dei miei riferimenti essenziali: l'ingresso del Crescere Giocando, la parte di recinzione piú vicina alla collinetta dei Teletubbies, lo spiazzo oltre la scritta LAVORI IN CORSO, il breve tratto di cantiere confinante con l'asilo, e infine, dalla parte opposta, a non piú di trenta metri dalla ringhiera, i due platani e la panchina. In nessuno di questi punti c'è traccia di Maura. È da ventitre giorni che sono cessate le sue epifanie.

Alla fine abbiamo deciso di metterlo. Solo trenta secondi, come l'altra volta. La coerenza innanzitutto. D'altronde, 921346 persone hanno già avuto la possibilità di vederlo stanotte in tempo reale. Non ha senso celarlo a tutto il resto della gente che ci segue in chiaro. I giornali ci salteranno addosso lo stesso, tanto vale soddisfare il nostro pubblico, portare a casa un'ultima botta di share. Telepass ha parlato di sfida neoilluministica alla censura. Cane Morto ha parlato di dovere di cronaca. Diesel ha messo venti gocce di Valium nella camomilla senza riuscire a calmare il tremore alle mani. Ho chiesto di rivederlo da solo, nella mia stanza, ma loro sanno che ormai, dopo la votazione, non sarei capace di alcun ripensamento.

I tre ragazzi si alzano dai letti in perfetta sincronia. I loro torsi nudi sono scontornati in modo sinistro, si sperdono in lunghe scie, sembrano presenze ultraterrene, aggregati di mucillagine nella fluorescenza degli infrarossi. In basso a destra il time code dice: 00:02:25:13 – 00 ore, 02 minuti, 25 secondi e 13 frame di registrazione. È questo l'inizio esatto.

– A me non me ne frega niente di restare o di uscire, – ha detto Claudio in confessionale. – Bisognava dargli una lezione. Il fatto che lui sia cosí gli ha già dato troppi privilegi, spero che la gente se ne sia accorta.

I tre ragazzi escono dalla camera e subito dopo rientrano con degli asciugamani avvoltolati su entrambe le mani. Li si riconosce solo per le dimensioni: Ettore è minu-

scolo, Claudio gigantesco, Riccardo ha la corporatura compatta del lavoro in palestra. Si muovono nel silenzio e nella coordinazione di un attacco pianificato con cura. Ettore scosta piano dal letto la sedia a rotelle, poi si mette dietro la testiera e aspetta il segnale. Riccardo e Claudio
salgono con le ginocchia per bloccare le coperte. La faccia
di Renzo è un fievole chiarore, una macchia, quasi un alo-
ne di luce. Il segnale lo dà Claudio a 00:06:11:24.

– Il network ci copre. Querele, casini, il network è dalla nostra, – ha riferito Diesel, pigiando nelle taschine an-
teriori dei jeans le sue indomabili mani.

Ettore mette un asciugamano in bocca a Renzo, giusto
in tempo per il primo pugno. Riccardo e Claudio iniziano
a colpire. Scariche brevi, frenetiche. Pestano in una zona
che dovrebbe essere il tronco. Sono tutti protesi in avanti, le teste scomparse tra le braccia, i culi al soffitto. Renzo emette i rumori del fiato spezzato, tanti colpi di tosse
soffocati sul nascere. Nelle pause tra una scarica e l'altra si
rilassa in una specie di pigolio. A 00:09:14:20 Ettore urla:
«Non sulla faccia! Non sulla faccia!»

– Sono dei maledetti stronzi, – ha detto Fabrizia in confessionale. – Dovete cacciarli fuori.

– Renzo non intende sporgere denuncia, – ha detto Rosita.

– Che c'entra? Renzo vuole vincere. Sa che per de-
nunciarli deve uscire, – ha detto Fabrizia. – Siete voi che
dovete cacciarli.

– Avete firmato tutti una liberatoria, – ha risposto Rosita.

– Sí, ma non prevedeva questo! – ha urlato Fabrizia.

– In questi giorni vi siete fatti spesso piú male a parole.
E in tanti altri modi, non trovi? – le ha chiesto Rosita.

Fabrizia si è messa a piangere sommessamente.

– Stiamo valutando la possibilità di sospendere il programma, – ha aggiunto Rosita.

– No, non potete, non è giusto! – ha urlato Fabrizia,
piangendo.

Nella foga Claudio prende continuamente delle testate sul letto di sopra. Picchia come fosse lui il fidanzato tradito. Dice bastardo ogni volta che si lancia in una nuova serie. Il time code segna: 00:10:33:12. Penso al male che devono fare le sue mani da allevatore di conigli.

– Forse la gente si aspetta che espelliamo Claudio, – ha detto Cane Morto. Dobbiamo espellere Claudio? Non dobbiamo espellere Claudio? Forse la gente si aspetta che.

I ragazzi si sollevano dal corpo di Renzo a 00:11:33:14. Sono quasi cinque minuti e mezzo di pugni al petto e all'addome. Non l'avessi visto girare per la casa, oggi, accartocciato sulla sua sedia, potrei anche pensare che sia morto. Ma è solo un attimo. Quando Ettore gli toglie l'asciugamano dalla bocca, Renzo muove la testa, la sbatte da una parte all'altra del cuscino, riprendendo quella specie di pigolio, la mistica preghiera del suppliziato.

– Io non ce l'ho con lui. Anche se lui mi votò sempre contro, io non è che ce l'avevo, – ha detto Ettore in confessionale. – È solo che quella è una zoccola e io glielo dovevo dire a Riccardo. Fuori lo sanno tutti.

– Sí, ma tu hai partecipato all'aggressione di Renzo, – gli ha detto Cane Morto. – Pensi che il televoto te lo perdonerà?

– E che dovevo fare? – ha chiesto Ettore.

I ragazzi escono dalla camera a 00:12:09:24. Hanno gli asciugamani buttati sulle spalle. Si faranno una doccia e poi passeranno il resto della notte in cucina, a bere birra. Prima di uscire, Riccardo rimette la sedia a rotelle vicino al letto di Renzo.

– Ti senti soddisfatto ora? – ha chiesto Cane Morto a Riccardo, dopo averlo convocato in confessionale.

Riccardo è rimasto in silenzio.

– Non dovevi accettare di vendicarti cosí, dovevi rifiutarti, – gli ha detto Cane Morto.

Riccardo non ha aperto bocca.

– Adesso è un casino per tutti, – gli ha detto ancora Cane Morto, prima di abbandonare l'acquario.

Dopo essere stata nel confessionale, Fabrizia ha preparato una pasta al tonno. Hanno mangiato tutti. Renzo faticava un po' ad alzare la forchetta. Non ha segni sulla faccia. Solo un ematoma alla base del collo.

– Top Banana, sappiamo che è una scelta difficile, – ha detto Telepass. – Ma come vedi, noi siamo tutti per il sí. Ti difenderemo con le nostre katane. We'll get the bullet.

Sono le 18,12. La messa in onda è alle 18,30. Dovessi decidere per la sostituzione di quei trenta secondi, avrei ancora cinque minuti, sei al massimo. Ma so già, tutti lo sanno, che non mi concederò di ripensarci. Ho chiesto il voto dei miei samurai, devo rispettarlo. E allora perché sono qua? Perché ho voluto rivedere il pestaggio da solo? Guardo nella fuga delle porte aperte. Su quella d'ingresso, il neonato sulla croce è stato sostituito dalla foto di una donna masai accosciata nell'atto di partorire. Il volto estatico, la schiena eretta, la testa del bambino già ben visibile sotto le cosce. Sopra di lei, la fotocopia della sura Al-Fâtiha proclama il regno di Allah. Sotto di lei, il maiale vivisezionato grida DIO CI HA GIÀ SOGNATI TUTTI TROPPE VOLTE.

La registrazione che mi ha preparato Telepass finisce a 00:12:15:18, pochi secondi dopo che i ragazzi sono usciti dalla camera. In realtà io vorrei vedere cos'ha fatto Renzo dopo – cos'ha detto, quanto è andato avanti il pigolio –, era la sua faccia che m'interessava, volevo cercare di vederla meglio, da solo. Questa copia però finisce troppo presto e non ho il coraggio né il tempo di chiederne un'altra. Tiro indietro il nastro in slow motion, osservo i rari frame in cui Renzo non è coperto dai corpi dei ragazzi. Risalgo fino a 00:06:11:15, nove frame prima del segnale, quando Ettore ha appena spostato la sedia a rotelle ed è in piedi dietro la testiera del letto. Si vede pochissimo, ma quel luccichio, quell'intermittenza quasi impercettibile è il movimento delle palpebre. Renzo ha gli occhi aperti. Non sta dormendo. Sta aspettando la punizione.

Mercoledí, 83ª giornata di Habitat

Adesso che il freddo è diminuito, Lentini indossa un pellicciotto da *Corvo Rosso non avrai il mio scalpo*. Mercatino del sabato alla Darsena, penso. Ma che razza di vita fa a Milano, il professore hippy?

– Portami al primo parcheggio, – mi ha detto, dopo aver provato con tutte e cinque le compagnie di radiotaxi.

L'Olgia è deserta come al solito. L'Olgetta è chiusa in direzione di Segrate. Risalgo l'Olgettina sperando di trovarne qualcuno al San Raffaele. Ha voluto vedermi perché è tutto finito. È riuscito a farla ragionare, a ricondurla ai figli *avuti*, al marito viaggiatore. La polvere che abbiamo alzato è tornata giú, possiamo respirare di nuovo, Maura è rientrata. Non capisco perché Lentini sia cosí raggiante, è davvero sofisticato il modo in cui la ama. Eppure è al settimo cielo. È arrivato con la mazzetta dei giornali sotto braccio, come i politici. Ha voluto rileggerli con me, sghignazzarmi in faccia – stamattina è stato un massacro, lenzuolate di massacro su tutti gli organi di stampa – ma io non ho reagito, ho lasciato che Lentini mi stralciasse i passi piú duri confidando nella ricompensa, nelle novità che mi aveva promesso. E adesso che le novità le conosco, non mi è facile continuare a guidare. La dea è scomparsa, svaporata tra i platani. Ripenso all'ultima volta che l'ho vista, seduta in macchina all'uscita del Pam, le labbra stinte, screpolate, un'invincibile stanchezza nello sguardo. Era Maura quella donna? Rivedo la mano allacciata al mio Barbour, il volo di Fiona tra le sue braccia. Rivedo la testa tra le mie gambe, i capelli sulla faccia, la lingua a forma di orchidea. Rivedo tutte le cose che Maura non ha mai fatto. Al taxi ti sta portando un albero morto, il giubbetto ha vinto sul serpente – forse con Lentini parlerei davvero, se solo lui davvero mi ascoltasse.

Il parcheggio dei taxi dell'ospedale è vuoto. La costruzione sullo sfondo, come tutti i luoghi di cura moderni, ha l'aspetto di una centrale nucleare. Camini, condutture a vista, ponteggi cromati dappertutto.

– È appena terminato l'orario delle visite, – mi dice il primo tizio in coda, mentre tiro giú il finestrino.

– I taxi piú vicini sono a Cologno, – dico a Lentini, sperando che mi dia una bella stretta di mano e scompaia senza troppi convenevoli in fondo alla coda.

– E portami lí allora! – dice lui, con tutta la pelle del teschio che gli si increspa per l'allegria.

Quando stiamo affrontando l'ingorgo delle sette a Cascina Gobba – la tempesta di fari e bestemmie subito oltre il laghetto di Milano 2 – trilla il mio cellulare. È Diesel. Tolgo il vivavoce e ascolto le istruzioni del mio luogotenente senza opporre alcuna resistenza. Lo sforzo che mi sta chiedendo è ben superiore alle mie attuali possibilità. Maura è tornata a Trieste, ci ha lasciato un serpentone da toccare e se n'è andata. In macchina con me c'è un professore hippy, contento come un bambino in gita. Il fiume di luci che preme dietro il semaforo si gonfia di ostilità di secondo in secondo. Mi minaccia con tutta la sua incombenza, tutti i suoi metri cubi di rabbia umana sul punto di tracimare mentre tento di liberare l'incrocio. Se mi vedesse, anche Diesel capirebbe che non ce la posso fare. Ma io sto zitto fino alla fine delle sue istruzioni e poi dico:

– D'accordo, – semplicemente questo, d'accordo.

– Problemi? – chiede Lentini appena chiudo la comunicazione.

– No, nessun problema... cioè sí invece, – dico, con una

tentazione che cresce come la rabbia della gente qui fuori. Ascoltami, vorrei dirgli, ascoltami bene un minuto. Ma sguscio dall'incrocio in silenzio, la mano destra sul cambio, il collo teso per raggiungere l'altra sponda.

– Se c'è qualcosa che posso...

– No, niente. Devo solo rispondere a un'intervista. Da un momento all'altro mi chiamano.

– Be', rifiutati.

– Non posso, – dico, con l'impressione che gli spazi neri che emergono improvvisamente tra i lampioni siano ancora piú terrificanti del traffico in strada.

– Capisco, – dice Lentini. – Cos'è?

– «Avvenimenti». Un settimanale.

– Stampa alternativa, intellettuali pacifisti affezionati al contropotere, ho in mente, ho in mente.

– Sí, piú o meno, – dico. – Mi fanno il culo.

– E dài!, non vederla cosí nera. Oggi hai avuto anche buone notizie.

– È il settimanale di Lena, lei è abbonata, – dico, sforzandomi di non considerare le buone notizie di oggi.

– Capisco, – ripete Lentini, appoggiandosi col pelicciotto al finestrino, per guardarmi crollare, credo.

Corso Roma drena piano il nostro flusso, fuori dallo snodo della tangenziale, dentro l'agglomerato deforme di Cologno Monzese. Taxi, niente. Al prossimo slargo forse. Se no in viale dell'Acqua. Penso alla carne bianca di Maura. Penso ai radiotaxi. Proprio nell'istante in cui sto per riprovare con il 6767, trilla il mio cellulare. Non mi sono preparato una sola frase. Con Lentini in macchina, non ho avuto il coraggio di estrarre lo script dei miei samurai. Respiro a fondo, mi dispongo alla resa.

– Lascia, rispondo io, – dice Lentini, fissandomi con i suoi occhi da husky.

Dovrei dirgli: ma che vuoi? Perché sei cosí felice? Non vedi in che posto siamo? Non ci vedi, io e te, soli senza Maura, a Cologno Monzese? Invece dico:

– No, ti ringrazio, mi hanno già intervistato una volta,
se ne accorgerebbero.
– Scommettiamo?
Il cellulare continua a trillare. Non c'è nessuna ragio-
ne perché Lentini giochi cosí con la mia disfatta, eppure
sto controllando il numero, sto passandogli il telefono.
– Sí, pronto, – dice Lentini al posto mio. – Sí, sono io.
Certo, certo, giusto due battute.
Ascolta il giornalista col sorriso sulle labbra.
– Ma guardi, ci pensi bene. Oggi sul mercato ci sono
moltissimi prodotti depurati della loro essenza nociva: caffè
senza caffeina, panna senza grassi, birra senz'alcol. Ci pensi bene. Cos'è il sesso virtuale, se non il sesso senza sesso?
Cos'è la guerra preventiva, se non la guerra senza guerra? Cos'è il multiculturalismo, se non l'altro privato della sua alterità? Capisce cosa intendo? La realtà virtuale ha
semplicemente generalizzato tutto ciò. Il caffè decaffei-
nato sa di caffè senza essere caffè? Bene, la realtà virtuale
sa di realtà senza essere realtà. Tutto qui. No no no, aspetti, mi lasci finire. Ovviamente ciò che ci si aspetta alla fine di questo processo è che l'esperienza stessa della *realtà
reale* diventi un'entità virtuale. È questo che ci si aspetta,
giusto? Ebbene, eccoci. Noi vi mostriamo la fine.
Lentini ascolta le repliche del giornalista corrucciando
la fronte, mordendosi il labbro, recitando l'oscena pantomima del professore messo all'angolo. Il fatto che mi stia
umiliando, il fatto che con le sue parole e la sua voce io
stia distruggendo Habitat, il fatto che una voragine invisibile scaturita dal centro della terra abbia ingoiato tutti i
taxi della provincia di Milano, questi fatti non smuovono
di un millimetro la serenità del suo viso. Ebbene eccoci,
dice Lentini, appoggiato comodamente col pellicciotto sul
finestrino della mia Audi. Noi vi mostriamo la fine, dice,
senza capire la verità che enuncia, senza rendersi conto
che quel noi sono io.
– Violenza, dice? Ci pensi bene. La violenza è rivela-

tiva. La sua esplosione è condizionata da un punto morto simbolico. È l'acting out che emerge quando la finzione simbolica garante della vita collettiva è in pericolo.

Ancora smorfie da professore pensoso, una marea di grinze sulla pelle del teschio.

– Sí, sí, finzione simbolica. Guardi bene le comunità umane. C'è sempre una doppia finzione. Lei avrà certo letto Slavoj Ži ek... No? Okay, le racconto una storia. Cercatori d'oro, Amazzonia, okay? Ogni cercatore è indebitato con il commerciante che gli ha venduto gli attrezzi e gli compra le pepite. Ora, prima finzione, due soggetti liberi che trattano alla pari. Seconda finzione, opposta alla prima, commerciante paziente come un padre nei confronti dei suoi clienti debitori. Bene, cosa succede quando un cercatore minaccia l'equilibrio di questa doppia finzione riuscendo poniamo a pagare tutti i debiti? Semplice, il commerciante assolda subito alcuni cercatori pesantemente indebitati perché gli incendino la casa. Capisce? Violenza rivelativa.

Lentini ascolta l'intervistatore, sorridendomi. La sua contentezza non ha un briciolo di senso.

– Ecco bravo. Adesso guardi Habitat. Prima finzione, siamo tutti uguali. Seconda finzione, aiutiamo il piú debole. Ma se il piú debole di colpo diventa uguale davvero? Be', gli incendiamo la casa. Capisce? Noi stiamo mostrando questo. La nostra è l'unica vera divulgazione scientifica. Altro che tv spazzatura. No no, si figuri, sono contento che vi occupiate di noi. A presto, buona sera.

Lentini mi rimette il telefono in mano con una tale dolcezza da farmi credere che mi abbia aiutato davvero. L'abitacolo è abbastanza buio perché non si accorga del sudore che mi scende dalle basette. Siamo al parcheggio di viale dell'Acqua. La fila dei taxi è lí, dall'altra parte della strada, rimpicciolita dalla cupa vastità degli edifici che la circondano. Le antenne paraboliche, i balconi verandati, i cassoni con le ventole dei condizionatori. Facciate che

sembrano retri. Esistenze sigillate con l'alluminio anodiz-
zato, migliaia di uomini e donne acquattati lí dentro, pron-
ti a farcela, a sfondare. *Habitanti*.

– Diverso, uguale. Non c'è differenza, – mi dice Lentini, con la gioia del bambino che ha vinto, una gioia pa-
cata, da bambino buddista.

– Ci rivedremo? – chiedo, come fossimo amici.

– Chi lo sa. Di certo non subito. Domani torno a casa.
Abbiamo fatto un buon lavoro, – dice lui. – Coraggio, la
vita ti sorride. Vai dalle tue donne. Ormai è tutto finito.

Vado dalle mie donne. Ormai è tutto finito.

Le trovo sedute a terra davanti allo stereo. Lena sta tentando di riavvolgere il nastro di una cassetta tutto aggrovigliato, spiegazzato, oggettivamente irrecuperabile. Lo tira su un centimetro alla volta girando una matita nel buco dentellato della bobina e con l'altra mano lo spiana dentro i suoi splendidi polpastrelli. Ha le lacrime agli occhi, tiene giú la testa senza neanche salutarmi. Accanto a lei ci sono altre due carcasse sbudellate, due ex supporti al ferro cromo. Fiona sta seguendo con attenzione i movimenti della mamma, come se quell'operazione facesse parte del gioco.

– Ciao, – dico.

– Nghanaao harrshnghanaao, – dice Fiona, per conto suo ovviamente, riafferrando con tutte e due le mani la matassa e vanificando in un attimo il lavoro di Lena.

– Ha rovinato le nostre cassette, porca puttana! – dice Lena e si allontana verso lo studio, piangendo.

Accendo la tv. Fiona allenta la presa sulla cassetta e si fa risucchiare dallo schermo in piena trance da Cartoon Network. Mucca e Pollo sono seduti a loro volta davanti alla tv in una specularità che al solo pensiero mi dà le vertigini. Pollo è grande quanto le mammelle di Mucca. Quanto è grande la testa di Fiona?

Mi siedo accanto a mia figlia e approfitto della sua ipnosi per raccogliere dal pavimento l'ultima cassetta contesa. È stato uno dei primi regali di Lena, una compilation dei

Talking Heads concepita dalla sua giovane mente di intellettuale, trascritta nella sua calligrafia da miniatore con i titoli perfettamente allineati nelle righine della custodia e gli asterischi che rimandano in calce ai dischi da cui sono tratti. Era il secondo anno di filosofia. I Talking Heads appartenevano a una tribú di eletti, di solito figli minori, aggiornatissimi. Io e Lena, che non abbiamo fratelli piú grandi, c'eravamo guadagnati i Talking Heads subendo le solite umiliazioni dei neofiti, ma avevamo recuperato in fretta. Lena li studiava come fossero Wordsworth. Penso ai pomeriggi in cui mandavamo a memoria i testi. Penso al faccino concentrato di Lena, al suo profumo di sapone, al piacere di vedere la sua bocca che si muove all'unisono con la mia beccando tutte le sillabe giuste.

La testa di Fiona è grande come il divano su cui sono seduti Mucca e Pollo. Controllo se nota le mie manovre con le cassette: no, Fiona è totalmente assorbita dai suoi beniamini. Mucca e Pollo stanno seguendo un programma di cucina *vero*, dove un cuoco *vero* mostra come si cuoce allo spiedo un pollo *vero*. La trovata starebbe nel far guardare la realtà – immagini televisive della realtà – a due creature di cartone. Non paghi di questo, gli sceneggiatori le hanno messe davanti a una trasmissione in cui un simile di Pollo viene impalato e sistemato nel forno.

«Tieni», mi aveva detto. Ero passato a prenderla con la Ritmo di mio padre. Aveva il basco dei compagni baschi, gli occhiali grandi, con la montatura di tartaruga, il viso e la corporatura di Yoko Ono. E mi aveva detto solo «tieni», all'epoca Lena sapeva fare regali. Io l'avevo guardata senza chiedere nulla, avevo inserito la cassetta nello stereo e l'avevo baciata su *The Book I Read*, davanti alle finestre del generale. «Take my shoulders as they touch your arms I've | Got little cold chills but I feel alright the | Book I read was in your eyes oh oh». Il libro aperto Lena. La guardavo negli occhi e la leggevo. E anche lei, secondo me. Quella domenica pomeriggio saremmo stati sorpresi da un'esercitazione di carri armati mentre facevamo l'amore nei magredi, ma ancora non lo sapevamo. Ci saremmo nascosti sotto i sedili con le facce arrossate mentre i cingoli dei tank americani trituravano i sassi del greto. Tornando avremmo riso, avremmo cantato a squarciagola *Road To Nowhere*, ma ancora non lo sapevamo. Solo una cosa sapevamo: avremmo voluto baciarci cosí per sempre. Chiusi nella Ritmo di mio padre, sotto le finestre del generale, con David Byrne che ci cullava nella sua intelligenza vellutata, e noi a baciarci per sempre, eternamente: di questo, sí, eravamo certi. Mi alzo tenendo negli occhi quei due che tornano beati dai magredi diciotto anni fa, i colli pieni di succhiotti, le dita che sanno di pesce, e mi accorgo – solo ora me ne sto compiutamente rendendo conto – che sto canticchiando il ritornello di *Road To Nowhere*. Non c'è niente da cantare, eppure io canto, devo ammettere che sto proprio cantando. «We're on a road to nowhere | Come on inside | Takin' that ride to nowhere | We'll take that ride». E intanto con le mani aperte sorvolo la tv e la testa di mia figlia in direzione studio.

Il cuoco *vero* sta sfornando il suo piatto *vero*, un meraviglioso pollo con la pelle croccante, dorata alla perfezione. Mucca e Pollo si guardano con gli occhi tutti all'ingiú. Di solito cosí chiacchieroni, ora non si dicono niente. Battono piano i ciglioni e basta. Anche loro sono due figli adottivi, c'è qualcosa dentro le cellule di Fiona che l'ha intuito? È per questo che li adora?

Mentre mi avvicino allo studio ho ancora negli occhi Lena quel giorno, la sua mano sopra la mia sulla leva del cambio, ho negli occhi le forme disegnate dalla sua bocca attorno alle sillabe che anch'io, proprio adesso, sto cantando. «We're on a road to nowhere | Come on inside | Takin' that ride to nowhere | We'll take that ride». Quei due credevano sul serio che fosse bello essere su una strada che non porta in nessun posto. Gridavano *nowhere* felici, sopra la voce dell'autoradio. Mai piú avrebbero pensato che quel *nowhere* poteva essere la loro destinazione definitiva.

– Che c'è? – mi dice Lena, distogliendo lo sguardo dal computer con l'intenzione piú che evidente di incenerirmi. Le ultime note mi si spengono sulle labbra nell'attimo stesso in cui appoggio la spalla sullo stipite della porta. No, non c'è proprio niente da cantare. Però ho ancora in mano la custodia della sua, mia, nostra compilation. Ci guardiamo per una manciata di secondi, poi Lena si gira di nuovo verso il lavoro e la sua luce celeste. Sta per rimettersi a piangere. Mi avvicino a piccoli pesantissimi passi, con tutta la volontà di riamarla annidata nelle ginocchia.

– Dài, su, non è la fine del mondo, – le dico accarezzandole i capelli. – Vuol dire che cosí finalmente ci decideremo a comprare i cd.

– Non è vero, – mi risponde mia moglie, singhiozzando, – non li compreremo mai quei cazzo di cd, e tu lo sai.

Giovedí, 84ª giornata di Habitat

Sono seduto al posto di Kenka. La pelle del divano è
intrisa del profumo al ciclamino della tata serba. Mi basta
spostare un poco la testa per sentirlo. Sono le 2,35. Lena
ha l'abat-jour ancora accesa ma è da un pezzo che non gira piú le pagine. Fiona ha voluto tornare nel ripostiglio.
Era già a letto quando è sgattaiolata fuori dalla cameretta
e si è attaccata alla scaffalatura arrugginita. Lasciatela fare, dice la psicologa.
Il cellulare mi segnala un sms.
ORE 2,36, FABRIZIA HA ACCETTATO LE CAREZZE DI CLAU-
DIO! FOTO SU HABITAT.JUMPY.IT!
Per grattare la ruggine Fiona usa le unghie. Scortica
piano piccole porzioni della gamba piú deteriorata. Il metallo è cosí malandato che in certi punti si sfarina quasi da
solo. La polverina la tira su umettando il polpastrello del-
l'indice, come un'altra bambina – una bambina che non le
è capitato di essere – farebbe con lo zucchero a velo. A vederla grattare riesco ancora a resistere. È da quel ditino
che sfiora il pavimento invece, da quel gesto goloso di ferro, che devo proprio distogliere lo sguardo. Anche dopo il
sapone, alcune dita di Fiona restano lievemente ingiallite,
sembrano quelle di sua madre in miniatura. Lo stile, poi,
è lo stesso: un lavoro minuzioso, bizantino. Le ho appoggiato sul pigiamino una coperta di pile. Lei ha continuato,
indifferente, però non se l'è tolta. Ha bisogno che qualcuno le scaldi il cuore, dice mia madre. Ho immaginato il
velo di ghiaccio che si scioglie, il nocciolo bluastro che

prende la forma turgida dei cuori disegnati, del mondo dei cartoni. Sono tornato a sedermi davanti alla tv.

Nel primo riquadro inferiore c'è Riccardo seduto sul bordo della vasca da bagno, che piange fissando le piastrelle, senza rumori, come se avesse una semplice irritazione agli occhi. Nel secondo riquadro inferiore c'è l'immobile vacuità del soggiorno di Habitat, l'inquadratura in qualche modo riassuntiva dei divani disabitati. Nel terzo riquadro inferiore c'è Renzo, piumino e cappuccio in testa, che gira attorno alla fontanella della piscina in una specie di esercizio autoipnotico, tenendo il mento sul petto anche quando una ruota cozza sugli spigoli del basamento. Nel riquadro superiore c'è la sagoma gigantesca di Claudio semidistesa sul pavimento della camera delle ragazze, la schiena appoggiata sul letto di Fabrizia, il braccio sinistro sul cuscino. Claudio non è solo. Le facce di Ettore e Fabrizia sono due tenui macchie di luce nella fluorescenza degli infrarossi, macchie estremamente vicine, di due teste nemiche, poste una dietro l'altra a pochi centimetri dal braccio di Claudio. Contro le regole di Habitat, i due ragazzi si sono tolti i radiomicrofoni. Telepass starà già escogitando una punizione per domani. «E dài, non fate gli stronzi», sono state le ultime parole di Fabrizia prima che togliessero il microfono anche a lei. Claudio non ha neanche bisogno di tenerla ferma, gli basta essere lí, dire cose per le quali l'audio sarebbe comunque inutile, cose che immagino vaghe, vagamente lenitive e vagamente minacciose. Gli basta questo, e sistemare la sua mano sapiente, da allevatore di conigli, sul cuscino. Con l'altra si sta riabbottonando la patta dei jeans. Fabrizia tiene ancora la testa rivolta verso di lui, ha smesso di parlare, la bocca è immobile in mezzo alla luce della faccia – le sue famosissime labbra, epicentro della rassegnazione creaturale. Tutto è immobile. Poi, di colpo, tutto si muove. Ettore tenta di mordere la spalla di Fabrizia. Lei preme la nuca sulla fronte di lui, riguadagna qualche centimetro. Le due teste sbattono nel buio, reagiscono agli scossoni leporini di Ettore completamente scoordinate, sole. La ragazza dice ancora qualcosa, ma non prova a divincolarsi. Si intravede il suo corpo sul fianco, le lenzuola incurvate in una esse prossima alla posizione di un feto.

Cerco di ricordarmi quanti anni ha Brooke, la figlia di Ettore. Me la immagino non molto piú piccola di Fiona. Anche lei mangerà ferro? Cerco di ricordarmi la faccia della moglie. Luisa, se non sbaglio. Me la immagino seduta accanto a me, accanto alla fidanzata di Claudio, accanto a tutti gli abbonati dell'offerta Habitat 24 su 24. Anche lei starà guardando? Qualcuno l'avrà svegliata per informarla? Ettore sta gemendo nel lucore verdognolo degli infrarossi. I suoi lamenti sono cosí forti da raggiungere gli impianti fonici fissi. «Síí, – urla. – Eccoo». Le lenzuola sono percorse da scosse sempre piú accelerate, quasi vibrazioni. Sta succedendo tutto realmente, mi dico. Qual è l'ultima volta che hai fatto qualcosa per la prima volta? Ettore ha risolto il dilemma sul proprio futuro. La prospettiva della pizzeria a gestione familiare è stata abbandonata a favore di orizzonti piú vasti, comparsate, ospitate, prestazioni a ritenuta d'acconto nel festoso circuito delle trasmissioni pomeridiane. «Veengo», urla, venendo.

Il cellulare mi segnala un sms.

ORE 2,48, FABRIZIA ACCETTA ANCHE LE CAREZZE DI ETTORE! FOTO SU HABITAT.JUMPY.IT!

Fiona si è addormentata. La prendo su con tutta la coperta, come fosse il superstite di un naufragio. Lei si scioglie piano nelle mie braccia, respirandomi addosso l'odore di ferro. A guardarla cosí, avrebbe tutto in regola per starsene inginocchiata sulla sedia della cucina mentre la nonna sforna una torta e usare il ditino per tirar su dal tavolo, dopo la spolverata finale, lo zucchero a velo.

Quando torno sul divano, il cellulare sta spandendo fiotti di azzurro, sprizza luce. Il display dice DIESEL.

– Sí, dimmi.

– Scusami Top Banana, ho provato, non pensavo fossi ancora sveglio. È che...

– Ho visto, ho visto.

– Hai visto? – dice Diesel. – Hai visto quei due maiali cos'hanno fatto alla povera santarellina?

Mi chiedo se Diesel si pensa mai come la penso io. Mi chiedo se su un ring di fango, o meglio ancora, sul letto di Ettore e Claudio, migliorerebbe o peggiorerebbe. Sullo schermo, nel riquadro superiore, Fabrizia è rimasta sola. Non piange. Dai movimenti si intuisce che si sta pulendo con un lenzuolo.

– Ho visto *tutto*, – dico.

– Hai visto, sí? – ripete Diesel, con la voce che trema senz'altro meno delle mani. – Forse stavolta sarebbe il caso di...

– No, assolutamente. Mostriamo *tutto*, – dico, prima che finisca.

Una pattuglia di F-16 americani sfreccia compatta, lasciando indietro, perennemente arretrato, il rumore del loro passaggio. La sensazione è sempre quella di uno squarcio irreparabile, invece il cielo è lí, intatto, ripulito da due giorni di pioggia, e i caccia sono già oltre Maniago, forse già in Carinzia, chissà. Fiona guarda il soffitto: a questi ha reagito. Avrei voluto lasciarle esplorare i ruderi della casa dei miei, ma sono troppe le cose su cui potrebbe ferirsi, e poi c'è fango dappertutto. Per farla entrare ho adottato il trucco di mia madre: ho afferrato il serpentone da un'estremità, Fiona mi ha seguito attaccata all'altra. Non abbandona i figli, lei. Adesso è accucciata vicino alla stufa, sta giocando con i mulinelli del nonno.

Dopo la seconda prova, ho capito che devo farglielo indossare sopra il cappotto. Sotto non ci sta, il cappotto è troppo attillato. Senza, no, manco a pensarci: anche togliendoglielo all'ultimo minuto, Fiona prenderebbe freddo. Quindi riapro le cuciture lungo i fianchi, dove prima lo avevo stretto di buoni quattro centimetri per lato. Imito il gesto che ho visto fare mille volte a mia madre, da piccolo. La forbicina schiusa, la lama inferiore che cattura il punto e lo taglia, avanzando nel tessuto come una nave rompighiaccio. Ieri mi sono dedicato ai detonatori. Oggi mi dedico al giubbetto.

Ogni tanto, per riposare gli occhi, li distolgo dal lavoro e mi guardo attorno. Osservo il bancone delle morse, la rastrelliera con le canne da pesca, il linoleum lustrato

a nuovo di quella che aspetta solo di diventare una casa-
museo. Fisso l'alveare dei capelli di Fiona, sperando che
si senta guardata, che si volti, che mi incroci in mezzo alla stanza. La conservo già tra le ultime immagini: Fiona
che s'ingarbuglia con la lenza, io che rifinisco l'equipag-
giamento, il ditale sul medio, la corsa del filo dentro la mano, i cartamodelli della rivista «Taglia e Cuci» sparsi sul
tavolo. Sta succedendo tutto realmente, mi dico.

Quanto condivido della mappa genetica di Fiona? Piú
del grano, credo. Piú dell'eucalipto. Mia figlia sarebbe un
mio simile, in teoria, un mio simile di lingua creola, im-
prigionato e imbavagliato in fondo a un pozzo. Non sarà
che in quel buco Fiona chiede di restarci? Non sarà che
chiede proprio di tenerle lontano la superficie, la luce, le
parole, che chiede di non essere piú disturbata, mai piú?
Non sarà che amarla può significare soltanto una bella pietra piatta sull'apertura del pozzo? Uso il piú costoso filo
di Scozia, ripasso le asole, i bordi interni, i rinforzi delle
tasche, mi spendo anima e corpo affinché la pietra venga
bella.

– Che novità è questa? Di domenica sta con me, – ha
detto mia madre, quando ha visto che le mettevo il cappottino. Lena era già uscita per una riunione all'Altra
metà.

– Voglio mostrarle la baracca di papà, – le ho risposto.
E i suoi occhi si sono fatti subito lucidi. Non volevo che
si commuovesse per una bugia cosí sciatta, ma ormai era
troppo tardi e le ho sorriso, accettando di buon grado la
sua mano sulla testa, la dolcissima carezza che non meri-
tavo. Da qualche giorno mia madre glissa sulle vicende di
Habitat. L'altroieri si è inventata addirittura un attacco
di vertigini per non guardare insieme a me la maxipuntata del venerdí. Insomma, non so che cosa fosse per lei, a
me però quella carezza è parsa una specie di perdono.

Fiona sta costringendo il serpentone in una quantità
impressionante di legature con lo scopo evidente di soffo-

carlo. Dall'interno della sua nuvolaglia di nylon il serpentone la fissa col suo unico occhio. Il giubbetto è finito. Vado in frigo, estraggo le gelatine, le inserisco nelle tasche badando bene che la miccia a lenta combustione – 5 millimetri di diametro, velocità media: 110 secondi per metro lineare – non si stacchi dagli M-80 inseriti a regola d'arte sulle teste delle masse detonanti. A regola d'arte, sí, bravo mani d'oro. Peserà almeno quattro chili. Mi è impossibile non pensare alla somiglianza con un salvagente: solido, corposo, imbottito sia davanti che dietro, pieno di aggeggi arancioni che potrebbero anche passare per galleggianti, non fosse per quella cordicella che li unisce tutti sulla schiena. Alzo Fiona, le faccio indossare il cappotto, cerco una via di mezzo, anche se meno efficace, tra i modi bruschi che ho imparato da Kenka e quelli che mi consentono di toccarla un po' mentre la vesto. Lei si divincola solo per riprendersi il serpente, poi mi lascia fare. Sul cappottino da piccola fiammiferaia il giubbetto calza come una sella, una bardatura sacra, non è piú un banale salvagente.

Le cornacchie brillano sotto il sole. La pioggia ha lustrato tutto, anche le loro penne. Ci osservano con l'aria di chi non ha paura di niente – lastre di onice spaccate sul laterizio. Fiona ha il giubbetto in tinta. Glielo tolgo e lo metto nel bagagliaio, dentro il frigo da picnic. Quando mi giro, lei sta inseguendo gli uccellacci con il peluche già mezzo impanato nel fango. Ogni volta che si avvicina a uno di loro, quello fa due colpi d'ala e lei prova con un altro. È una caccia frustrante, ma Fiona non strilla, non esclama neanche i suoi harrshnghanaao. Continua a correre muta tra gli svolazzi. Mi piacerebbe che mi venisse incontro frignando. Non si lasciano prendere, papà, e giú un bel pianto. Non ho mai visto piangere mia figlia, neanche nei sogni. Piangere significa arrampicarsi fuori dal pozzo. Probabilmente dagli animali accetterebbe anche le coccole, ma dagli umani no. Gli umani l'hanno abbandonata due volte dalla suora dei tranquillanti. Mi sorprendo a riflettere come nei documentari di «National Geographic». Contemplo in campo lungo questa bambina tropicale, nata per essere un grosso gatto, un cucciolo di cane, una madre di serpenti, un cartone animato, nata per essere un sacco di cose meno la bambina che è.

– Ah bene, quindi vuoi vedere la baracca del nonno? – le ha chiesto mia madre, come se davvero Fiona stesse per dire sí. – Brava stellina, vai con papà. Io approfitterò per andare a messa.

Uscendo mi sono fermato un attimo sulla porta, ho sorriso al sorriso di mia madre. A messa, io e Fiona non ci andiamo piú.

Credevamo di esserci mossi per tempo, invece la nebbia ci ha anticipati. Un solo giorno di alta pressione è bastato per tirare su i soliti muri di vapore sulla A4 Milano-Venezia. Il ponte di finestre illuminate dell'autogrill è emerso nell'ultimo istante utile per uscire. Area di servizio Scaligera Nord. Ho chiesto a Lena di riposare gli occhi.

– Che ci fai con quel frigo? – mi ha detto, quando ha preso la borsetta dal bagagliaio.

– Ci porto dell'esplosivo al plastico, – le ho risposto.

– Aha, – ha detto lei.

Non abbiamo fame, sono appena le sei e mezza, ma saliamo al piano del ristorante per sgranchirci un po'. Col sistema del serpente-guinzaglio Lena riesce a tirare Fiona lontano dai ripiani dei vassoi e dai banchi delle insalate. Ci sediamo con le nostre coche a uno dei tavoli sul lato della vetrata, sospesi in cielo nella zona fumatori all'estrema periferia del self-service. Fiona si mette subito a giocare col fiato, alita e aspetta, alita e aspetta, come davanti al finestrone della nonna. Ai quattro angoli ci sono quattro tv di 30 pollici che pendono inclinate dal soffitto. Quella rivolta verso di noi – ma probabilmente sono tutte sintonizzate sullo stesso canale – sta trasmettendo la puntata in chiaro di Habitat. Oggi il montaggio è di Telepass e Rosita.

Sotto le tv ci sono in prevalenza uomini soli, sparsi uno per tavolo, tutti rivolti verso lo schermo. C'è anche una coppia. E poi, ai tavoli centrali, gruppi di tre quattro camionisti, a occhio i cosiddetti padroncini, quelli che possono permettersi di non fermarsi allo Spizzico del pianterreno. È tutta gente che mi pare di conoscere per nome e cognome anche se non ho mai visto. Nessuno parla. Mangiano svogliatamente, guardando verso l'alto.

Anche Lena sta guardando. Secondo blocco, credo. Claudio prende con forza la testa di Fabrizia e le ficca la lingua in gola. Fabrizia cerca di alzarsi dal divano, ma lui l'afferra per la manica e la tiene giú, tra sé e Riccardo. Renzo non si vede. Ettore è stato eliminato. Lena beve un sorso di Coca, si accende una sigaretta, non mi dice mi vergogno di te, non mi dice come puoi accettare tutto ciò, come puoi tu, mio marito, esserne il diretto responsabile. È troppo intelligente, mi vuole troppo bene. Fugge il mio sguardo perché non le veda queste frasi stampate negli occhi. Dà un tiro profondo all'Ms e si volta di scatto verso il vetro, lasciando alla radioattività dei pensieri il compito di uccidermi lentamente.

Guardo anch'io nel vuoto sottostante. Fari gialli nelle tre corsie verso Venezia, luci rosse nelle altre tre verso Milano. Compaiono e scompaiono nella pancia del ponte a un ritmo costante di tre al secondo. Mi avvicino al vetro fino a sentirne il freddo sul naso. Pieno stile Fiona. È come se le macchine attraversassero il mio corpo. Non resisto alla tentazione di fare il calcolo: nei trenta minuti del montato di oggi – quattro blocchi da sei, piú sei di pubblicità – qua sotto passeranno 5400 macchine. Dove cazzo va tutta questa gente invece di guardarci?, direbbe Diesel.

Terzo blocco. I ragazzi scherzano dopo mangiato. «Adesso ci pensi tu a farlo digerire», dice Claudio ridendo. «Macché», dice Fabrizia. Anche Renzo ride – cattura il panico prima che affiori sulla faccia e tiene la bocca come se ridesse. Claudio si alza dalla sedia e si avventa su Fabrizia. «Dài, dammi una mano», dice a Riccardo. Insieme la prendono per i polsi. «In ginocchio», dice Claudio ridendo. Anche Fabrizia si sforza di ridere. Accenna a divincolarsi ma rinuncia quasi subito. Si lascia mettere in ginocchio davanti alla carrozzella di Renzo. Claudio e Riccardo ridono all'unisono. Renzo è troppo impegnato a catturare il panico per riuscire a dire anche una sola parola. Sorride sperduto, cerca di ignorare la testa riccioluta di Fabrizia che si divincola dicendo «Dài, lasciatemi». Ma i due ragazzi l'afferrano per i capelli della nuca, divaricano i femori di Renzo e premono la faccia di lei sui pantaloni della tuta di lui. Premono con forza, ritmicamente, come se le pompassero la testa. «Bevilo bevilo bevilooo, bevilo bevilo bevilooo», canta Claudio. Riccardo si aggiunge al canto. Renzo scoppia in un tentativo di risata.

Cerco lo sguardo di mia moglie, della mia compagna di classe. Resto a fissarle la guancia, aspettando che ceda, che decida di affrontarmi. Da una testa che ha saputo partorire una bambina può uscire di tutto e io aspetto, le scaldo la guancia con gli occhi, gliela fondo se non si muove a parlarmi.

– Che hai? – mi dice finalmente, con tutte le frasi di prima stampate in un modo che rende davvero superflua la voce.

– Che ho io? Che hai tu piuttosto? – dico, deprivato improvvisamente di qualsiasi convinzione.

– E cosa dovrei avere? – mi dice Lena, con gli occhi che non scappano piú, che stringono e allargano le pupille in una specie di cortocircuito nervoso, occhi parlanti dietro lenti da miope.

– Mah, non so, – dico io, contro ogni evidenza. Sento proprio l'inerzia colare dentro il collo, dentro le braccia, dentro il tronco, riprendere possesso dell'albero morto che sono.

– Sono solo stanca. Domani ho lezione al mattino e i dottorandi al pomeriggio, ecco cos'ho, – mi dice, riabbassando gli occhi, soffocando la cicca nel posacenere. – Dài, prendiamo la bambina e andiamo.

Passiamo accanto a tre camionisti in procinto di scendere al bar per il caffè corretto finale. Penso a tutte le volte che hanno tentato di ammazzarmi – sbandate, sorpassi, colpi di sonno –, al fatto che adesso potrebbero aiutarmi. A vederli cosí, giú dalle loro torri, nei loro maglioni di pile, non sembrano neanche degli assassini. Stanno piegando le ricevute, già in piedi, ma continuano a guardare in alto.

Quarto blocco. Colazione apparecchiata tra i resti della cena. Claudio non c'è, dev'essere ancora a letto. «Mi passi il succo?» chiede Renzo, con un filo di voce, a Fabrizia. La ragazza è lí accanto, ma fa finta di non sentire. «Passaglielo, troia!» dice Riccardo, dall'altro capo del tavolo. Il bip è calibrato per censurare troia solo in parte, ovviamente. Lei prende il succo d'arancia e glielo passa. I camionisti s'incamminano verso le scale in silenzio, svogliatamente come hanno mangiato.

Dopo la toilette – è molto positivo che Fiona faccia pipí e pupú nel water, dice la maestra Tatiana – li ritroviamo fuori. Cosmonauti solitari, taciturni, stretti insieme sulla stessa piattaforma spaziale prima che le navicelle li riportino in viaggio. Hanno quasi finito di scontare il weekend. Il piú vecchio fa una boccaccia alla bambina. Io e Lena lo ricambiamo con un sorriso. Fiona non può accorgersi di nulla, è troppo attenta a dove sua madre sta tirando il serpente. Lena apre il bagagliaio e mette la borsetta sopra il frigo da picnic. L'unica cosa a parlare, quando ci richiudiamo in macchina, è il gelo siderale della strada.

Mentre rientro dagli uffici dell'amministrazione, penso alla ricognizione di stamattina. Anche adesso – esattamente come ho fatto durante l'incontro, i convenevoli, la firma – riconsidero la perfetta armonia dell'Esselunga di Milano 2. Superati i negozi dell'Olgettina, seguendo la curva naturale della strada per circa un chilometro oltre l'asilo Crescere Giocando, ecco l'enorme pagoda del supermercato imporsi sul boschetto di aceri giapponesi che l'abbraccia. Sono proprio contento della scelta, un altro posto non sarebbe stato lo stesso. Lí è casa mia. Il distributore di bevande fredde, la macchina per fototessera, lo sportello per la prenotazione dei piatti gastronomici, i container per il recupero delle vaschette di frutta e verdura, la rivisteria, il servizio tax free, la pulizia dei carrelli, degli interstizi delle porte scorrevoli, delle lenti delle telecamere, il sistema misto di luce naturale e artificiale per una spazialità senza ombre, netta, euclidea. Ripenso alla fortuna che ho avuto: poteva esserci il servizio di vigilanza, il parcheggio sotterraneo. Invece niente, il supermercato ideale proprio a due passi. Assaporo la sensazione di varcare la soglia del posto piú tranquillo di un quartiere dove il pericolo maggiore è l'altezza dei dissuasori. Assaporo l'ingresso con Fiona al mio fianco, le facce della gente. Devo guardarmi nello specchietto per convincermi di non averlo già vissuto.

Il sole malato di gennaio sembra voler spaccare il parabrezza, picchia dal punto piú alto della parabola con la cattiveria di un moribondo. Parasole e occhiali scuri riducono di pochissimo l'accecamento. In coda procediamo tutti con la cautela di chi sa di non poter evitare un incidente e si rassegna alla prospettiva di farne uno a bassa velocità. Sull'altra carreggiata le macchine sfrecciano verso Brugherio e il raccordo nord dell'autostrada. Passo lo Studios Hotel. Sulle scale antincendio c'è il carrello con gli asciugamani e la roba delle inservienti. Un tizio sta mettendo una sacca porta-abiti nel bagagliaio di una Mercedes. Un altro – un attrezzista? un attore? un tecnico straniero? – prima di partire stacca il permesso di parcheggio dallo specchietto retrovisore e lo mette sul sedile.

Sul mio, di sedile, c'è la busta con la copia del contratto. «Hanno paura che gli scappi, vogliono chiudere subito, – mi ha detto l'agente, – possiamo giocarcela bene». Altre due edizioni di Habitat, condizioni di autonomia inalterate. Seicentomila euro (600 000) all'anno, il doppio di adesso, più l'appartamento alla Residenza Sagittario. Per i ragazzi nessuna conferma. «Squadra che vince non si cambia», ho detto io. «Ti daremo il meglio», mi hanno detto loro. Fine del discorso.

Mentre mi chiedo se i miei samurai faranno in tempo a scoprirlo prima che io liberi Fiona tra gli scaffali euclidei del nostro supermercato, una cosa cattura improvvisamente la mia attenzione. Sul bordo strada opposto al mio, avanza una figura umana. Una specie di eremita, un anacoreta esicasta, penso, intanto che la mia coda procede e la figura dall'altra parte si avvicina a fatica, incespicando sul terreno sconnesso, scavalcando il guardrail dove il passaggio è troppo stretto, offrendo la schiena alle auto che la sfiorano. Nessuno cammina lungo corso Europa, meno che mai in questo tratto, dove anche gli ultimi stabilimenti hanno ceduto il passo ai rovi e alle immondizie. Una volta ho visto avventurarcisi un paio di africani, un'altra volta un cane lupo, poi basta. Lotto col riflesso per capirci qualcosa. Sarà rimasta a secco, cercherà un distribu-

tore. Non mi sembra che abbia niente in mano. È un uomo o una donna? Una figura, una figura umana. Procede
molto lentamente, vestita d'ombra, ancora nera, indeci-
frabile, scontornata nel chiarore del sole. Altri secondi, altri schizzi di luce metallica verso nord, altri metri – venticinque? cinquanta? il tachimetro dice 30 km/h – ed ecco che la figura slitta dal parabrezza all'angolo del
finestrino e il volto disorientato di Maura salta fuori dal-
l'ombra con una violenza tale da stordirmi. Lei? È davvero lei? Mi aggrappo al volante con entrambe le mani.
Nelle orecchie, il rombo fosco del sangue, lo scarico dei
cessi degli aerei – è come se Maura me lo avesse aperto sotto i piedi – mi sento risucchiare fuori dal corpo. Non c'è
piú nessuno dentro queste mani. Che ci fa qui, Maura?
Che ci fai qui? Dovrei abbassare il finestrino e urlarglie-
lo col fiato che mi resta. È ancora piú vecchia di quando
è apparsa al Pam. Ha i capelli opachi, raccolti sulla nuca,
un giaccone sportivo. Cammina tentennando, con le braccia lievemente staccate dal corpo per restare in equilibrio
sulla saldatura dell'asfalto con la terra. Negli occhi, lo stadio che succede allo smarrimento, la condizione di chi pensa solo a non mettere i piedi in fallo senza piú chiedersi
dov'è. Le labbra sono ancora quelle di una naufraga, ma
lo stadio è ben oltre il naufragio, è già febbrile alienazio-
ne, è già follia. Maura mi ha superato di non piú di un centinaio di metri quando riesco ad accostare. Tento un'in-
versione, ma è impossibile. Di qua, solo gente incattivita
dal riflesso del sole. Di là, carrozzerie scintillanti attirate
a piú di cento all'ora nello stesso flusso magnetico. Scendo. Attraverso la mia corsia senza avere la minima idea di
ciò che farò. La chiamerò? La rincorrerò senza dire niente fino a che non l'avrò raggiunta? E dopo? Io la conosco,
lei è quella che ha abbandonato mia figlia, è stata ad aspet-
tarci un sacco di volte davanti all'asilo, ci ha seguiti, mi
ha seguito, sa chi sono, cosa credeva di fare con quel serpente? Cos'è venuta a fare qui? Comincerò cosí? Come

devo cominciare a parlare con Maura? Sono ancora bloccato in mezzo alla carreggiata quando vedo un taxi fermarsi accanto alla dea dei platani. Lei si scosta d'istinto.
Si apre una portiera, ma lei continua – il piede sinistro sul-
l'unghia di asfalto, il destro sulla zolla – e il taxi procede
al suo fianco con la portiera aperta. Lei dice qualcosa, risponde a chi le sta parlando dall'interno della macchina,
senza però smettere di camminare. Parla e vacilla, parla e
muove passi da astronauta nell'erba marcia della strada. Il
taxi si ferma. Esce un tizio con la testa rasata, i pantaloni
di una tuta da jogging, un pellicciotto da Cheyenne. Corvo Rosso, penso. Iggy Pop. Potrei gettarmi nel flusso che
scorre potente verso nord, potrei lasciarmi travolgere. Invece aspetto un varco, alterno un'occhiata alle macchine
e un'occhiata al retro del taxi coi lampeggianti accesi, non
ho nemmeno il coraggio di farmi investire. Che cos'hai da
perdere, imbecille. Eppure c'è una forza che resiste nelle
viscere, nei liquidi della pancia, per preservarmi in vita
contro la mia volontà. Non mi sono mai sentito cosí umi-
liato da me stesso. I due si parlano, poi lui la prende per
un braccio e la tira dentro il taxi.
  – Albertooo! – urlo. – Albertooo! – buttando fuori una
voce che stento a riconoscere, stracciata dal furore, dai rumori della strada.
  Maura dovrebbe essere a Trieste, a quattrocentoventi
chilometri da qui. Il professore hippy dovrebbe essere a
Berkeley, a diecimila chilometri da qui. Risalgo in macchina, cerco nei numeri un po' di controllo. Il sole mi fa
venir da vomitare. Quando trovo la piazzola di un deposito edile sull'altro lato, decido di girare e tornare indietro. Non riesco a trattenere i conati. Scendo e mi sposto
sulla fiancata protetta dell'Audi. Il sangue spinge nei ca-
pillari degli occhi. Dopo mi sento subito meglio. Guardo
la colonna dei ripetitori del network torreggiare all'orizzonte nella sua forma di maglio. Guardo la betoniera rossa lasciata fuori dal cancello del deposito, in mezzo alla piaz-

zola. Guardo la Passat grigia parcheggiata accanto alla betoniera. Una Passat. Una Passat grigia station wagon. Mi avvicino immaginando di essere un altro, uno che si è fermato a vomitare a causa di una semplice indigestione, uno che non sa di chi sia quella macchina. Sul sedile posteriore ci sono due seggiolini anatomici. I figli *avuti*, penso. Sul sedile accanto alla guida c'è la fotocopia formato A3 della pagina doppia di Tuttocittà comprendente Milano 2 e Cologno Monzese.

L'isolato dell'asilo Crescere Giocando è coperto da un bel cerchietto rosso.

Gli studi di via Lumière, quelli di corso Europa, le redazioni dell'Olgetta e, infine, gli uffici della Residenza Orione – verso cui, alle 12,28, Top Banana sarebbe proprio tenuto a dirigersi – sono invece contrassegnati da inequivocabili punti di domanda.

Martedí, 89ª giornata di Habitat

A momenti Kenka non riusciva neanche a salutarmi. Lo shock di vedermi seduto sul divano alle cinque del pomeriggio era troppo grande per tentare di mascherarlo. Le ho detto che non stavo bene, che per i prossimi due giorni sarei rimasto a casa, che avrei badato io alla bambina, cosí lei poteva prendersi un po' di riposo. La tv era già pronta sul canale dei cartoni. Fiona si è seduta sul tappeto, dandomi la schiena. Kenka le ha sfilato il cappottino ed è andata nello studio a farsi dire le stesse cose da Lena. Uscendo ha fatto pat pat sui capelli di Fiona. – Auguri, – è riuscita a dirmi, con le sue lunghe vocali serbe.

– Influenza intestinale, – ho detto, quando, tre ore prima di Kenka e Fiona, è rincasata Lena.

– Cazzo, rischi di passarcela a tutti, – mi ha risposto lei. – Ho una settimana infernale, sarebbe un disastro. Mi raccomando, stacci lontano, pulisci bene il water. Di là c'è un tè cambogiano che è la fine del mondo, fattene una pignatta, – e si è spostata cosí com'era, col suo montgomery, la sciarpa, la faccia itterica, direttamente nello studio.

– Indigestione, – dico adesso a Diesel, pensandomi come quel tizio che ha vomitato accanto a una comunissima Passat grigia, quello che al posto mio l'avrebbe ignorata.

– Top Banana, non è il momento di ammalarsi, – mi dice lei. – L'Unione donne italiane ha scritto al Presidente della Repubblica. I giornali ci stanno addosso. *L'orgia anomala*, ha titolato «La Stampa».

– Gli share sono sempre alti, – dico.

– Sí, ma questi ci vogliono friggere sulla sedia elettrica, ci vogliono sparare su Marte, ci vogliono gettare in pasto agli squali.

– Siamo noi gli squali.

– Hahaha, che ridere. Comunque non puoi mollarci adesso. Il capitano abbandona la nave per ultimo, ricordati.

Fiona sta guardando Mucca e Pollo. Il fumo di Lena passa oltre le fessure della porta, non c'è bisogno di vederlo. Alla finestra, le fronde piú alte degli aceri imbruniscono nel cielo della Residenza Sagittario.

– Dammi le previsioni per venerdí. Li avete torchiati, no? – dico, cercando di sedare i nervi della mia luogotenente con le cose da fare. Il talismano del lavoro, l'ergoterapia.

– Sí, certo, li abbiamo torchiati. Se n'è occupata la dottoressa Rosita, la slava trombante, la tua preferita.

– Slava trombante è una tautologia, – dico, pensando all'eleganza fuori moda del cappotto di Kenka, alla sua casta figura, pensando che non è vero.

– Cazzo, hai ragione, slava trombante è una tautologia. Certo che sei in forma oggi, Top Banana. Ti fa sempre questo effetto l'indigestione?

Il tè cambogiano ha una colorazione che sfuma dal cremisi al blu cobalto, sembra un long drink anni Ottanta. Negli anni Ottanta io e Lena occupavamo il liceo, ascoltavamo i Talking Heads, non bevevamo long drink. Lena non sa del contratto. Un anno di Habitat equivale a circa quindici anni di imperatori bizantini, senza contare l'appartamento. Neanche Diesel sa del contratto. *Nessuno sa niente di niente.* Maura mi sta cercando. Prendo un sorso di tè e poi ripeto:

– Dammi le previsioni.

– Okay, allora, tieni presente che la situazione è in continua evoluzione. Comunque, Claudio dice che voterà Renzo e Riccardo, che non ha niente contro di loro ma li sce-

glie per esclusione, visto che Fabrizia negli ultimi giorni si
è rivelata troppo preziosa per tutti, hehee.

Fiona si è avvicinata a meno di un metro dalla tv. Mucca e Pollo sono a tavola con i loro genitori. Mucca è appena stata in gita premio dalle sue simili. Non pensava che le mucche stessero tutto il tempo con il muso nel prato senza dirsi una parola. È tornata a casa molto contenta di avere Pollo come fratellino.

– Fabrizia dice che se potesse li voterebbe tutti, – continua Diesel. – Comunque voterà Riccardo e Renzo. Sostiene che entrambi l'hanno delusa ancora piú di Claudio, della cui bastardaggine non aveva mai dubitato. E veniamo a Riccardo. Lui dice che voterà Fabrizia e Renzo, per una semplice questione di coerenza: lo hanno tradito, sono la causa del casino che si è scatenato dopo. Infine, Renzo. A lui si poteva anche non chiederglielo. Ovviamente voterà Riccardo e Claudio.

– 3 Renzo e 3 Riccardo, – dico.

– Cazzo, Top Banana, resto sempre impressionata. Ma ti hanno fatto mangiare una calcolatrice da piccolo?

– So fare di meglio, – dico, pensando all'indigestione, all'infezione, a quanto sciatte sono diventate le mie bugie.

– Lo so, lo so. Senti, che ti hanno detto i grandi capi stamattina? – mi chiede Diesel e io la vedo stringere i denti, aspettare con entrambe le mani aggrappate alla cornetta.

– Niente, solo cose buone. Di lavorare tranquilli, che siamo l'avanguardia del network, la testa di ponte verso il futuro, che il pubblico ci capisce meglio della critica, cose buone, – ripeto, prendendo un altro sorso di tè per non tradire l'esitazione.

– Sarà, ma intanto qua dovremo cominciare a girare mascherati. Hai visto anche tu come ti hanno raso al suolo su «Avvenimenti»?

Su «Avvenimenti» non hanno raso al suolo me, hanno raso al suolo uno che parlava al posto mio. Hanno raso al suolo i quattro muri tirati su in fretta dal mio peggior ne-

mico. Diverso, uguale, non c'è differenza, dice Lentini. È
la prima volta che non avverto mia madre di una mia intervista.

– Pensa a lavorare, pensa a tenere in gioco Renzo, – le
dico.

– Renzo è in una botte di ferro. La gente non butterà
mai fuori un paraplegico bastonato a morte. Uscirà Riccardo, garantito. Piuttosto, fino a venerdí si prospettano
giorni di superlavoro per Fabrizia. Non so se hai visto cosa le hanno fatto fare prima.

– Sto guardando i cartoni animati con mia figlia, – dico, osservando la testona, le pieghe del collo, la minuscola schiena di Fiona.

– Già, l'esperto mondiale in quality time, come ho potuto dimenticarlo? Be', le hanno fatto tagliare le unghie
di Renzo, le unghie dei piedi, capisci? Poi se la sono in-
groppata nella doccia, prima Claudio, dopo Riccardo. Pensavamo di mettere solo una ventina di frame, da fuori cabina, classico vedo-non-vedo. Integrale invece la scena delle unghie, che dici?

– Bene. Perfetto. Ci aggiorniamo stasera.

– Okay, Top Banana, tu curati bene il pancino. Fron-
teggeremo noi il peggio. Qui è in arrivo una marea di orge anomale. Toccherà ripararsi, aprire gli ombrelli, non so,
vedremo. Passo e chiudo.

Fiona è sparita nella sua cameretta. La sento ripetere i
suoi nghanaao harrshnghanaao, piccoli frammenti di un
rito vudú appreso dalla mamma naturale, o dalla suora dei
tranquillanti, e poi smarritosi nella pasta ancora acerba
della memoria neonatale. Chissà cosa sono questi suoni,
cosa dicono. Chissà cosa pensa di me, Fiona. Cosa farebbe di me, se potesse. Cambio canale e comincio un giro di
zapping. Pubblicità, una vecchia sit-com, sci di fondo, So-
laris, un orso bianco con il collare ricetrasmittente, un cuoco, un lager nazista, una cantante nera, pubblicità, una
rock band, uno che mangia teste di Barbie, una recita di

Van Polpetten, pubblicità, Claudio che parla a Renzo, un
banchetto di leoni, la Haka degli All Blacks, pubblicità,
Pokémon, un'intervista a un prete, uno scheletro d'uomo
che corre. Mi fermo un attimo, ripulisco l'immagine dai
detriti del flusso rimasti nel cervello per semplice sovrap-
posizione inerziale. Focalizzo: *uno scheletro d'uomo che
corre*. Penso di essere di nuovo sul canale del lager nazista, ma no, queste non sono immagini di repertorio. Si tratta di un bianco e nero artistico. Il canale è ArtWorks, inglese. La voce fuori campo parla di un performer italiano.
L'action si è svolta alla Swallow Gallery di Londra. Il titolo è *Marathon*. «Un piede davanti all'altro, velocemente. Long distance runner. Corsa lunga. Corsa lunga per
mestiere». Penso alle parole di Lentini, a Maura, al suo
marito viaggiatore. L'uomo è inquadrato di profilo, corre
su un tapis-roulant. Il sudore gli gocciola dal mento. È attaccato a una decina di rilevatori, i cui display fanno da
sfondo alla performance. Pressione sanguigna, frequenza
cardiaca, consumo calorico, temperatura corporea, effi-
cienza polmonare, glicemia. Misuratori formicolanti di de-
cimali sul nero della scena. Oltre alla mascherina e alle ven-
tose dei sensori, l'uomo indossa solo scarpe e sospensorio.
La nudità della sua corsa teatralizza una sofferenza pressoché inguardabile: le costole lucide, curvate dentro il cuore, la testa di femore che spinge sottopelle, il gluteo pro-
sciugato. Penso alla paradossale somiglianza tra le sue gambe e quelle di Renzo. Sembra di vedere un paraplegico
miracolato. La voce fuori campo parla di progetto pilota
per l'apocalisse, parla di *umiliazione delle stelle*. Non dice
mai il nome dell'artista, come se sapesse che so di chi si
tratta.

   Spengo. È ora che finga di andare in bagno. Il tè cambogiano non può avermi guarito cosí presto, Lena non è
stupida. Tirare l'acqua, aprire la finestra, pulire bene il
water. Quell'uomo sopravvissuto a nessuno sterminio,
quell'uomo non famoso, mai sentito, eppure a me noto,

quell'uomo dalla corsa scandalosa è colui dal quale Maura
sarebbe dovuta tornare e non è tornata. Scaccio qualsiasi
idea venga a disturbare la decisione presa. Ormai è troppo tardi, per ogni cosa. Tavolette congelanti, penso con
sollievo. Cantina. Frigo da picnic. E riacquisendo un minimo di controllo sulle mie facoltà, scendo a controllare la
temperatura del giubbetto di Fiona.

– È stata una furia!

– Gianna, si calmi. Che significa è stata una furia?

– Significa che mi si è avventata addosso, porca puttana! Ecco cosa significa!

– Prenda fiato. E si spieghi. Giusto l'altroieri mi ha detto che la situazione era rientrata.

– Infatti. Avevo deciso di smettere di starle dietro.

– Lei non doveva starle dietro, lei non è un investigatore. Doveva assicurarsi che Maura fosse rientrata.

– Senta professore, ne abbiamo già parlato. Questa cosa riguarda me almeno quanto lei! Qua ci va di mezzo la mia vita! Io rischio di essere radiata, ha capito sí o no?! La smetta di dirmi cosa devo fare!

– Okay, okay, si calmi, vada avanti.

– Eh sí, vada avanti... è una parola. Insomma avevo deciso di smettere. Mi sono detta vai ancora un paio di giorni, poi vedi. Sa, non è facile alzarsi tutte le mattine alle tre e mezza. Fino a ieri, tutto a posto.

– Oggi invece?

– Oggi invece mi ha beccata. È scesa e mi ha vista, dietro le macchine, dall'altra parte della strada. Non pensavo scendesse, pensavo fosse tutto finito, e zac, questa mi piomba in strada. Forse ero troppo rilassata. Mi ha colto di sorpresa. «Che ci fai qui?!» L'ho guardata, non sapevo cosa dire. Aveva due occhi... «Che ci fai qui, eh?!» mi ha sibilato in faccia e poi mi è saltata addosso. Siamo finite su una macchina, guardi... una cosa tremenda!

– Si calmi, Gianna, la smetta di piangere. Vada avanti.

– Mi ha preso per i capelli, poi con una mano sul collo, guardi... «Maura, no, ti prego», le ho detto e ho cominciato a piangere. Avevo paura che mi uccidesse.

– Vi ha viste qualcuno?

– Erano le quattro del mattino.

– In casa?

– Eh, in casa non lo so. Avevo altro a cui pensare. Quella mi ammazzava!

– Okay, vada avanti.

– Quando ho cominciato a piangere, si è messa a piangere anche lei. Mi ha stretto, ma questa volta per abbracciarmi. Piangeva, «Devo andare» diceva, senza riuscire a fermarsi. Io la tenevo stretta, ma lei non reagiva. «Resisti», le ho detto. «Non posso». «Resisti». «Non posso». Siamo andate avanti cosí per un po'. Non sapevamo dire altro. Quando si è staccata era uno zombie, non riusciva neanche a reggersi in piedi. Ero tentata di chiamare la polizia, ma cosa potevo dire? C'è una che vuole andare a Milano e non deve?

– Non l'ha chiamata, no?

– No, professore, glielo sto dicendo, non l'ho chiamata.

– Okay, okay, vada avanti.

– Non riusciva a parlare, farfugliava. A un certo punto ha detto: «Sento che la bambina è in pericolo». «Fiona sta bene», le ho risposto io. «Devo andare. Ho visto gli occhi di quell'uomo. Devo andare, lo sento», guardava per terra, parlava a se stessa. Ho immaginato che si riferisse al padre, «È gente per bene», ho detto. «Sí, sí, è gente per bene, me l'ha detto anche Alberto», mi ha risposto lei, non proprio sprezzante, semplicemente sfiduciata, delusa. Ma lei, professore, che cosa le ha raccontato?

– Niente di particolare. Le ho detto che la madre è una mia collega. Che il padre è uno che lavora per la televisione. Che non deve avvicinarli per nessuna ragione. Aveva capito. Le ultime volte abbiamo anche scherzato. Sem-

brava tranquilla. Le ho raccontato di una sbornia che mi
son preso col padre, di un'altra volta in cui mi sono fatto
intervistare al posto suo. Le ho detto che ci si chiacchiera
volentieri, che ogni tanto ha delle uscite stravaganti, tipo
quel giorno che mi ha dichiarato di essere Minemaker.
    – Minemaker?
    – Sí, Minemaker.
    – È in viaggio, professore. Sta arrivando.

Mercoledí, 90ª giornata di Habitat

Quando sono entrato, Lena non ha mosso un muscolo. Mi ha visto, ovviamente. Siamo in un'aula di una cinquantina di posti, la porta è a qualche metro da lei, il pubblico è composto da dodici studenti, dodici teste di ogni foggia e colore in mezzo alle quali la mia di adulto si noterebbe anche da un elicottero. È vero che indossa gli occhiali da presbite – la cordicella, i naselli appoggiati sulla punta, la marchiatura senile del suo faccino orientale – ma Lena non è cosí cieca, deve avermi visto entrare per forza. Eppure è rimasta concentrata, non ha perso il filo, la lezione procede nel tono sicuro, forse appena routinario, della propedeutica del primo anno. Lena, mia moglie. Lena la secchiona.

– Nutrirsi esclusivamente di erbe selvatiche, vivere sugli alberi, avvilupparsi con pesanti catene, rintanarsi in una grotta, trascorrere gran parte della propria esistenza in cima a una colonna alta decine di metri: nell'epoca protobizantina fioriscono le piú improbabili forme di ascetismo e automortificazione psicofisica. È in questo periodo, è nell'anacoresi del terzo, quarto secolo, che prende origine l'esicasmo. E non bisogna mai dimenticare che il monachesimo bizantino è, proprio come i padri del deserto egiziani, un fenomeno esclusivamente laico.

Sono le 9,25. «Porto io Fiona all'asilo», le ho detto, due ore fa. «Sei già guarito? Bene», mi ha risposto lei, accendendosi la prima Ms. Lena, la Pizia viet, la sacerdotessa laica. Valla a salutare, avrei voluto dirle. Valle a fare una carezza, è l'ultima volta che la vedi. Avrei voluto, ma non ci sono riuscito. Quando si è chiusa la porta alle spalle, sono rimasto a camminare in soggiorno, a mordermi le labbra, a maledirmi per non aver trovato una scusa che la spingesse di là, a svegliare la bambina al posto mio. Ho vomitato il caffè. Me ne sono fatto un altro. Poi ho chiamato un taxi e ho deciso di raggiungerla all'università. Quando sono uscito, Fiona dormiva ancora.

– Stiamo parlando di una comunione con Dio mediante il raggiungimento di uno stato di quiete. *Esykia*, pace. *Esykazein*, stare in pace. Disciplinare i sensi e le passioni per percepire Dio. Percepire *mentalmente*, s'intende.

Non ha ancora mai dato un'occhiata agli appunti. Parla guardando in faccia i ragazzi, distribuendo abilmente il contatto visivo in modo da sollecitare l'attenzione di tutti. Arpeggia l'aria con le sue bellissime mani. Tiene una biro tra l'indice e il medio per resistere all'astinenza del fumo. L'unico a essere ignorato dal suo sguardo sono io. Gli occhi staccano dalla biondina alla mia sinistra e riprendono a dialogare dal ragazzo alla mia destra. Staccano e attaccano, escludendomi puntualmente. Lena, la professoressa bambina. Gli stessi giri di frase, puliti, senza sbavature, le stesse pause, la stessa voce spianata che aveva quando la interrogavano.

– Dev'esserci chiaro, *molto* chiaro, che per l'esicasmo l'esperienza di Dio non può passare attraverso i sensi. L'homo byzantinus percepisce se stesso come una cittadella con tanto di cinta muraria, dove gli unici punti vulnerabili sono proprio le porte, i cinque sensi.

Penso alla cinta muraria di Fiona. Una bella pietra piatta sull'apertura del pozzo, questo sono venuto a dirti, Lena. Nessuno disturberà piú quella bambina, figlia di troppa gente. Nessuno spererà piú. Ci riposeremo tutti.

– Sarà Evangrio, alla fine del quarto secolo, a correggere la dottrina della preghiera: oltre a liberarsi dal peso delle passioni, l'asceta deve liberarsi dal peso dei pensieri. Pensare distrae da Dio. Concetto che permetterà a Macario l'Egiziano di trasformare la preghiera dell'intelletto in *preghiera del cuore*. Ovviamente dobbiamo tener presente che qui la parola cuore si riferisce alla personalità interiore, non solo all'aspetto emozionale dell'uomo. Pregare col cuore significa coniugare in un unico esercizio la preghiera mentale, silenziosa, con un ritmo regolare del respiro. Cuore. Respiro. Silenzio.

Penso al cuore di Fiona. Dovrei prepararmi due stracci di frase, ma Lena continua a parlarmi di noi. Lei non lo sa – guarda tutti fuorché me – eppure non smette di parlarmi. Vedo il nocciolo bluastro, il velo opaco del ghiaccio. Vedo l'esplosione, la preghiera per nessun *germe del bene*, la preghiera che ascolta se stessa, che si respira, che articola il silenzio, la preghiera per la preghiera, libera dalle passioni, libera dai pensieri, la preghiera del cuore senza cuore. Vedo le coperte del 118 che entrano in questo vuoto perfetto e provano a scaldarlo.

– È cosí che l'esicasmo è arrivato fino al quattordicesimo secolo facendosi beffe dell'intero patrimonio della filosofia greca, cosa credevate? Bene, fermiamoci qua. Domani abbiamo la relazione sul Meyendorff, no? – Una ragazza coi capelli verdi annuisce in prima fila. – Bene. A domani.

Lascio sfilare gli studenti ed esco per ultimo. Lena mi aspetta appoggiata su un termosifone in corridoio. Sta inspirando le prime boccate di fumo dopo un'apnea di quarantacinque minuti. Adesso i suoi occhi mi attirano verso di lei con tutta la forza e il fastidio della preoccupazione trattenuta cosí a lungo. Lo scamiciato da setta religiosa, il maglione vecchio con le maniche rimboccate, la mano sinistra sotto il gomito destro, la mano destra a far volare la sigaretta – c'è mia moglie su quel termosifone. Le tempie mi pulsano come quando deponevo la mina sullo scaffale, non lasciano che una sola frase si formi, la stroncano sul nascere col loro maledetto rumore. Sta succedendo tutto realmente, mi dico.

– Cos'è 'sta sorpresa? E la piccola? – mi chiede Lena.

– Ce l'ha Kenka, – dico, già completamente nella direzione sbagliata.

Dalla finestra dietro il termosifone si vede l'angolo che dà verso piazza Santo Stefano. Oggi il ragazzo cinese non c'è. Forse è troppo presto per il punching-ball umano. Forse ha cambiato mestiere.

– Ooh, guardami. Che c'è? – continua lei, col fumo che le cammina sull'orecchio. Nel rumore del sangue che batte riesco a percepire un suono residuo. Potrebbe essere salvami, potrebbe essere aiuto. Non avrei mai creduto di sentirlo ancora. Devo appoggiare una spalla al muro per non cadere. L'angolazione dello sguardo è cambiata. Sembra che tubiamo.

– Su, Sandro, si può sapere che cazzo hai?

– Mi hanno rinnovato il contratto, – dico io. Mi hanno rinnovato il contratto, questo mi sento dire nel frastuono delle tempie.

– Ah, bene, – dice lei, cercando la forza per sorridermi. – E sei venuto fino qua per dirmelo? Cioè, voglio dire, sono contenta, per carità, ma...

– Ci daranno un sacco di soldi, – dico, con la mia voce che si arrangia con quello che trova, abbandonata a se stessa.

– Un sacco di soldi, bene, – dice lei, con gli occhi che sfuggono di nuovo, come l'ultima volta che hanno rischiato di far danni, sul ponte dell'autogrill. – Be', dovremo festeggiare, – e col dorso delle dita riesce a sfiorarmi la guancia. Chiunque vedrebbe il dolore vetrificato in questo sorriso.

– Hai mai pensato che Fiona è uno dei tuoi monaci?

– Cosa?

– Sí, una piccola eretica esicasta.

– Non dire stronzate, adesso, – dice mia moglie Lena, e mi anticipa giú per le scale, massaggiandosi il naso sul segno degli occhiali.

Il lettino è vuoto. La stanza odora ancora di sonno, di coscienza a riposo, ma Fiona non c'è. Vado dritto nel ripostiglio e la trovo accucciata sotto la coperta di pile, come l'avevo messa qualche sera fa. Ha la bocca e il mento sporchi di ruggine. Sono le 10,32. Tra poco sarà tutto finito. Vorrei dirlo a qualcuno. Con Lena non ce l'ho fatta. Potrei telefonare a mia madre. Immagino la sua piccola testa di roditore che mi ascolta, cerco di cancellarla concentrandomi sugli ultimi preparativi. Se resto sulle cose da sbrigare, anche il cervello smetterà di farmi scherzi. Colazione, pulizia, vestizione. Devo tenermi stretto alle cose, diventare sapone, diventare muesli, diventare giubbetto, e forse verrò lasciato in pace.

Strapazzo la banana, la mescolo al muesli. Fiona mangia di gusto, ha fame. Sono in ritardo di quasi tre ore rispetto al solito, ma lei non ha pianto, non mi ha battuto i pugnetti sulla coscia, non mi ha detto papà, muoviti, voglio la colazione, con quella fonetica perfetta che hanno i bambini del Crescere Giocando e lei stessa quando la sogno. Ha semplicemente aspettato nell'angolo delle scope che il giorno avesse inizio. O forse non ha nemmeno aspettato. Cosa aspetta una bambina che non vuole arrampicarsi fuori dal pozzo? Niente, che si stufino di cercarla. Non è vero, Fiona aspetta eccome. Ah sí? E cosa? Be', nessuno lo saprà mai.

In bagno comincio dal pigiamino. Lo allargo bene con entrambe le mani sul girocollo per non farle male alle orecchie. È sempre difficile tirarle fuori la testa. Fiona mi sguscia via e si arrampica sul water. Pipí. La prendo sotto le ascelle, la metto seduta sul bidè, la lavo, l'asciugo. La metto in piedi davanti al lavandino, le tolgo la ruggine dal viso. Sono manovre quotidiane a cui Fiona ha finito per sottomettersi. Passando la mano sul naso, sugli occhi, sulle pieghe del collo, cerco di trattenerne qualcosa nei polpastrelli, di portarmi dentro con le dita molecole della mia bambina. Fiona è orribilmente docile oggi. Potrei provare a baciarla, un bel graffione mi farebbe stare meglio.

Andiamo in camera. Quando tiro su le tapparelle, gli oggetti mi si scagliano addosso tutti in una volta. È come se la luce li avesse sganciati da invisibili catapulte. Il triciclo, Cane Fifone, le costruzioni a calamita, il bidone dei Lego, la chitarra con i tasti dei colori, la pianola con i versi degli animali, Bugs Bunny, due Teletubbies, le cocorite agganciate al soffitto, il tappeto con le lettere e i numeri. Giocattoli nati morti. Superfici colorate che disegnano lo spazio di Fiona, che ne anticipano l'assenza. Povere cose che si staccano dalle pareti per saltarmi alla gola. Il triciclo è stato il nostro primo regalo di compleanno. È sempre rimasto immobile nel suo angolo. Scaccio l'immagine di Lena che si siede lí vicino, domani. Non so proprio come difendermi.

Prima le mutandine, poi la maglietta. Di nuovo la fatica del testone che non entra. Con il maglione è piú facile, ci sono i bottoncini. Mentre lavoro sulla spalla, posso indugiare un po' per annusarle i capelli. Il profumo del gatto Fiona. Cerco i calzettoni rossi, coordinati alla maglia. Vado a prendere gli scarponcini nel ripostiglio e ne approfitto per infilarmi la mimetica. Quando torno, il gatto Fiona ha stanato il serpente. È un bruco gigante, ha detto Lentini. Diverso, uguale, non c'è differenza, avrei dovuto rispondergli. Resta sulle cose, mi dico. Tieniti stretto, diventa cappottino, diventa giubbetto. Eppure il desiderio di chiamare qualcuno non cessa. Devi dirlo adesso,

dopo non servirà a nulla. Una bella pietra sull'apertura del
pozzo, dillo adesso. Chiama tua madre, chiama il generale. Vado a liberare Fiona, diglielo. Dillo a qualcuno.

Dopo averle fatto indossare il cappottino da piccola
fiammiferaia e la bardatura sacra del giubbetto, dopo aver
provato l'accendino e alzato al massimo la fiamma, mi accorgo che sto scartabellando la rubrica di casa con la cornetta già incastrata nella spalla. I numeri di Lena, del generale, di mia madre ovviamente li conosco a memoria, ma
non è a loro che sto per telefonare, lo realizzo chiaramente solo nell'istante in cui dalle pagine esce un biglietto da
visita:

> Dr. Valeria Comelli, psychologist (PhD)
> Crescere Giocando, servizi per l'infanzia

Fiona è in piedi davanti a me, una figurina volante di
Chagall trattenuta a terra da una zavorra al plastico. Ha
smesso anche di strozzare il serpente. Mi sta guardando.
E io digito il numero dell'asilo. Ormai devo chiamare la
psicologa, non c'è niente che possa impedirmelo. Cara dottoressa, ieri avete visto Fiona per l'ultima volta, fine dei
test. È una frase che dovrei riuscire a pronunciare.

E improvvisamente tutto si complica.

Perché, nel momento in cui dico:

– Buongiorno vorrei parl… – la maestra all'altro capo,
credo la maestra Tatiana, non mi lascia neanche finire.

– È lui! È luuui! – grida fuori dal ricevitore. Solo questo, con tutto il fiato che ha: – È luuui!

La scossa si spara fin dentro le radici dei denti. È come se l'adrenalina si fosse messa a squillare, a darmi la sveglia, l'ultima sveglia possibile, in ogni piú piccola fibra nervosa. D'istinto guardo fuori dalla finestra. Un'Alfa, in seconda fila, ha il lampeggiante acceso sul tetto. Blu. Una
seconda scossa. Ci sono mille ragioni perché una pattuglia
della polizia si fermi sotto gli aceri della Residenza Sagittario. Certo, certo, e quali sono? Afferro la manina di Fio-

na e la trascino giú per le scale. Scendiamo nel garage. Odore di muffa, d'intonaco infiltrato. Saluta casa, Fiona. Impossibile prendere la macchina. Usciamo dal retro. Il portiere è andato a vedere cosa vogliono i poliziotti, si perde il nostro ultimo passaggio sul monitor, gli ultimi fotogrammi del film che gli abbiamo regalato.

Il cielo è sceso tra le case, bianco, tentacolare. Ci avvinghia subito nella sua aria fredda. Fiona non può starmi dietro, la prendo in braccio e mi metto a correre. Dopo un attimo di smarrimento, lascia cadere il serpente e comincia a divincolarsi, a spingersi via con le mani sul mio mento. Urla, tesoro! Grida!, vorrei dirle. Invece dico:

– Buona, stai buona, piccola, – sono comunque parole. Le sussurro ancora: – Stai buona, piccola. Buona, – non so da quanto tempo era che non parlavo a mia figlia. Parlatele sempre, prima o poi lo farà anche lei. Per evitare che mi graffi, la sposto dal petto e la sistemo sotto il braccio destro. Un attimo perso che riguadagnerò con un'andatura piú agevole, penso, cercando di ignorare la tizia che mi osserva ripartire di corsa con mia figlia piegata in due sull'avambraccio. Ed è cosí che passiamo le vetrine di Vodafone e Jean-Louis David, è cosí che attraversiamo le loro inquadrature: il padre che corre sbilenco con la sua negretta appoggiata sull'anca. Ma come si è conciato stamattina? E la bambina, cos'è la roba che ha addosso la bambina? Mi figuro i commessi dietro le vetrine, le sciampiste che ci hanno visto passare ogni giorno – persone che m'imbarazzano molto piú di quelle in strada.

Fiona si allunga tutta per toccare il menu di Sorbetteria Up. Ci si può affezionare a un cartellone plastificato? La vivacità di queste campiture colorate è collegata alla memoria tropicale di mia figlia in un modo che riesco a chiamare solo cosí: amore. Fiona ama il menu di Sorbetteria Up, e io rischio di atterrare una tizia con il trolley per farglielo salutare. Il ragazzo che esce dal negozio col bidoncino di gelato in mano ci schiva per un pelo. Mi volto

per vedere se siamo inseguiti, e lui è lí in mezzo al marciapiede che controlla di qua e di là se ci sono camere, troupe,
gente che gira qualcosa, qualsiasi cosa. Chi ha mai visto
un soldato in mimetica correre per Milano 2 con una bambina imbottita di esplosivo sotto braccio? Che produzione è?

I polmoni mi bruciano, il braccio comincia a indolen-
zirsi. Fiona non ha smesso un istante di divincolarsi, di
darmi calci nell'incavo del ginocchio, ed è troppo evidente che senza macchina non posso arrivare fino all'Esselunga. La meravigliosa pagoda del supermercato non sarà
il nostro tempio, non custodirà la *preghiera del cuore* di Fiona. I suoi nastri registreranno esseri umani intenti a far
provviste, il documentario di ogni mattina, nulla piú. Accettare questo pensiero mi sottrae anche le poche energie
rimaste. Prendo fiato un secondo. Faccio scendere il grosso gatto arrabbiato che mi ha devastato la gamba destra.
Dall'altra parte della strada, un tizio che telefona senza
mani ci sta indicando a quello che gli cammina a fianco.
Niente poliziotti, per il momento. Ritiro su Fiona, spo-
standola sull'anca sinistra, e cambio piano. Improvviso.

Staranno ancora dormendo i ragazzi di Habitat? Saranno tutti nella stessa stanza? «Qui è in arrivo una marea di orge anomale». Penso a Diesel. Starà lavorando per
tenere in gioco Renzo oppure si fiderà del suo intuito?
Penso al cellulare che trilla col suo nome sul visore, e trilla e trilla nel vuoto del mio bell'appartamento. Indugiare
su Habitat mi aiuta, mi fa sentire meno la fatica. Al bivio
con l'Olgetta ho abbandonato l'Olgettina e adesso sto ta-
gliando per l'interno, nel verde riposante delle collinette,
lungo il percorso ecologico dei ponticelli e dei cammina-
menti in ghiaino rosa. Non mi sono neanche accorto della
direzione che hanno preso le mie gambe. La mimetica mi
si è incollata alla schiena. Ormai ho rallentato parecchio,
alterno qualche passo di corsa a una marcia veloce, la piú
veloce che Fiona mi consenta. Ha smesso di darmi calci.

Ogni tanto prova a spostarsi le micce dal collo – stando a
testa in giú il bordo superiore del giubbetto le è salito a
metà nuca – ma perlopiú si lascia penzolare come il gatto
esausto che è. Corriamo da almeno cinque minuti. Fiona
sta impastando i suoi nghanaao harrshnghanaao in un mugugno ininterrotto, una specie di lamento di diaframma,
primordiale, da ultima glaciazione.

– Buona, piccola, stai buona, – non mi viene altro. – Buona piccola, – glielo ripeto quasi rispondendole con una ne-
nia tutta mia. Si potrebbe dire un dialogo, non fosse che
lei è già lontanissima, la vedo accucciarsi laggiú in fondo,
nel ripostiglio sotterraneo in cui si è rintanata. Mi chiedo
se lasciar cadere il serpente sia stato un gesto davvero involontario. Il serpente dev'essere ancora lí, in mezzo al
marciapiede, che guarda col suo unico occhio le caviglie
degli abitanti di Milano 2. Forse un poliziotto lo ha già
raccolto, forse tornerà dai bambini *avuti*. Chissà cosa pensa Fiona. Chissà se amava il serpente piú del menu plastificato, o piú del pony della Kodak. Chissà se lo amava o
lo odiava. A cosa pensi, Fiona? Hai capito cosa succede?
Ricordi questo boschetto? Ci sei stata a spasso con Kenka
centinaia di volte. Guarda gli aceri, che belli. E la betulla,
là dietro. E guarda questo eucalipto morto, guardalo bene. Riconosci tuo padre qui dentro?

L'ultimo tratto di collinetta lo risaliamo uno di fianco
all'altro. Fiona accetta la mia mano, non scappa. Ha la pelle lucida di sudore, gli occhi senza sguardo, da veggente,
una piccola veggente haitiana in stato di trance. Mugugna
nella sua lingua autogena. Le sistemo le maniche del cappottino, le aggiusto il giubbetto – le gelatine hanno ade-
rito perfettamente alle tasche. Usciamo composti, direi
quasi eleganti, dall'ultima fila di cedri. I piú alti supera-
no di mezza altezza la costruzione della Residenza Orione,
vigilando dai margini dell'orto botanico come augusti pre-
toriani. Fiona stringe un po' gli occhi. I vasistas di alcuni uffici sono aperti e gettano sul piazzale il bianco fero-

ce del cielo. Cerco istintivamente le finestre dei miei samurai – le due ad angolo del terzo piano, veneziane abbassate, massima inclinazione contro il flusso luminoso – l'ufficio creativi non ha bisogno di aria, non ha bisogno di alberi, funziona a palpebre chiuse, le pupille rivolte all'interno, nel ventre convulso di Habitat. Chi mi ha portato fin qua? Sono davvero io questo tizio in mimetica? E Top Banana che fine ha fatto? E mani d'oro dov'è finito? Chi sta cercando la polizia? Sta cercando davvero questo tizio? Tiro dolcemente mia figlia allo scoperto. Nel parcheggio c'è lo stesso silenzio di una piazza di De Chirico. Il silenzio di un pianeta evacuato fino all'ora del lunch. Unico reduce, il freddo. I miei passi e il ronzio dei generatori rendono ancora piú stereofonica, tridimensionale, la sparizione di ogni altro suono possibile. Anche Fiona ha smesso il suo mugugno, ipnotizzata dall'improvvisa afonia del mondo.

Nessuna Alfa con il lampeggiante acceso, nessuna sirena, nessuna traccia di poliziotto. Evito l'ingresso degli uffici in modo da sfuggire ai monitor dei guardiani. I muscoli delle gambe mi bruciano ancora, ma l'affanno della corsa è scemato quasi del tutto. Aggiro i prefabbricati dei tecnici, la selva dei cavi fiorita sotto i gruppi dell'alta tensione, ed eccoci, io e Fiona, davanti alle porte foderate di feltro. La prendo di nuovo in braccio. Cerco di anticipare l'impennata dei battiti socchiudendo gli occhi.

– Adesso devi stare buona, – le sussurro, preparandomi alla reazione, invece lei mi offre il suo corpo di ragnetto senza difficoltà. – Buona, cosí, brava, – da quanti giorni era che non le parlavo? Il martellio alle tempie è cresciuto. Controllo la saldatura delle micce sugli M-80. Tocco, in fondo alla tasca, la plastica liscia dell'accendino. Deglutisco in continuazione per respingere le ondate di panico. Inspiro un'ultima volta. È come se sapessi davvero quello che sto facendo. Passo nel lettore il tesserino magnetico. Afferro il maniglione. – Andiamo.

Odore di motori elettrici in funzione. La maggior parte degli addetti è assembrata dietro lo specchio che dà nel
soggiorno. Renzo, Claudio, Fabrizia, Riccardo sono stra-
vaccati sul divano, tutti insieme. Stanno chiacchierando.
Un tecnico del suono si gira.

– Ciao, – mi dice.

– Ciao, – gli rispondo, avanzando deciso lungo la parete di vetro, verso la doppia porta di metallo rosso che
usiamo per far entrare le provviste dei concorrenti. Il man-
gime, lo chiama Diesel.

Solco la penombra dell'acquario pressoché indisturba-
to, con un passo insolitamente rapido, rettilineo. Il regista distoglie lo sguardo dal vetro per salutarmi e torna a
girarsi verso il cameraman dopo un attimo di incertezza.
Una mimetica non è niente rispetto all'impermeabile in
lattice di Rosita, penseranno che mi stia adeguando ai miei
samurai.

– Che bella bambina, è sua? – mi dice un ragazzo con
penna e cartellina. Un assistente, uno stagista, chissà.

– Sí, – gli dico io, senza rallentare.

– Oh oh oh oh! Ma che cazzo fai! – mi sibila dietro
il regista quando vede che sto entrando, o forse quando
realizza che quel tizio in mimetica l'ha visto mille volte
nei telegiornali. Ormai però sono già oltre la seconda
porta.

Dentro, la luce è meno liquida di come sembra. Già nel
deposito l'impressione subacquea è scomparsa. Eppure io
continuo a deglutire. Come un bravo sommozzatore, com-
penso la pressione del mio corpo con quella esercitata dai
921 346 televisori dell'offerta Habitat 24 su 24.

Sto percorrendo il corridoio dell'appartamento. Supero il confessionale, le camere. Odore di soffritto e di lana
sudata. Chissà come si propagano gli odori nell'acquario
– in mare quando nuoti sott'acqua senti la benzina del
gommone passato trecento metri piú in là. Sento le voci
dei ragazzi sul divano. Io e Fiona siamo già trasmessi, io

e Fiona siamo dove siamo quando sogno. Parla tesoro, qui dovresti parlare. Dimmi cosa vuoi. Dimmi che lo vuoi, tu, con le tue parole. Attraversiamo l'inquadratura dell'ultima telecamera del corridoio. Sta succendendo tutto realmente. Quanti del bouquet Superpremium ci staranno seguendo?

Vedo lo zio di Trieste saltare dal divano con la mano in cerca del cordless.

Vedo Armando che resta bloccato a naso in su davanti a un bancone affollato di clienti.

Vedo gli avventori dell'autogrill Scaligera Nord, anche loro muti, intenti a capire secondo quale burla tecnologica il filmato del tizio che mette le mine nei supermercati è stato sovrapposto alle immagini *live* del loro programma preferito – e poi che ci fa quella bambina con tutte quelle micce addosso?

Vedo mia madre.

Entrando in soggiorno ho ben chiaro in mente le frasi da dire. Io sono l'autore di tutto questo. Vi ho mostrato tutto, ma voi non avete visto niente. Ciò che dovevate vedere era davanti ai vostri occhi, ogni giorno, ogni minuto, ma voi niente. Ciechi. Bene, ora vi sarà impossibile ignorarlo, ora libererò Fiona. Scusami, mamma. Perdonami, Lena.

– Che succede?! – dice Claudio.

Fabrizia si alza di scatto dal divano e indietreggia.

– Allontanateviii! – urlo.

Fiona riprende il sordo brontolio di prima.

– Ma che cazzo succede?! Chi sei?! – dice Claudio, alzandosi anche lui dal divano. Renzo e Riccardo sono impietriti. Il sangue mi martella alle tempie. Eccoci qua, penso.

– Allontanatevi da qui! Subitooo! – urlo, agitando l'accendino perché capiscano che non sono un attore. È la prima volta che parlo direttamente con i concorrenti, la prima e l'ultima.

– Ooh, ma tu sei scemo! – dice Fabrizia, mettendosi dietro Claudio. Anche Riccardo ha trovato la forza di alzarsi.

– Indietrooo! – urlo, con l'accendino acceso, la fiamma al massimo davanti alla faccia.

– Calmati, ooh. Guarda che noi non abbiamo fatto niente. Che cazzo ti sei messo in testa?! – dice Claudio, chiudendo piano la ritirata dei tre. Ormai loro sono all'inizio del corridoio, solo Renzo è rimasto sul divano. Dal vivo, i pantaloni della tuta gli spiovono giú dai femori in modo ancora piú osceno. Con un calcio gli avvicino la sedia a rotelle.

– Vai viaaaa! – gli urlo. Fiona ha ripreso a divincolarsi. Sono costretto a rimettermela sotto braccio.

– Sandro, Sandro, stai calmo, – è Diesel, all'interfono. Erano secoli che non mi chiamava cosí. – Devi stare calmo, – mi ripete, con la voce metallica, che vibra su tutti gli acuti. – Qui fuori c'è la polizia.

– State lontani! – urlo. – Se no la ammazzo!

– Sandro, non fare sciocchezze, ti prego, – dice Diesel, piangendo. Renzo è riuscito a salire sulla sedia e a rifugiarsi con gli altri. Siamo solo io e Fiona in soggiorno, ora. Potrei sedermi sul divano e pensare di sognare. È una scena che conosco. Invece resto in piedi con l'accendino nella destra e mia figlia stretta nella sinistra, perché sono sveglio e questa è la realtà, la *realtà reale*.

– Adesso entreranno gli agenti, stai calmo, – dice ancora Diesel.

– Se entra qualcuno la ammazzo! – urlo. – Se entrano la ammazzo, capitooo!?

Diesel singhiozza all'interfono. Non interrompe la comunicazione, ma neppure riesce a parlare. Singhiozza e basta.

Sento il maniglione del deposito che scatta. Mi affaccio sul corridoio per vedere. Nel taglio della porta ci sono le pistole di due poliziotti, uno accosciato, l'altro in piedi. Da dietro le loro spalle arriva un tramestio di passi, di armi, di gente pronta a tutto. Stringo Fiona meglio che posso, le annuso i capelli. Mi si sta informicolando di nuovo il braccio.

– Lasci la bambina, – dice uno dei due poliziotti acquattati dietro la porta. – Lasci subito la bambina e non succederà niente.

– State indietro! – urlo. – Se no la ammazzo! Giuro che la ammazzo!

– Stia calmo, – dice il poliziotto, sporgendosi con la testa e la sua bella braga carta da zucchero. – Non è successo ancora niente. Lasci la bambina, faccia come le dico.

Fiona continua a contorcersi. Il suo mugugno si deve sentire fin lí. Dà l'impressione di star male, ma non sta male, questa è semplicemente la sua preghiera. Penso alle microsequenze della nostra vita seminate nei negozi di Milano 2, al montaggio fantastico che ne farebbero i miei samurai. Il sudore mi si è ghiacciato addosso.

– Senta, mi ascolti, – dice il poliziotto, temendo piú di ogni cosa il mio silenzio. – C'è una persona qui che vorrebbe parlarle.

Il tramestio cessa per un attimo.

– Sandro, sono Maura. Cioè sono... lei sa chi sono, – è la voce di Maura, la sua voce. *Sandro, sono Maura.* Le parole entrano nell'acquario, mandano in frantumi il vetro, fanno uscire l'acqua.

– La prego, la scongiuro, non faccia del male a Fiona, – il poliziotto la lascia sporgere accanto a sé. I capelli rossi, il pallore della dea dei platani sotto i faretti a ioduri metallici di Habitat.

– La scongiuro, non lo faccia, – è sua questa voce, è proprio Maura che me lo chiede.

Ha mosso un passo di lato per scollarsi dalla sagoma del poliziotto. Le braccia tese in avanti, i palmi lucidi, la dea senza scudo. Il silenzio alle sue spalle è popolato di voci trattenute, ha il sapore di una festa a sorpresa. Sembra che il mondo intero si sia raccolto dietro quella porta rossa, con la ferma intenzione di assistere al mio fallimento. Una folla di *habitanti* scesi dietro i cedri della Residenza Orione con i loro tunnel carpali, i loro riflussi esofagei, le loro coliti spastiche, il loro immenso sovraccarico di energia autocombusta, offesa dal destino e ora finalmente sul punto di essere vendicata.

Nessuno è felice per merito di qualcuno, penso, mentre mi sto già avvicinando con mia figlia per mano.

Nota

Ringrazio Giovanni Ferrin, Piergiorgio Gay, Tommaso Labranca, Alessandro Saviantoni, Enrico Sist, Michele Tetro e Giulia Zulian.

Alla domanda di pagina 85 «Da dove ha copiato tutta questa roba Diesel?» la risposta è: Federico di Chio e Gian Paolo Parenti, *Manuale del telespettatore*; Giuseppe Feyles, *La televisione secondo Aristotele*; Paolo Taggi, *Vite da format*; Jean Baudrillard, *La società dei consumi*.

Tutti i libri sugli esplosivi fatti in casa citati a pagina 153 esistono davvero e sono facilmente reperibili, compreso il *Technical Manual Tm 31-210* da cui ho preso spunto per le ricette di Minemaker.

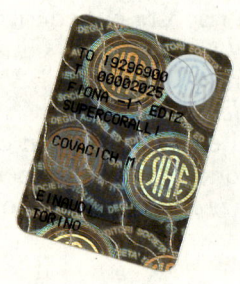

Stampato per conto della Casa editrice Einaudi
presso Mondadori Printing S.p.A., Stabilimento N.S.M., Cles (Trento)
nel mese di gennaio 2005

C.L. 16863

Edizione   Anno

1   2   3   4   5   6   7   8   2004   2005   2006   2007